A estrangeira

Claudia Durastanti

A estrangeira

tradução
Francesca Cricelli

todavia

Família 7
Viagens 59
Saúde 159
Trabalho e dinheiro 201
Amor 225
Qual é o seu signo 249

Família

*Após uma grande dor,
chega um sentimento formal.*

Emily Dickinson

Mitologia

Minha mãe e meu pai se conheceram no dia em que ele tentou se jogar da ponte Sisto, em Trastevere. Era um bom local para cair: ainda que fosse um bom nadador, o impacto com a água o teria deixado paralítico, e o Tibre naquela época já era tóxico e esverdeado.

Minha mãe caminhava cabisbaixa e com os ombros contraídos, como se estivesse sempre chovendo, especialmente quando andava sozinha, mas naquele dia parou na ponte e viu um garoto montado no parapeito. Aproximou-se para pôr uma mão sobre seu ombro e puxá-lo para trás, talvez tenha havido uma breve discussão. Ela o convenceu a se acalmar e respirar devagar, depois passearam pela cidade, embriagaram-se e terminaram num hotel com lençóis duros que cheiravam a amônia. Antes do nascer do sol, minha mãe se vestiu e foi embora. Precisava voltar ao internato, e meu pai lhe parecia muito inquieto; não tinha nem balançado as costas dele para avisá-lo.

No dia seguinte, quando saiu pelo portão da escola junto com as amigas, o viu com os braços cruzados, apoiado num carro que não era dele, e naquele momento entendeu que tinha se lascado. Sempre invejei a expressão mística e funesta com que ela conta essa história, sempre senti ciúmes daquele apocalipse.

Naquele dia, em frente à escola, meu pai vestia calça jeans justa, uma camisa azul com as mangas enroladas e fumava Marlboro vermelho; consumia dois maços por dia.

Tinha ido buscá-la na frente de uma escola pública na rua Nomentana e daquele momento em diante passaram a viver juntos.

"Como conseguiu me achar?", ela perguntava. Quando eu era criança, ela me contava essa história transformando meu pai num mago obscuro capaz de nos interceptar em qualquer lugar no tempo e no espaço, e eu a abraçava com força, sem responder, perguntando-me como era ser desejada daquele jeito por um homem.

Depois, cresci e comecei a lhe mostrar a coisa mais óbvia. "Havia só um colégio para moças como você em Roma, não foi tão difícil." Ela concordava, depois movia a cabeça: ele a encontrou porque precisava. Apesar do fim do casamento, ela nunca se arrependeu de tê-lo afastado daquela ponte: ele era surdo, ela também, a relação deles tinha algo mais profundo e íntimo do que o amor.

Meu pai e minha mãe se conheceram no dia em que ele tentou salvá-la de uma agressão em frente à estação Trastevere.

Ele havia parado para comprar cigarros e estava prestes a voltar para o carro quando foi atraído por movimentos bruscos e descoordenados de alguns delinquentes; estavam chutando uma garota, tentando arrancar-lhe a bolsa. Depois de botá-los para correr de susto, ele parou para dar assistência à minha mãe e a convenceu a ir até sua casa para se recompor. Naquela época, ele ainda vivia com os pais: assim que viram aquela garota, pouco mais do que uma adolescente de pele escura e cabelos ainda úmidos do banho, acharam que se tratava de uma órfã.

Com vinte anos, minha mãe tinha um sorriso largo e indecente, dentes de fumante e cabelos pretos escorridos até os ombros, num corte que fica mal para qualquer uma; às vezes, usava presilhas de tartaruga para prendê-los. Vivia num internato e muitas vezes dormia na rua, estudava esporadicamente.

Fazia algum bico para completar a renda que os pais lhe mandavam dos Estados Unidos, mas nunca chegava na hora.

Naquele dia, começaram a sair: falavam a mesma língua feita de engasgos e palavras ditas num volume alto demais, mas era a atitude deles que atraía olhares nas ruas. Trombavam com os transeuntes sem se virar nem pedir desculpas e transpiravam indiferença: ele tinha cabelos castanho-claros, a boca carnuda e traços nobres, ela mal chegava na altura dos ombros dele e parecia saída de uma prisão florestal para guerrilheiros.

Fazia muitos anos que meu pai tinha a capacidade de aparecer do nada: com frequência, quando ela partia para ver a família nos Estados Unidos, ou desaparecia por alguns dias, ou muito tempo depois, quando já estavam separados, ele se deixava encontrar no terminal de embarque no momento certo ou aparecia por trás de uma porta de vidro, saía repentinamente de um elevador, batia na porta do carro, forçando-a a levantar o olhar devido ao movimento súbito.

Ela o reconhecia pela postura desconjuntada, a cintilância dos cigarros; encontrava-o como um caçador ferido e ensanguentado encontra os animais quando não conta com outros sentidos à sua disposição e confia somente num instinto raivoso. Meu pai e minha mãe se divorciaram em 1990. Viram-se poucas vezes desde então, mas cada um começa a história dizendo que salvou a vida do outro.

Infância

Minha mãe nasceu nos últimos dias de 1956, numa casa em uma área rural próxima ao rio Agri, na Basilicata. Geralmente, meus avós maternos se acomodavam no vilarejo durante o inverno, e não naquela construção quase em ruínas, mas foram surpreendidos por uma nevasca, e assim minha mãe nasceu num estábulo circundada por gatos e outros animais mirrados. Seus pais trabalhavam no campo e ela passava muito tempo com as avós. Uma delas era uma *accidental american*, como eu: nascida em Ohio, onde seu pai estava de passagem — não temos notícias desse nômade ou soldado da fortuna,* só sabemos que ele deu início a uma série de migrações impensadas —, depois havia se mudado para a Basilicata com a mãe, transformando-se numa imigrante às avessas, que abandonava o futuro para se desintegrar no passado. (Com seis anos, eu teria a mesma sorte, mudando-me do Brooklyn para um vilarejo da Lucânia no qual havia mais animais do que pessoas.) No vilarejo, era tratada como uma pessoa misteriosa: embora nunca falasse em inglês, tinha sempre produtos de marcas estranhas, jeans que resistiam ao desgaste e velas que não derretiam mesmo que ardessem por horas. A outra avó era silenciosa e vulnerável, seu mundo era definido por aparições

---

* Referência ao filme *Il soldato di ventura* (1976), de Pasquale Festa Campanile, com o ator Bud Spencer. [N.T.]

cinéreas no céu, exorcismos feitos com uma colher de prata colocada sobre a testa, frequentava as procissões descalça e estava convencida de que mantinha um diálogo privilegiado com Nossa Senhora.

Quando eu era pequena, minha mãe me levava para passear à beira do rio próximo do lugar onde nasceu, e era difícil associá-lo às águas míticas e tumultuosas em que ela fora imersa aos quatro anos para que a febre da meningite baixasse. Assim que perceberam a temperatura elevada, correram para banhá-la no rio, porém, segundo os médicos e vizinhos, aquela cura impulsiva de nada teria servido. A infecção poderia deixá-la cega, louca, surda ou morta, e todas as mulheres comprometidas em vigiar a existência dela e rezar ao lado da caminha em que ela estava amarrada e apagada votaram a favor da surdez. Seria difícil, mas pelo menos ela veria o mundo e acharia um jeito de se fazer entender.

Meu avô Vincenzo era baixo, escuro e mulherengo. Quando ele e minha avó Maria emigraram para os Estados Unidos, na década de 60, não o fizeram porque eram pobres — embora o fossem — ou porque precisavam de um trabalho melhor, mas sim porque ele era galante demais com as mulheres do vilarejo e minha avó sofria com isso. Ele tocava acordeão nos casamentos e nas festas, vestia calças escuras e camisas com mangas enroladas até o cotovelo, não havia fios brancos entre os cabelos que ele puxava para trás passando gel. O noivado deles fora arranjado: eram primos de primeiro grau e, às vezes, ao ouvir as conversas e fofocas dos nossos conterrâneos, tinha-se a impressão de que meus tios nasceram baixos e minha mãe ficou surda devido a essa má combinação de sangue. Meus avós infringiram as leis de parentesco e foram punidos por isso, mas minha mãe perdeu a audição por culpa de uma doença infecciosa, e meus tios eram baixos como tantos garotos do sul da Itália naqueles anos. Os aristocratas e os vampiros se casavam entre eles para preservar a espécie, segundo os antropólogos pouco atentos, algumas tribos africanas, por sua vez, faziam-no para evitar maldições, quando na verdade havia códigos bem precisos para impedir um excesso de familiaridade entre os amantes; às vezes era impossível namorar até com um garoto com o mesmo animal totêmico, ou quem sabe se na família os amores malfadados terminavam mal exatamente por isso mesmo, pelo encontro de fantasmas e totens impossíveis de conciliar.

Minha avó era uma esposa da literatura rural, delicada, enquanto meu avô era pirotécnico; ela prática, enquanto ele era evasivo. Ela tinha a pele clara e uma boca grande e fina. Na adolescência, se apaixonara por outro rapaz, tímido como ela, mas meu avô era o que todas queriam: não havia escolha. Abrir mão da inveja dos outros, esse sim era o verdadeiro tabu num pequeno vilarejo. Se alguém dizia algo mesquinho, ela sacudia a cabeça ou tapava a boca do desventurado; não se irritava com frequência. Não sabia como defender a filha quando a chamavam "a muda" ou lhe diziam que era uma pobre coitada a quem Deus deveria devotar mais atenção.

Minha mãe, na verdade, defendia-se bem sozinha e não sentia pena de quem não a entendesse quando falava: com quatro anos, derramou uma panela de água fervendo numa vizinha que estava futricando a respeito dela, entendera isso pela forma como a mulher gesticulava e a olhava com comiseração. Ficou rindo, debruçada na janela, suscitando a secreta aprovação dos seus parentes.

Só se dava bem com os irmãos e com as avós, que falavam em dialeto fechado; a leitura labial era impossível, mas eles tinham um instinto para o gesto e a tocavam sempre, da mesma forma que a minha mãe sempre me tocou. Na verdade, os irmãos não acreditavam que ela fosse surda e, quando brincavam de esconde-esconde, contando os números em voz alta, abandonando-a à própria sorte nas ruelas do vilarejo, não o faziam para excluí-la, mas sim porque confiavam na sua capacidade de orientação. Para eles, minha mãe não era uma vítima nem nunca foi especial. Ainda hoje, depois de terem levado vidas tão diferentes, depois de meus tios praticamente terem esquecido o italiano após sessenta anos vivendo nos Estados Unidos, eles conversam com ela como se ela pudesse ouvi-los, sempre têm estas conversas hilárias e assíncronas típicas das famílias explodidas.

Quando pequena, ela era vivaz e hostil, e, para disciplina-la, seus pais decidiram mandá-la a um internato de freiras em Potenza. As professoras a reconheciam pelo sorriso deslumbrante; quando não vestia o uniforme, usava camisetas listradas e raramente a viam com uma boneca nas mãos.

No internato, aprendeu a se expressar mediante tortura. Em casa, nunca tivemos facas grandes na cozinha porque a lembravam de seus anos de escola, quando as freiras do antigo Instituto das Freiras de Madalena de Canossa colocavam uma faca enorme sobre sua língua e a mandavam gritar para aprender como emitir sons com suas cordas vocais, ou então a faziam tocar em fios elétricos e mandavam que gritasse mais alto. Foi assim que minha mãe aprendeu a reconhecer o som da própria voz.

Ela conseguia falar melhor do que as outras garotinhas porque, depois da meningite, restara algum resíduo de audição, que foi enfraquecendo até desaparecer. No começo, ela não vivia numa câmara hiperbárica de silêncio, sua cóclea havia se rompido de forma irregular e, com isso, os sons iam e vinham, e o mundo era um lugar de presenças fantasmagóricas e uivos imprevistos. Às vezes, ela tenta me descrever o pavor que sentia, nesse seu ser surda e afligida por perenes dores de cabeça: é como se vivesse com alguém que tenta assustá-lo o tempo todo pelas costas. Quando pequenos, meu irmão e eu fazíamos isso de verdade, aparecendo do nada num cômodo, subindo pelas costas dela para que ela sentisse o choque do contato, esperávamos que ela risse, porém, ela reagia aos nossos assaltos com longos silêncios nos quais nos arrependíamos da nossa crueldade, mas nunca o suficiente para deixar daquilo. A possibilidade de uma emboscada transformou-lhe o corpo de forma irreversível; encurvou-lhe as costas e tornou-a incapaz de olhar as pessoas nos olhos, de verdade.

No internato, minha mãe aprendeu a língua de sinais. Usou-a com suas professoras freiras, com as amigas surdas e mais tarde com meu pai, ainda que ele detestasse fazer gestos, mas nunca com outros interlocutores. Nunca pediu aos pais ou aos três irmãos que aprendessem, tampouco aos filhos. Não foi difícil, para mim, que por muito tempo tive medo de falar em voz alta, entender por que ela renunciara à imposição da sua língua privada: a língua de sinais é teatral e visível, expõe continuamente quem a usa. Transforma o usuário imediatamente numa pessoa com deficiência. Ausentes os gestos, ela parece só uma garota um pouco tímida e distraída. Lendo os lábios dos outros para decifrar o que diziam até consumir os olhos e os nervos, falando em voz alta e forte com acentos irregulares, ela parecia somente uma imigrante desprovida de gramática, uma estrangeira. Às vezes, quando pegava o ônibus e os motoristas perguntavam se era peruana ou romena, ela concordava sem dar mais explicações, quase lisonjeada pelo equívoco.

Além da audição, minha mãe perdeu outra coisa: uma amiga, na água, no internato.

As garotinhas foram no verão, com as freiras, a uma colônia de férias, usavam maiôs verde-esmeralda e chapeuzinhos de pano com um laço de corda sob o queixo. Uma delas se afastou demais, não conseguia gritar para as outras, e assim acabou encurralada pelo mar.

Aquilo foi um trauma para todas as alunas do internato e, daquele momento em diante, as histórias de terror envolvendo as formas pelas quais podiam morrer começaram a piorar: as histórias que essas garotinhas — todas elas bailarinas involuntárias, sempre abaladas por movimentos e retaliações interiores — trocavam antes de dormir pareciam com as notícias dos *feuilleton* do século XIX, aqueles com ilustrações de esposas mortas e grávidas que pariam dentro do caixão — as verdadeiras crônicas do passado —, só que, no lugar delas, havia uma surda que não conseguia se comunicar e era enterrada viva por causa de uma falsa interrupção dos batimentos cardíacos, e, quando abriam novamente o caixão, viam-se os dedos descarnados pela madeira, como naquela caverna de areia vermelha do *Rosso Malpelo*.* A morte daquela amiga, contada em seus detalhes mais sórdidos, é o motivo pelo qual até hoje minha mãe tem medo de pegar o elevador sozinha ou de me deixar ir nadar.

Minha mãe voltava para casa em San Martino nas férias de verão, até que seus pais partiram para os Estados Unidos, deixando-a para trás com o irmão mais velho, que também estudava no internato. Meus avós estavam prestes a se tornar imigrantes, precisavam conquistar outra língua sem nunca ter falado direito aquela à qual pertenciam. Minha mãe estudava numa boa instituição, eram boas as razões para que ela ficasse na Itália. Apesar das rebeliões cotidianas, ela era afeiçoada às freiras, além de ser boa aluna. Na verdade, minha avó tentou levar a filha consigo, porém, durante uma reunião com as professoras, lhe perguntaram: "Quer realmente que ela não saiba mesmo falar e que se sinta sozinha num ambiente desconhecido? Ela não pode ir ao encontro de vocês mais tarde?". Ela foi

---

* Romance de Giovanni Verga publicado inicialmente como folhetim no jornal *Il Fanfulla*, em 1878. [N.T.]

incapaz de responder, tomada pelas preocupações da sua própria partida.

Foram embora quando minha mãe tinha doze anos, porém, antes de irem, levaram para ela um vestido branco e sapatinhos de verniz, inadequados para a sua idade. Após a partida, minha mãe se tornou ainda mais retraída e violenta, no entanto, quando lhe pergunto se já se sentiu abandonada, ela diz que não. Seus pais mal haviam chegado à metade do ensino fundamental. Eram pessoas divertidas e boas, não muito refinadas, mas foram capazes de uma intuição essencial: não viveriam para sempre, não poderiam protegê-la em todos os momentos. Minha mãe devia tornar-se independente, e assim foi. Já a vida do meu pai foi um tanto diferente.

A mãe do meu pai era uma costureira graciosa, filha de um pastor de Canale Monterano e de uma mulher de Monteleone di Spoleto que ele conheceu durante a transumância. Criou-se num vilarejo da região da Úmbria, onde vivia com a mãe e os irmãos; o homem da família era uma presença irrelevante que se cristalizava apenas no verão. Ela sempre se deu bem com os irmãos, já com as irmãs tinha problemas decorrentes da intimidade e do ciúme.

Da irmã mais velha, ela roubou o namorado, aquele que viria a ser o meu avô.

Nos anos da Segunda Guerra Mundial, minha avó Rufina foi deixada na casa de uma família rica para a qual costurava roupas. Era cortejada por um soldado alemão que sequestrou o irmão mais novo dela achando que se tratasse de um simpatizante comunista. Minha avó foi buscá-lo a pé numa casa de campo no fim do vilarejo: seu irmão não era comunista, apenas ficava sozinho dando voltas pelas ruas, não tive o privilégio de ter *partigiani* na minha família, apenas pessoas mais ou menos condescendentes com o poder. Para reaver o irmão, ela prometeu remendar as meias e as camisas dos soldados. Um dia, depois de lhe entregar um cesto de roupas para lavar, o alemão disse em voz alta: "Se eu ter sorte, voltar para pegar a loira". Minha avó estava noutro cômodo, cabisbaixa sobre o cesto de roupas a serem remendadas, mas nem ficou ruborizada ao ouvir a voz dele. Quando jovem, ela tinha os cabelos acobreados, e ainda hoje fica ofendida com aquela imprecisão. Minha avó Rufina odiava os fascistas e os comunistas, já com os alemães era gentil: os jovens nazistas estavam sob ameaça como todos, mas pelo menos eram estrangeiros, era mais fácil matar-se entre desconhecidos.

Quando jovem, fora cortejada também pelo fotógrafo de outro vilarejo, que lhe enviava cartas por um vizinho, ela abria os envelopes e encontrava fotos do pôr do sol que lhe provocavam mal-estar e tédio; sempre sentiu um incômodo em relação à arte.

O médico de outro vilarejo, que costumava frequentar as festas na casa da família rica que a contratara como costureira, perguntava-lhe se ela queria dançar tango, mas ela ficava encabulada. Minha avó gostava muito do médico, mas sabia que era ignorante. Não lia livros, quase não escrevia. Era bonita, mas como podia ser esposa de um médico? Ele se sentiria desconfortável, por isso ela namorou e, afinal, casou-se com o ferreiro, o ex-namorado da sua irmã mais velha.

Não se sentia culpada por roubá-lo: nesse ínterim, veio a guerra, as coisas haviam mudado. Meu avô "tinha sido colocado para fora pela porta e agora entrava pela janela" e entendera que, apesar de seus penteados caprichados e de sua vaidade, aquela garota era boa em poupar e obcecada por dinheiro, como ele.

Os dois tinham um bom trabalho, ao qual se dedicavam sem pestanejar; quando minha avó engravidou, nem sabia que suas águas se romperiam, só pensava em costurar com sua Singer usada, comprada em parcelas quando tinha dezesseis anos.

Tiveram três filhos. A primogênita já não está viva, e o caçula, meu pai, nasceu surdo.

Wanda, a tia que nunca cheguei a conhecer, morreu com três anos. Naquele dia, minha avó estava tingindo tecidos na banheira, com água fervente, para fixar bem a cor, e foi até o fogão, ou foi atender alguém que batia à porta. Esse detalhe muda toda vez que ela conta essa história. Ao voltar, encontrou a garotinha na banheira. Trocou-lhe as faixas por dias, usando óleo hidratante na pele franzida e delicada como teia de aranha, assistida por parentes e vizinhos; passados alguns dias, a filha morreu. Na foto do jazigo da família, a pele da menina aparece alterada pela pós-produção da época, com um vestido azul-celeste e cachos; já se tornara um fantasma.

Minha avó Rufina tem pouca escolaridade, mas usa os verbos com maestria, tendo, porém, o hábito de nomear as cores de modo peculiar, recorrendo a uma nomenclatura em vias de se tornar obsoleta; no seu mundo, não existem os azuis, existe a embalagem de açúcar e a centáurea. Quando vou visitá-la, ela me mostra luvas de couro ou saias de lã alisadas sobre a cama; se peço para pegar o par "marrom", ela diz "cabeça de mouro", corrige o rosa dizendo ciclame, distingue a cor da pervinca da não-me-esqueças; insiste em dizer que é importante chamar as coisas pelo nome, enquanto penso na sua filha morta por causa de uma cor.

Ela garante que o meu pai ficou surdo devido a um susto que ela, grávida, levou, enquanto esperava para atravessar a rua; um carro surgiu do nada, forçando-a a gritar no meio da pista. No começo, fingia que não era verdade, que ele podia ouvi-la, e mãe e filho nunca estiveram tão próximos como naqueles dias, ambos indiferentes às evidências. Meu avô não falava muito, deve ter sido alguma outra pessoa que violou a intimidade protegida das conversas entre mãe e filho para dizer que ela devia consultar um médico, pois o garotinho não respondia. Depois das consultas em vão nas clínicas, começaram as peregrinações: meus avós não tinham dinheiro suficiente para ir até Lourdes, mas meu pai conseguiu ser tocado pelo padre Pio, acordando ainda surdo e sem chagas. Desde pequeno, era muito irrequieto, mas só se tornou indócil quando o mandaram estudar num colégio interno na via Nomentana.

Minha avó ia buscá-lo nos fins de semana, suportando várias horas de ônibus entre Monteleone di Spoleto e Roma, por estradas tortuosas em meio a bosques de coníferas e arrimos de ferro que seguravam a rocha, evitando deslizamentos, até que, num certo momento, ela e meu avô decidiram mudar-se para Roma a fim de tornar essas visitas mais fáceis. Fora uma das jovens mais belas do vilarejo, tinha uma postura correta, mas, como mãe, errou em tudo.

Na cidade, tornou-se porteira, mas não levava jeito para aquilo, lavava as escadas e não fofocava. O marido era ferrador de cavalos em Testaccio, isso já não acontece mais nesse local, entre os arcos dilapidados e as lojas, onde Roma era couro e ferrugem antes de se afogar no Tibre.

Adolescência

"Não pode ser sempre você a protagonista", vociferavam as colegas de turma fazendo gestos, enquanto a professora explicava algo na lousa; elas tentavam chamar a atenção da minha mãe chutando sua cadeira e derrubando os lápis.

Ela não levantava a cabeça e se recusava a responder, porém, quando as colegas de quarto insistiam em entender por que ela recebera o papel principal nos espetáculos de Natal ou do final do ano, ela respondia que era inevitável, pois era a mais talentosa de todas. Depois, tentava distraí-las, ajudando-as a encurtar as saias de lã, descosturando a barra com uma pequena tesoura. As garotas do internato passeavam pelo corredor puxando os fios da bainha, cada dia um pedaço a mais de pele para mostrar, na expectativa de visitar o instituto dos rapazes, o que acontecia mais ou menos uma vez por mês. Durante aqueles encontros, minha mãe via com frequência seu irmão Domenico, que era tímido e negativo, e tentava lhe arrumar uma namorada. "As surdas são engraçadas e desinibidas", ela lhe dizia. E ele, temendo que as outras garotas surdas se parecessem com ela, deixava por isso mesmo.

Suas colegas de turma tinham certeza de que, depois de se formar, minha mãe tentaria uma carreira na dramaturgia — uma garota surda atriz é uma coisa tão óbvia, toda sua vida é uma performance —, enquanto as professoras queriam encaminhá-la ao instituto de artes. Ela desenhava muito bem, enchia os cadernos de corpos sem cabeça e olhos desenraizados dos rostos, porém, quando a elogiavam, ela dava de ombros: como era burra, era fácil atribuir-lhe um talento, só porque não possuía outra coisa.

O internato em Potenza oferecia moradia às garotas apenas até determinada idade, passada a qual elas tinham que voltar para a família ou se transferir para alguma outra instituição.

Sua família estava do outro lado do oceano, então minha mãe se viu obrigada a pular de internato em internato ou a viver na casa de pessoas que acolhiam andarilhos em troca de dinheiro. Meu avô encontrava moradias temporárias para ela no sul da Itália através de um tabelião que era seu tutor, enviava-lhe cheques regularmente e telefonava com frequência. Toda vez que minha mãe sentia brotar o ódio por suas colegas de classe ou que um homem entrava no seu quarto à noite convencido de que ela não era capaz de gritar, ela corria até uma cabine telefônica e pedia às telefonistas que fizessem uma chamada a cobrar, então aguardava o toque regular e prolongado que indicava que ela estava em contato com os Estados Unidos, o único som que ela entendia de verdade e se dilatava em círculos concêntricos e vibrações no seu ouvido até colidir com o corpo todo após se transformar na voz de seu pai. Contava-lhe dos seus dias sem ouvir nem entender as respostas dele, mas conseguia interceptar uma corrente na linha telefônica que lhe dava a certeza de que seu pai estava do outro lado e ouviria tudo o que ela dissesse.

Às vezes, ele pagava a passagem para que ela fosse até Nova York, se encontravam na sala de desembarque do JFK, e meu avô estremecia à vista daquela filha inteligente e selvagem que estava ficando cada vez mais feminina, mas a repreendia por dizer muitos palavrões. No verão em que ela completou catorze anos, ele a levou a um consultório em Manhattan cuja propaganda ele vira numa revista, anunciando uma cirurgia para implantar um aparelho acústico capaz de restituir a audição. Depois de conversar longamente com a minha mãe, o médico disse que o caso dela não tinha solução. Meu avô deu um murro na parede do corredor. Depois, foram ao Soho comprar um casaco de inverno, ela queria um modelo esquimó. Minha mãe dizia "So-hó". Na fotografia da Estátua da Liberdade que tiraram juntos durante um passeio em família, um dos dois escreveu "Niú-Ióre".

Nos Estados Unidos, ela usava shorts que mostravam suas coxas morenas e torneadas; os vizinhos lhe perguntavam por que tinha aquelas cicatrizes na perna esquerda. Uma vez se jogara nas chamas porque os gatinhos da casa de uma de suas famílias de custódia haviam se enfiado na lareira e ninguém tinha coragem de salvá-los.

Seu pai a levava a Coney Island e ficava completamente vestido na praia, apenas observando os mergulhos daqueles filhos ainda não americanos e já dispersos, atento para que não esborrachassem a cabeça nos molhes incrustados de algas, enquanto minha avó Maria ajoelhava-se sobre uma sarja de algodão para distribuir café e copos de plástico. Ria quando os vizinhos que haviam trocado recentemente de nome diziam-lhe que estavam ansiosos para vê-la de maiô — agora eram todos Mike, Joe ou Tony, e pensavam em sua vida italiana de antes com certo fastio —, mas ela nunca tirava a roupa, como o meu avô, que ficava de calça e camisa com os olhos fixos na água.

Ele estava pensando no filho mais novo, que lhe pedira dinheiro para comprar um violão, no mais velho, que falava pouco e fumava cigarros mesmo sem saber tragar direito; no filho mais bonito, que corria sempre o risco de levar um gancho na escola ou de engravidar as adolescentes do bairro, e só depois naquela garotinha que tinha aqueles arranhões rudimentares nas pernas, a qual ele só sabia presentear com vestidos para que ela causasse uma boa impressão nas escolas italianas que suspeitava que ela frequentasse pouco, embora tivesse sempre um boletim com boas notas para mostrar.

Para minha mãe, Coney Island era o fim do verão e os garotos que a espiavam furtivamente enquanto torcia os cabelos, criando poças lamacentas na areia, aqueles que se assustavam ao ouvir seus gritos desordenados toda vez que os amigos da família corriam e agarravam-na pelos braços e pelas pernas, decididos a catapultá-la na água, certos de que ela protestava apenas por timidez. A pele coberta de bronzeador ficava escorregadia e amarrotada por dias a fio, o corpo, já pronto para a crisma, deixara de crer nos sacramentos depois que ela se afastou das freiras, apesar de ela ainda não ter contado isso aos pais.

Todos iam para Coney Island naqueles anos, porém, há outras praias que me fazem pensar em minha família.

Dead Horse Bay é uma baía pantanosa que, no passado, era circundada de matadouros de cavalos, incineradoras de lixo e fábricas que produziam óleo de peixe. Deve seu nome às carcaças dos cavalos, que, entre 1850 e 1930, eram usadas para fabricar fertilizante e cola. Uma vez desincrustados dos restos de carne, os ossos dos animais eram fervidos, as águas de descarte eram despejadas de volta na baía, sobre a qual pairava uma lufada radioativa e suspensa que transformaria qualquer ser humano num criminoso e qualquer criminoso num fantasma. Dead Horse Bay ganhou novamente outra função ao se tornar um aterro sanitário onde o lixo de Nova York era silenciado; o solo foi compactado para conter o entulho e isolar toda a podridão, porém, depois de uma enchente e de vários processos de erosão, o aterro começou a se desfazer e até hoje espalha seu conteúdo pela praia.

A Glass Bottle Beach em Dead Horse Bay está repleta de sapatos avulsos, de espuma leitosa de detergentes fora de linha e garrafas quebradas; parece que também há ossos de cavalo, mas nunca encontrei nenhum. De vez em quando, me deparava com casais que escolhiam com toda a atenção os restos mais estranhos para construir apanhadores de sonho, que penduravam no jardim, casais que se empurravam e depois lançavam pedaços de vidro na água, caçoando do próprio mau gosto. Há barcos no baixio da praia pintados por algum artista que deixou mensagens falando de paz ou do apocalipse, nada mais, nenhuma dedicatória pessoal de amor, e sobre as árvores que perdem pedaços da casca mesmo que você as toque de leve, deixando os dedos manchados de crisálidas e sal, há bandeiras americanas com cores enferrujadas e, portanto, erradas.

É um lugar encantado e solitário, repleto de urubus de lixão, no entanto, nenhum museu da imigração me lembra a minha família como esse cemitério de vidro localizado no Brooklyn. Meus avós tentaram fincar raízes num pântano e mudaram de profissão e sonhos toda vez que os Estados Unidos lhes pediam, apenas para encontrar uma espécie de sossego na perda acidental dos objetos que haviam trazido consigo, objetos cujas marcas já não guardavam aderência com a realidade nem sequer tinham qualquer valor afetivo para uma família que se dizia sempre nova enquanto demonstrava sua eufórica e triste lixívia, como se fosse um aterro sanitário reconstruído.

Por volta dos quinze anos, minha mãe se mudou para Roma, e foi nesse período que aprendeu a fugir. A polícia a encontrava, com frequência, dormindo na Villa Borghese. Às vezes, ela saía à noite para se afastar da região de Boccea, onde ficava o internato — na época ainda um subúrbio —, e caminhava quilômetros a fio pelas malhas da cidade maltrapilha, entre campos de relva mal cuidada e pântanos salobros, em busca de um parque; então dormia em posição fetal debaixo das árvores, com as mãos apertadas entre as coxas, absorvendo o orvalho nas costas, até que o sapato de algum desconhecido anunciava, com golpes sobre o solo úmido, que alguém seguia o seu rastro, então ela se levantava e fugia de novo.

"Havia um lugar para dormir, havia comida. Havia pessoas que se preocupavam com você, por que ia embora?", eu perguntava quando ela me contava dessas fugas, que eu imitaria, sem o mesmo sucesso, na minha adolescência.

"Queria me sentir livre." As florestas e as estradas eram os únicos lugares em que minha mãe se sentia imune às agressões invisíveis pelas costas.

Quando pequeno, ele seguia o pai, Gorizio, enquanto ele ferrava os cavalos, roubava as ferraduras que eram descartadas das patas dos animais e as levava para os campos. Enfiava pedaços de madeira no chão, erguia as ferraduras ainda sujas de esterco e palha e as atirava, movendo os alvos sempre para mais longe.

Meu pai sempre se sentiu à vontade entre facas, rebitadeiras e pistolas.

Numa garagem, ele guarda a areia recolhida em todas as suas viagens à praia, divide-a em recipientes etiquetados com data e origem; em casos mais raros, descreve também as propriedades daqueles exemplares. Às vezes, ele presenteia alguém com uma estrela-do-mar enfiada numa sacolinha de plástico, mas não sem antes pintá-la com alguma tinta fluorescente e vulgar. Num quartinho do fundo, há gavetas, iguais às usadas em lojas de ferragens para guardar parafusos, cheias de minérios e conchas. Certa vez, peguei um frasco cheio de fragmentos de pedras-pomes brancas, em cuja etiqueta estava escrito "Lua".

Nos primeiros anos do ensino fundamental, durante algum tempo, também colecionei minérios, e nas minhas gavetinhas cheias de quartzo rosa e pirita eu anotava "Lava vulcânica", "Marte" ou "Havaí", e dizia aos meus coleguinhas de turma que o meu pai as trouxera. Naquela época, eu era capaz de chegar à escola com resíduos desfiados e etéreos de algodão hidrófilo e contar que tinha quebrado a janela e pegado pedaços de nuvem durante uma viagem de avião; às vezes, alguém acreditava. Eu e meu pai competimos para ver quem conta a mentira mais majestosa, animados pela mesma arrogância de nossas mentiras passarem batido.

No final do ensino fundamental, a mãe dele o matriculou num curso de perito de eletrônica. Ele gostava de mecanismos e do andamento dos planetas, suas escrivaninhas estavam sempre repletas de cadernos onde ele anotava a distância entre a Terra e o Sol e a latitude dos desertos. A vida parecia um programa de auditório na televisão, no qual o conhecimento era fragmentado em noções triviais e era fácil parecer inteligente esbanjando informações das quais seus pais não entendiam bulhufas.

Ele sabia selar cavalos e trabalhar a madeira, mas preferia montar objetos de modelismo e conectar vários sistemas elétricos entre si, alternando as instalações até brilharem com a tensão, tentando entender como a luz podia ser interrompida e voltar subitamente. Sempre foi sensível às variações de cor num cômodo.

As professoras diziam à minha avó que ele era bonito demais para ser eletricista e que deveria tentar ser ator. Rufina orgulhava-se dessa afirmação, porém, meu pai relutava, não queria se maquiar nem fingir. No verão, participava de competições de motocross com o irmão mais velho e outros garotos do vilarejo em Monteleone di Spoleto. Não sei se ele ganhava porque não tinha medo de cair e corria mais do que os outros ou porque os outros o deixavam vencer na tentativa de fazê-lo feliz. Ele começava a ter as mesmas dúvidas, e aquela frustração, aquela raiva comprimida no peito, estava quase a ponto de soltar raios.

Sua mãe o levava a Ostia para nadar; com quinze anos, ele tinha o corpo elegante e tonificado dos garotos abastados. Tinha começado a fumar e a beber, mesmo não tendo amigos com quem fazê-lo. Na escola, era silencioso; no seu vilarejo natal, havia outros surdos, mas de idade diferente da sua, e não queria conviver com eles. Não gostava de gesticular, não o fazia nem com os pais, mas batia com a mão na mesa ou com o pé no chão quando queria chamar a atenção de alguém. Quando seus familiares tentavam gesticular para se fazer compreender, ele respondia com tapas, afastava as mãos que se agitavam ao seu redor num solavanco: preferia que as pessoas articulassem bem as palavras para que ele pudesse ler seus lábios, ele e minha mãe viviam a quilômetros de distância um do outro, mas haviam adotado as mesmas estratégias de dissimulação.

Há algum tempo, a ecologista Suzanne Simard demonstrou que a floresta é um sistema cooperativo e que as árvores "conversam" entre si para trocar substâncias nutritivas ou liberá-las em caso de ameaça: quando irrompe um incêndio, as árvores usam os *Mycorrhizal fungi* sob o solo para transmitir substâncias vitais aos espécimes mais jovens através de uma densa rede neuronal, a fim de permitir que as plantas mais fracas continuem vivendo. Antes de tropeçar nessas teorias, eu acreditava que o amor sempre coincidia com o destino e com uma forma assustadora de ignorância — não sabemos quem iremos amar, tampouco por que precisaremos desse amor. Porém, quando penso nas semelhanças entre meus pais, nas tardes melancólicas e raivosas da adolescência deles, ambos isolados, avalio a possibilidade de que o encontro entre duas pessoas não tenha tanto a ver com predestinação como com um mapa biológico que se mostra enquanto nos apaixonamos um pelo outro e descobrimos que havia uma inteligência primitiva que governava nosso corpo e deixava partículas elementares no ar muito antes do encontro, de modo que elas atravessem a cidade, as paredes de cimento e as membranas de pele para entrar em contato com substâncias semelhantes e desenvolver uma forma de resistência comum, uma defesa contra as ofensas do mundo: meus pais se encontraram mediante reverberações semelhantes às de uma floresta antes de um incêndio, não porque aquilo estivesse escrito; o futuro deles não estava impresso na marca-d'água de uma Bíblia ou de um velho horóscopo, era somente uma vibração particular no ar, um alarme invisível que convidava à sobrevivência.

Na adolescência, meu pai descobriu sua forma preferida de comunicação, o desaforo. Dava sumiço em pequenos objetos de decoração, inventava tropeços, escondia as tesouras e a caixa de costura de sua mãe, assustava as pessoas surgindo às suas costas. Não sabíamos aonde ia em seu tempo livre, mas já começara a fazer sexo com mulheres mais velhas do que ele, convidavam-no para suas casas e ensinavam-lhe o que sabiam. Deitado na cama, no começo da tarde, em apartamentos de paredes adamascadas, com luminárias alaranjadas e molduras bem lustradas que as viúvas mantinham sobre a mesa de cabeceira, meu pai percebia que não sabia cortejar as garotinhas da sua idade, cujo corpo ainda não era marcado pelas renúncias.

Mas até aquele corpo que lhe parecia tão belo e funcional teria se arruinado, mais cedo ou mais tarde. As pessoas com deficiência — qualquer palavra para defini-las é insuficiente, inadequada — são uma maioria escondida: apesar das máquinas e próteses que têm como objetivo comprovar que a morte não existe, quase todos, com o tempo, vamos perder algum superpoder, seja a visão, um dos braços ou a memória. A incapacidade de fazer as coisas que deveríamos poder fazer, a impossibilidade de ver, ouvir, lembrar ou andar não é uma exceção, mas sim um destino.

Mais cedo ou mais tarde, todos nós seremos pessoas com alguma deficiência. Seriam aquelas garotinhas, aquelas viúvas, que o tornaram dependente do sexo: em relação a elas, meu pai simplesmente vinha do futuro.

Quando nadava, às vezes desaparecia, avançava em alto-mar, sustentando todo o peso da água sobre a cabeça, impulsionando-se cada vez mais longe.

Juventude

Minha mãe festejou seus vinte anos sentada nos paralelepípedos da Piazza Navona, com um bolo comprado pelos amigos que viviam na rua, como ela. Fizeram uma vaquinha e arrumaram o doce num pedaço de papelão para lhe fazer uma surpresa.

No centro, ela convivia com pessoas que haviam fugido de casa e homossexuais, apertando-os entre os braços enquanto se deitava na calçada, com suas bolsas de couro e suas camisas quadriculadas. Às vezes, ela chegava na praça com os cabelos vermelhos ou loiros e todos diziam que voltasse à versão original, mas ela era teimosa e mantinha a cabeça queimada pela tinta. Num verão, ela sumiu por três meses para andar sozinha pela Grécia, dormia numa barraca e se gabava de ter feito sorrir um daqueles guardas de pantufas que nunca se mexem. Entre seus amigos da época, havia uma garota de programa que mandara a filha estudar num internato suíço, onde praticava equitação, e um dos primeiros italianos a ter feito a cirurgia de mudança de sexo (depois disso, os pais dele mudaram de casa e trocaram de número de telefone sem avisá-la).

Eu não conhecia todas as palavras enfatizadas pela minha mãe quando contava suas histórias. Não sabia o que significava *prostituta*, por exemplo, e por isso uma vez perguntei por que ela também não podia ser uma prostituta e me comprar um pônei. Ela me vestia para me levar à creche, eu pulava na cama, espiava o seu sorriso indecoroso enquanto ela me enfiava uma camiseta na marra, numa manhã de luz branca no Brooklyn. Queria ouvi-la dizer que ela o faria, se fosse necessário. Eu desconhecia aquela palavra, não sabia o que era uma prostituta, mas sabia que implicava um sacrifício que eu achava que merecia.

"Na verdade, eu tinha muitos amigos burgueses", fazia questão de esclarecer de vez em quando, porém, a única forma pela qual ela conseguia descrever aquelas pessoas era como garotos que vestiam jeans amaciados pela sujeira e, apesar disso, dirigiam carros esportivos, aqueles mesmos que de vez em quando a levavam para casa para apresentá-la aos pais e ela dizia que não tinha ninguém no mundo esperando que pudessem lhe dar um pouco de dinheiro, mas depois de um tempo até eles se cansavam da inquietude dela, e minha mãe voltava ao ponto de partida, com as veias intactas e a risada aberta e desdenhosa. Eram os seus fantasmagóricos "burgueses do subúrbio", palavras que sempre odiei porque ela as usava sem entendê-las e, por culpa delas, cheguei despreparada à universidade em Roma, confundindo classe social e educação, trocando uma coisa pela outra.

Certa vez, ela encontrou Patty Pravo* no terminal de passageiros do aeroporto, ambas iam embarcar num voo para Nova York, e a cantora lhe chamou a atenção para o fato de que ambas tinham a mesma bolsa de couro, como se aquilo fosse uma ofensa.

Há alguns anos, entrevistei Patty Pravo para uma revista de música; eu queria conversar sobre Aldo Moro** e sobre o

---

* Patty Pravo (1948-): cantora e musicista italiana. [N.T.]   ** Aldo Moro (1916-78): político, acadêmico e jurista italiano, expoente do partido Democracia Cristã (DC) pelo qual foi presidente da Itália a partir de 1976. Foi sequestrado e assassinado pelas Brigadas Vermelhas (Brigate Rosse), em 1978. Na mesma época, Patty Pravo gravou uma canção, "Miss Italia", que condenava o partido Democracia Cristã e foi censurada, sendo relançada apenas em 1994. [N.T.]

guarda-roupa dela, ela queria falar sobre o seu último disco. Quando insisti em saber como ela tinha se virado naqueles anos duros, ela deu uma risada antiga e belíssima. "Nos anos 70, eu era uma nêmesis para as rádios hiperpolitizadas, mas não era nem de esquerda nem de direita. Eu não votava, ainda não voto", foi o que consegui lhe arrancar, e senti uma admiração confusa por ela. Eu nunca soube me esquivar muito bem do meu tempo.

"Venha me visitar e ver meu guarda-roupa", ela me disse antes de se despedir, e pensei que talvez deveria ir e quem sabe lhe contar sobre aquela vez que minha mãe cruzou com ela no aeroporto. "Você se lembra daquela garota ruidosa e escura?", eu perguntaria. "E como ela era? Ela te mandou tomar naquele lugar quando você falou da bolsa ou te pediu um autógrafo? Queria saber que rímel você usava ou deu de ombros com seu glorioso e eterno bordão: 'E quem se importa'?"

Minha mãe se enfiava nos interstícios da cidade, navegando entre a Piazza Navona e o bairro de Trastevere de Mario Schifano,* com suas ambições implícitas de artista.

Enquanto esperava que algum garoto a buscasse no aeroporto de Fiumicino, com quem deixaria de falar depois de um aborto, alguns estudiosos tomavam nota, pela primeira vez, de uma *whale fall* durante uma expedição oceanográfica num batiscafo batizado *Trieste II*. Quando uma baleia desce ao fundo do oceano, seu corpo se decompõe, sua carcaça começa a soltar substâncias que podem alimentar colônias inteiras de bactérias, criaturas marinhas e outros organismos, num processo de provisão que se prolonga por várias décadas. O animal reinventa o oceano com sua morte, mas às vezes as carcaças dos cetáceos encalhados são explodidas, pois parece que assim é mais

---

* Mario Schifano (1934-98): artista plástico e cineasta italiano, um dos fundadores do movimento da pop arte na Itália. [N. T.]

fácil descartá-las: em 1970, na pequena cidade de Florence, no estado de Oregon, uma cachalote encalhada na praia foi explodida e seus restos respingaram a até duzentos e quarenta metros do ponto de detonação. Em vez de fornecer combustível ao oceano e regenerar matéria, os cetáceos sacrificados com TNT espalham seus detritos, rebentam os capôs dos carros e despejam pedaços de cartilagem putrefata por todos os cantos, e é aqui que, para mim, um fenômeno oceanográfico se assemelha a certos períodos da história: na escolha entre a imersão no abismo de uma década e sua deflagração perpétua, entre a melancolia do animal que definha e se decompõe no fundo e aquele que é eviscerado para gerar a algazarra insustentável do chumbo mais atroz. Minha mãe não conseguia ouvir os despachos que reivindicavam os corpos dos políticos ou as rádios que surgiam numa frequência precisa no ar, era uma garota não intencional e não automática dos anos 70. Ninguém podia lhe ensinar como ser uma substância que afunda ou explode.

Um querido amigo francês dela havia brigado com a companheira, fora colocado para fora de casa e via-se obrigado a dormir no carro. Ele lhe pediu uma sugestão de presente para comprar para a filha; até hoje, minha mãe se pergunta se ele, afinal, conseguiu entregar aquela boneca à filha, e para mim essa dúvida contém todo o sentido da amizade e da empatia de que ela foi capaz: era uma pirralha de rua como tantos outros que não foram desejados pelos pais, destinados a se perder entre mimos, pintores e todos os Oliver Twist disformes e cheios de glitter da noite romana. Antes de dormir, ela me contava que se sentia livre e acolhida entre aqueles garotos ricos fugidos de casa, aquelas garotas estupradas sem pais ou aquelas pessoas que queriam mudar de sexo ou se drogavam com a grana obtida vendendo retratos horrorosos aos turistas, como se todas as suas conversas fossem uma só história para dormir contada, por sua vez, sob a luz das lâmpadas da iluminação pública.

Ela e sua melhor amiga, que conhecera no internato e que, diferente dela, era sóbria e séria, mudaram-se para a casa de uma senhora sisuda, onde não havia banheiro — o único que havia era compartilhado por todos os apartamentos do andar —, antes de ir trabalhar, elas tomavam banho nas duchas da estação Termini. Iam juntas a exposições e conferências com os livros debaixo do braço e catálogos apanhados ao acaso, queriam fazer parte daqueles grupos de intelectuais desenvoltos e sempre animados por algum propósito. Um jovem que ela conheceu na noite lhe deu cinco milhões de liras para fotografar seu seio, eram tomadas de dublê para uma atriz que não queria ser filmada nua, porém, antes que aquela carreira pudesse levá-la a algum outro lugar, um dos seus amigos íntimos a convenceu a deixar aquilo para lá; ela estava um pouco apaixonada por ele, mas nunca lhe contou de fato.

Minha mãe saía da ducha com os cabelos molhados, sem enxugá-los, e não usava guarda-chuva; dizia que, naqueles anos, pegava o ônibus de manhã com Renato Curcio,* mas não sei quem ela realmente encontrava, qualquer fato que ela contava tornava-se uma contra-história. Não sei se ela realmente encontrou Patty Pravo no aeroporto, o que ela de fato entendeu sobre as Brigadas Vermelhas. Assistimos a documentários sobre aquele período histórico e fazemos um minuto de silêncio por todos os lutos de uma geração, depois eu pergunto se ela não tinha medo, mas ela responde: "Não podíamos nos permitir o medo, tínhamos que lutar", e sempre me pergunto a quem aquele plural se referia.

Apesar das emboscadas armadas por desconhecidos nos diversos vagões dos trens, ou dos garotos que lhe ofereciam rosas e diziam ser diretores de cinema prontos a lhe dar um

---

* Renato Curcio (1943-): sociólogo e ensaísta, ex-militante e um dos fundadores das Brigadas Vermelhas. [N. T.]

papel, "tudo gente que ficou famosa depois de me encontrar", ela nunca foi tão feliz em sua vida como naquele período, nem mesmo quando eu e meu irmão nascemos. Toda a felicidade que sentiu mais tarde foi contida, já alinhavada com renúncias, o reflexo de uma alegria que havia armazenado em outro lugar e às vezes conseguiu irradiar, enquanto, antes de encontrar meu pai, ainda imaginava que poderia se tornar pintora ou atriz de teatro, ou namorar um garoto com audição perfeita, alguém importante para apresentar aos pais; prosseguiria suas aulas de biologia na faculdade, as aulas gratuitas que o pessoal do trabalho lhe permitia frequentar para facilitar sua inserção social. Então, sua vida ainda podia transbordar, extrapolar as margens, e talvez fosse nisso que ela estivesse pensando quando passeava certo dia na ponte em Trastevere e encontrou

*

meu pai, que naqueles dias tentava morrer, por isolamento e por tédio.

Por meio de conhecidos de um tio democrata-cristão funcionário do Ministério da Agricultura, ele conseguira um emprego no Banco Nacional do Trabalho. Nas férias, ele viajava sozinho. Ia a Paris, Amsterdã ou outras cidades famosas por seus bairros boêmios, onde se fazia entender pelos taxistas graças à sua teimosia, mas não vislumbrava o sentido daquelas viagens. Pedia espaguete ao vôngole e bisteca malpassada, suas refeições quase nunca variavam, e chamava a atenção dos garçons com chicoteadas equestres. Nas boates, as garotas tinham compaixão do seu silêncio até não ser ele a calá-las.

Meu pai entrava num cinema com dezoito anos e saía como o protagonista de *Laranja mecânica*, mas incapaz de ouvir Beethoven, entrava no ano seguinte e era Marlon Brando em *O último tango em Paris*, em luto por todas as mulheres com quem não se casara, com vinte e três anos ia ao cinema e se transformava em Travis Bickle de *Taxi Driver*: todas as vezes em que perguntava "Tá falando comigo?" como faz Robert De Niro, mesmo quando ninguém falava com ele, parecia um louco igual ao do filme, mas pelo menos tinha o álibi da surdez.

Meu pai desmoronava nas salas escuras e saía sempre diferente, ampliado e confuso, convencido de que as ações daquelas personagens tornavam-se legítimas se ele tentasse imitá-las no dia a dia.

Quando comecei a conhecer meu pai, fiz como se ele não fosse uma pessoa real: com ele, aprendi a amar o momento em que um filme começa a vazar para fora da tela e se derrama sobre você, da mesma forma que, ao deixar o cinema, se atravessa um limiar a despeito de si mesmo, e, durante o passeio silencioso de volta para casa, você percebe que é outra coisa, que já não pode permutar a garota apaixonada e ferida de agora por aquela inocente e ignorante de antes, e dessa multiplicação involuntária das células da própria imaginação, dessa violação constante do que é possível, apesar da dor que provocamos nos outros, reconheço ainda a beleza e o peso, embora no limiar estivesse minha vida, e não a saída de um cinema, e ele superou esse limiar infinitas vezes da mesma maneira. Vi meu pai exercitar a fúria e a mania de certas personagens fictícias até que se transformasse num pedaço de celuloide queimado nas laterais. Às vezes, durante os intervalos, ele me sugava para dentro da sua projeção, mas eu nunca era realmente importante. Mas sentia aquilo: o momento em que nosso corpo impresso na película amolecia antes de arder por completo, quando, um pouco antes de se desintegrar, nossa imagem atingia suas cores mais brilhantes e vivas.

Vimos juntos alguns dos seus filmes preferidos quando eu ia visitá-lo em Roma depois que ele se divorciou da minha mãe, apesar de serem impróprios para a minha idade. De noite, para não dormir sozinha na cama dobrável que ele mantinha no depósito do seu apartamento de solteiro, cheio de móveis que ele fizera com materiais caros, eu me enfiava na cama com ele e meu irmão, enquanto eles assistiam a um filme em que as garotas eram mantidas reféns num banco e depois fugiam com os ladrões, ou no qual havia dobermans que faziam picadinho de seus donos. Durante a noite, eu me encolhia sobre o peito do meu irmão, meu pai se enfurecia quando me encontrava naquela posição.

No final das férias, eu voltava para casa e descobria que minha mãe tinha um curvex na nécessaire de maquiagem: depois de ter visto *Laranja mecânica*, no qual era usado como instrumento de tortura, aquele objeto nunca mais foi o mesmo, eu o usava para me maquiar, apesar de ser muito nova, e voltava imediatamente à vida imprevisível que vivia durante o verão com meu pai. O curvex ficava numa nécessaire cujas bordas estavam incrustadas de sombra e a pastosidade residual e criminosa de algum batom, ao lado de barbeadores Bic enferrujados. Se, com vinte anos, lhe ocorresse estar muito triste, meu pai pegava os barbeadores e tentava desfigurar o rosto que lhe causava tanto sofrimento. Estava cansado de ter um rosto bonito, aquilo não tinha lhe trazido nada de bom, mas nunca se cortou muito fundo.

Depois, um dia, quando ia pôr à prova sua capacidade de nadar num rio poluído e asqueroso, uma garota o apanhou nos braços, e ele descobriu que a vida toda esteve em busca de alguém como ele mesmo. Alguém que encarava o fato de ser portador de deficiência não com coragem ou dignidade, mas sim com leviandade.

Quando não saía com minha mãe ou não a seguia em seus locais de encontro, tentava vender cocaína na Piazza Navona, mesmo que de fato fosse apenas pó de gesso. Às vezes, pegavam-no em flagrante e ele era afastado com escárnio, outras vezes a tapa, mas era ágil e se defendia rindo, dobrando-se sobre os joelhos como um boneco de mola. Certa vez, cruzou no centro da cidade com batedores que escoltavam Andreotti* e virou o volante bruscamente para se colocar em fila atrás daqueles carros; minha mãe se viu com uma metralhadora apontada na cara dela, do outro lado da janela. Foram conduzidos à delegacia pois estavam convencidos de que eles eram das Brigadas Vermelhas, e só foram liberados quando perceberam que não estavam apenas se fazendo de surdos.

Das poucas coisas que tinham em comum, o jogo de azar era uma. Minha mãe ia com frequência a Atlantic City com seus irmãos, ao visitá-los nas férias, na mesma época em que meu pai convivia com vários grupos em San Lorenzo, com os quais não fazia amizade e se limitava a coletar os ganhos. Com o dinheiro ganho jogando pôquer, ele comprava para ela pulseiras de prata decoradas com pedras de obsidiana — nenhum dos dois gostava de ouro — ou a levava para os cassinos de Montecarlo e Veneza. Podiam jejuar por dias a fio ou comer apenas ostras, trajavam roupas elegantes nos salões de jogos, mas tinham o pescoço marcado por arranhões e as camisas perfiladas por um círculo de sujeira, evitavam tomar banho nos banheiros dos hotéis para não desalinhar as toalhas macias e novas que depois roubavam e levavam para casa. Meu pai usava isqueiros Dupont de colecionador: a forma com que se curvava na direção dela para acender um cigarro, com a mão em concha apoiada sobre a bochecha dela, para proteger a chama, quase como se a beijasse, era o gesto mais íntimo de que era capaz.

Com ele, minha mãe também aprendeu a fugir dos lugares sem pagar. Quando dormiam na casa dos pais dele, nunca arrumavam a cama, não sabiam o que significavam as palavras "Te amo" e, portanto, não as usavam.

---

* Giulio Andreotti (1919-2013): político italiano, um dos principais expoentes do partido Democracia Cristã. [N. T.]

Casamento

Toda manhã, minha mãe se levantava para ir ao escritório da Agip Petróleo, um edifício de vidro com vista para o laguinho do Eur, onde trabalhava como estenógrafa e ganhava um salário que lhe permitia comprar casacos de camelo e botas de couro como as garotas que ela via nas revistas. Meu pai, no mesmo horário, ia a uma antiga agência do BNL, e nenhum dos dois recolhia do chão as bitucas de cigarro nem os lenços usados. As paredes daquela casa transpiravam fumaça, e os móveis estavam cobertos de um pó açucarado, as mesinhas de café soterradas sob palavras cruzadas. Ele colecionava *Dylan Dog* e *Tex*, ela lia quase que exclusivamente romances cor-de-rosa, com certa preferência por aqueles ambientados nos ranchos de montanha.

Casaram-se durante uma breve viagem para os Estados Unidos, quando foram visitar meus avós maternos; naquele dia, minha mãe vestia calças boca de sino brancas e uma camiseta listrada. Meu pai tirou uma foto dela enquanto estava parada no semáforo. Disse-lhe para não se mover e atravessou a pista correndo; ela estava de olhos fechados devido ao sol, sorrindo discretamente e sem saber o que fazer com as mãos. Depois, foram comer peixe em Chinatown e pararam para comprar quinquilharias nas barraquinhas, mas não há anéis nem testemunhos escritos sobre aquele dia.

Pouco depois de voltarem a Roma, ela engravidou do meu irmão. No refeitório do trabalho, sempre pedia bisteca grelhada e salada, o medo da gravidez convenceu-a a comer sempre as mesmas coisas e tentar não ganhar peso, ainda que já fosse seca pela falta de amigos: aos conhecidos na Piazza Navona não tinha nada para contar sobre seu trabalho no escritório, que a sogra lhe arranjara, e não podia apresentar meu pai às suas amigas respeitáveis por temer que ele começasse a cortejá-las.

A vida deles juntos era marcada por conversas alegres que se transformavam em cacos de vidro no chão sem que ela conseguisse perceber a tempo. Ele dizia alguma coisa para fazê-la rir e, depois, assim que ela parava de rir, assumia uma expressão de interrogatório de delegacia e perguntava por que ela ria, o que havia de engraçado, continuava dissecando cada postura corporal dela por horas a fio, até que ela se retirava para outro cômodo e ele destruía os móveis e rasgava os livros preferidos dela.

Com o dinheiro que poupou, minha mãe comprou uma BMW parcelada para ele. Em vez de usar a poupança para comprar uma casa da qual ele não poderia mandá-la embora, deu a ele de presente aquele carro, que desapareceu depois de alguns meses. Meu pai tinha certeza de que fora roubado por seus amigos mendigos que dormiam na rua e ameaçava fazer um boletim de ocorrência.

Para sobreviver àquele cotidiano precário, minha mãe comprou um manual de tarô numa livraria de ocultismo no centro de Roma e começou a tomar notas sobre como calcular as fases lunares da loucura doméstica. Segundo as moedinhas do I Ching, meu pai era inumano de setembro a fevereiro, já nos demais meses era apenas volúvel.

Para minha mãe, divinizar a tristeza era mais importante do que preveni-la.

Em casa, ela não fazia nada, passava horas deitada na cama fumando e olhando fixamente para o teto em círculos concêntricos. Quando ele pedia, ela levantava a camiseta para mostrar se o seio estava crescendo e sentava-se tarde da noite na sacada para escrever longas cartas aos irmãos, nas quais descrevia Roma como uma cidade em que nunca mais se sentiria sozinha, pois com vinte e dois anos teria finalmente um menino, a primeira coisa sua.

Com a chegada do meu irmão, chegariam novos sons.

Meu pai instalou aparelhos em casa para detectar o choro do menino, em casa já havia luzes sobre as portas para que percebessem se alguém tocava a campainha. Pegaram um par de walkie-talkies que vibravam quando tinham que correr para o quarto e pegá-lo no colo.

Em 1951, alguém deu a John Cage um livro do I Ching. O compositor começou a usá-lo para identificar uma ordem na música casual, fazia perguntas ao texto e compunha de acordo, porém, para inventar novos sons, era necessário também entender o silêncio que existia ao redor. No mesmo ano, foi a uma câmara semianecoica em Harvard, em busca do silêncio perfeito. Dentro daquela câmara, ele ouviu um som agudo e outro grave. Pediu ao engenheiro que o acompanhava alguns esclarecimentos, e o homem lhe explicou que o som agudo era seu sistema nervoso trabalhando, enquanto o grave era seu sangue. Cage repetiu essa anedota a vida inteira, alheio aos cientistas que argumentavam que aquilo era impossível, que se tratava apenas de uma solução romântica. Segundo a compositora Pauline Oliveros, é irrelevante se essa descoberta é verdadeira ou não: naquela câmara, Cage recebeu os presságios do derrame que o mataria, algo que dizia respeito a seus nervos e a seu sangue. De alguma forma, pressentira seu futuro.

Enquanto meus pais transformavam o apartamento numa nave espacial repleta de luzes e sinalizações indispensáveis para reconhecer o choro do meu irmão, o artista americano Dough Wheeler meditava sobre uma série intitulada *Synthetic Desert*, na qual queria utilizar efeitos ópticos para reproduzir a vastidão do deserto e seu silêncio.

Em 2017, o Guggenheim de Nova York reproduziu parte dessa série, criando uma câmara semianecoica semelhante à visitada por John Cage muitos anos antes, uma câmara configurada como um abismo. Ao entrar nela, ouvi o barulho da minha saliva, o ronronar do estômago, até o farfalhar dos meus cílios, e, ainda assim, senti que desaparecia no branco que me circundava. Diferentemente de Cage, não tive ali uma premonição do meu futuro, mas pensei no meu passado, no fato de que meus pais viveram sempre num quarto como aquele.

Depois daquele passeio no Guggenheim, passei por acaso ao lado de um pôster que anunciava uma performance de Alvin Lucier, o compositor experimental conhecido por ter gravado a música "I Am Sitting In a Room", em 1969. A peça é sobre o gaguejar de Lucier: o compositor grava a si mesmo declamando um texto, depois reproduz a fita, grava novamente e procede teoricamente até o infinito, até que as frequências no recinto tornam indistinguível sua voz, restando apenas vibrações e sibilos. Com "I Am Sitting In a Room", Lucier não pretendia demonstrar as qualidades físicas de um espaço, mas corrigir sua gagueira. Esperava que a música anulasse um defeito, e de fato, ao final da peça, ele já não é alguém que fala mal, mas sim um ser humano incoerente como todos os demais. A primeira vez que o ouvi, pensei em como a arte pode resgatar um indivíduo da diversidade, da diversidade da solidão: nem sempre amei a música experimental de John Cage e dos seus discípulos, porém, em comparação com outros gêneros, descobri que ele tem uma paciência e um zelo por tudo o que desvia da nossa capacidade de sentir convencional.

No quarto em que minha mãe vivia, alternavam-se anemia, sono interrompido e terror. Um dia, ela voltou para casa e encontrou as persianas fechadas, os móveis derrubados e as garrafas abertas; meu pai estava sentado na cozinha com uma faca na mão e disse-lhe que tinham quarenta e oito horas para fugir para a Holanda. Tinham que abandonar o trabalho e mudar-se para um lugar onde ninguém os controlasse, uma comunidade hippie já degenerada pelo niilismo. Após uma discussão, ela o convenceu a ir para o Brooklyn, onde viviam seus pais, e pediu demissão. Alguns dias antes, ela havia recolhido seus objetos pessoais no escritório, em meio a colegas que não acreditavam que ela encontraria outro emprego como aquele, com certeza não numa multinacional do petróleo. Daquele dia em diante, minha mãe nunca mais trabalhou e partiu de Fiumicino para chegar aos seus pais em Bensonhurst com um garotinho loiro que mal andava e um marido bom de carteado. Alguns anos depois, eu nasci, um minuto para a meia-noite de um dia de verão, depois de muitas horas de trabalho de parto e uma cirurgia que quase colocou a vida da minha mãe em risco. Muitas horas depois do parto, meu pai se apresentou no quarto das pacientes sem um maço de flores e com uma agente de trânsito a tiracolo, que acabara de multá-lo. Estabelecida a inviabilidade de um divórcio com base num precedente tão previsível e banal, decidiram fazer as pazes, e passei os primeiros anos da minha vida num apartamento cheio de quadros deixados pela metade e portas desencaixadas e pintadas que não levavam a lugar algum. Naquele período, meus pais eram artistas, ou assim diziam, mas no tempo livre recebiam os subsídios de um esboço de Estado social.

Às vezes, como prova da sua abnegação, meu pai lhe pedia que bebesse detergente ou aguarrás diluídos em água. A aguarrás deve ter ficado em seu sangue, já que, por aquela época, minha mãe se tornou pintora. Seu primeiro desenho é de poucos meses antes do meu nascimento, uma lua quase sufocada pelas samambaias tracejadas a lápis. Logo parou de usar lápis e pincéis e começou a pintar a óleo usando as mãos, como as crianças; eu a abraçava e sempre ficava fedendo a fumaça e terebintina.

Nos anos 80, meu pai trabalhava numa empresa de construção civil. Através dos estranhos conhecidos dos meus tios, ele entrara na New York State Laborers' Union, a elite da classe operária e manufatureira da costa oriental. Sua habilidade com a carpintaria — comparável à que tinha no pôquer — rendeu-lhe o apelido Mão de Ouro, e ele logo encontrou uma série de assistentes porto-riquenhos que carregavam suas ferramentas de trabalho até a obra. O mestre de obra, antes de deixá-los subir nos edifícios mais altos, distribuía doses mínimas e calibradas de cocaína para que não sentissem náusea, era uma forma de segurança no trabalho.

De dia, meu pai construía casas, de noite, destruía casamentos. Minha mãe pouco falava com ele e saía sempre com sua melhor amiga, Lucy, uma americana de origem siciliana que namorava, clandestinamente, meu tio Arturo, que sempre se enfiava em alguma enrascada. As famílias eram hostis àquela união — Lucy era jovem demais e meu tio, um arruaceiro —, mas eles continuavam a corte fora dos portões de casa. Minha mãe pediu a eles que fossem meu padrinho e minha madrinha de batismo, de modo que obtivessem uma legitimação católica.

A melhor amiga de minha mãe foi Miss Brooklyn na juventude. Tinha cabelos encaracolados e armados, nenhuma das Barbies que me dava de presente tinha cabelos assim, trabalhava como comissária de bordo da Alitalia e, quando não estava ocupada no check-in, arrastava minha mãe para dançar nos clubes de Manhattan ou para os shows de cantores neomelódicos que vinham especialmente para as festas de santa Rosália. Às vezes, minha mãe não voltava para dormir. Juntas, elas tomavam sol nos telhados revestidos de piche, sem passar protetor solar, e levavam para passear os cachorros da minha madrinha, que vivia numa casa repleta de móveis cobertos de celofane, onde eu quase desmaiava de tanto fedor de xixi e água sanitária. Tinha o hábito de xingar com gestos qualquer um que assobiasse para ela quando usava shortinho curto e branco, depois, num dia qualquer, ela desapareceu e trocou de sobrenome, e minha mãe continuou perdendo tempo nos sites de detetives particulares na internet, digitando o nome da Lucy sem obter resultado algum.

Minha amiga Elsa me disse que não é possível se suicidar se jogando do Arc de Triomphe por culpa de sua tia. Desde que ela se jogou de lá nos anos 90, a prefeitura de Paris fechou o perímetro superior com arame farpado, o mesmo que existe no topo dos arranha-céus de Manhattan que ainda estão de pé.

Passeávamos pelos bosques quando ela me contou sobre a irmã do seu pai; depois daquele suicídio, diversos membros da sua família decidiram tornar-se psiquiatras para desviar do próprio medo de enlouquecer. Aquela anedota me surpreendeu. Eu e Elsa nunca falamos de nossas famílias com paixão. Nos conhecemos tarde, quando contar a própria história sempre se parece mais com resgatar uma fábula de terror da qual todos os fantasmas desapareceram.

Alguns meses mais tarde, fui averiguar as estatísticas dos suicídios no Arc de Triomphe, esperando encontrar a história da tia da Elsa a partir dos poucos fatos de que dispunha a respeito dela. A história de uma mulher que havia mudado o destino de um monumento atiçava minha curiosidade, porém, não consegui encontrá-la, e aparentemente ainda é possível suicidar-se naquele ponto de Paris. Mesmo assim, a história que minha amiga me contou é verídica, mesmo sem provas, e entendo seu significado toda vez que volto para o Brooklyn e passo ao lado de uma casa ou de um predinho no qual sei que meu pai trabalhou, algo que ele construiu e ainda está lá, apesar de que eu não possa vê-lo. A vertigem de um testemunho deixado no espaço e que não tem nada a ver comigo, mesmo que carregue meu nome.

Divórcio

Em 1989, meu pai se jogou contra um muro de tijolos em algum lugar no estado de Nova Jersey, dirigindo seu jipe, o mesmo em que me levava nos passeios dominicais na ponte de Verrazzano, com o teto solar aberto. Ele passou alguns meses numa clínica de reabilitação psiquiátrica, numa divisão com monitoramento de pacientes com ideias suicidas, cujos funcionários estavam exasperados com a impossibilidade de encontrar um intérprete da língua de sinais que entendesse bem o italiano, um código que, entre outras coisas, meu pai se recusava a usar.

Minha mãe era a única pessoa que poderia tirá-lo de lá, e prometeu fazer isso em troca da assinatura dele nos papéis de divórcio.

Até pouco tempo atrás, os muçulmanos na Índia podiam se divorciar de suas esposas dizendo a palavra *talaq* ("divórcio") três vezes em voz alta, então o Supremo Tribunal declarou isso inconstitucional. O repúdio institucionalizado está desaparecendo: nos separamos quando deixamos de falar, nos separamos dizendo frequentemente a mesma coisa, meus pais não fizeram nada disso, portanto, como a linguagem burocrática pode desunir aquilo que a linguagem amorosa jamais uniu?

Depois do divórcio, meu pai voltou a morar com sua mãe, em Roma. Minha avó Rufina também tinha uma queda por substâncias tóxicas: viu-se com um filho exausto e emaciado, já quase sem cabelos, e dava-lhe mercurocromo ou qualquer outra substância que encontrasse no armarinho de remédios para sedá-lo. Era uma tentativa espartana de matá-lo; não a recriminávamos.

Por sua vez, minha mãe decidiu levar a mim e a meu irmão a um vilarejo da Basilicata, com cerca de mil habitantes, onde ela havia passado umas férias na infância, mas não conhecia quase ninguém. Ao chegar lá, em 1990, ela tinha trinta e quatro anos, as roupas todas manchadas de tinta, os cabelos quase raspados e uma dependência alcoólica não diagnosticada, e descobri que estava divorciada quando nos faziam desenhar nosso núcleo familiar nas aulas, ou quando os padres lhe negavam a comunhão durante as crismas católicas de que eu e meu irmão participamos sem pensar muito a respeito, em nosso espontâneo desejo de absolvição.

Meu pai vinha nos visitar na Basilicata sem avisar, às vezes derrubando a porta a pontapés, mas quase sempre me usando como mediador diplomático. E, da mesma forma que minha mãe muitos anos antes, eu o encontrava assim sem pré-aviso na frente da escola, apoiado num dos seus carros azul-petróleo da Fiat, que ele jamais trocava, mesmo depois de tantos acidentes; comprava sempre o mesmo modelo do carro anterior que havia sofrido perda total. Eu também o reconhecia por algum detalhe que se distinguia do resto: as bitucas de cigarro, os jornais amarelados no banco de trás, sem nunca conseguir compor por inteiro a sua figura, como a caça que entende que é caça ao perder o campo de visão.

Em casa, ele se inclinava sobre a mesa da cozinha e pedia à minha mãe que extraísse os fragmentos de vidro do jipe que ficaram encravados no seu couro cabeludo depois do acidente e que, segundo ele, não tinham sido bem aspirados pelos médicos americanos. Os vidros pulverizados eram o motivo pelo qual ele coçava sempre a cabeça e não conseguia dormir. Minha mãe pegava uma lanterna e uma pinça de sobrancelhas e se debruçava sobre ele na tentativa de encontrar alguma coisa, uma varredura sombria. "Eu nunca o amei", ela afirma ao falar sobre aquele insólito cuidado, "mas fui sua única amiga. O amor entre surdos não existe, é uma fantasia dos ouvintes. Há sexo, intimidade, mas não há essa necessidade. A similitude vem antes de qualquer coisa." Minha mãe se prestou àquela atividade por anos a fio, os vi reclinados sob uma luz artificial em busca de um remédio para o acidente. Não havia vidros, os dois sabiam.

Lá pelos quarenta anos, ele entrou num cassino esloveno com um documento de identidade falso: fora banido do circuito europeu de cassinos por mau comportamento, mas dava um jeito de se virar. Fora preso — um surdo numa prisão eslovena no começo dos anos 90, pouco depois de o país tornar-se uma democracia independente enquanto todo o resto estava por um fio — até que o consulado interveio; relendo os documentos processuais e de soltura, aquilo parece uma vida que não é a dele.

Com catorze anos, parei de lhe pedir presentes, eram todos roubados.

Às vezes, porém, ele me deixa sentar num banquinho forrado de veludo em frente à sua escrivaninha e abre diante de mim uma série de caixinhas pretas, como um joalheiro judeu do Lower East Side. Me pede para escolher, mas não cometo mais o mesmo erro, nunca escolho o anel de que realmente gosto: se faço isso, ele me diz para experimentá-lo, estuda meu sorriso, se compraz, depois pega o anel e o gira lentamente à luz de uma lâmpada antes de colocá-lo de volta no lugar e dizer, "Da próxima vez". Nesse momento, ele fecha a caixinha e me enche de pedras velhas e chaveiros que nunca irei usar.

Nos anos após o divórcio, ele desenvolveu um gosto peculiar que se manifestava em malas de couro costuradas à mão, pequenos frascos do perfume Acqua di Parma e um anel de conde cigano no dedo anular; suas cores preferidas são o azul, a cor do aço e o preto. Às vezes, encontrei-o por Roma vestindo um blazer de alta-costura e portando uma bengala de passeio de que não precisava, ele me dizia que passara pela Via Veneto para tomar café ou que entrara no Amleto, o barbeiro dos políticos, estabelecimentos em que, tenho certeza, não tinham vontade alguma de atendê-lo, mas onde ele sempre conseguia um desconto.

É uma capacidade de persuasão que experimentei quando fomos a um restaurante em Testaccio, onde não colocava o pé havia dez anos, e foram abrindo passagem como se fôssemos clientes especiais, apesar de o restaurante estar cheio e não haver nenhum lugar para sentar. Mantive a cabeça baixa entre os ombros de vergonha, enquanto os cozinheiros saíam da cozinha para cumprimentá-lo e dizer que ele nunca aparecia, era "sempre o mesmo infeliz".

Ele sempre dirigiu rápido demais e sem cinto de segurança, acumulando uma série lendária de multas debitadas na conta em nome de sua mãe. A saudade o deixa de mau humor e ele gosta de ver criaturas feridas, não tem a mínima empatia pelos animais. Certa noite, durante meu primeiro ano de faculdade — me mudara para a casa da minha avó enquanto estudava antropologia na Universidade Sapienza —, ele voltou depois da meia-noite e acordou todo mundo. Acabara de ganhar uma grana jogando bingo. Eu estava deitada na cama dobrável em que dormia na época, então meu pai se aproximou, exaltado pelo vinho, e jogou dinheiro em cima de mim, levantei rapidamente e tentei pegar tudo o que conseguia. De cabeça para baixo, enquanto ele ria e fazia chover notas de cem euros do alto, a empolgação que senti apesar de tudo.

Seus carros, antes italianos e compostos de cinco partes, com o tempo tornaram-se cada vez mais ingleses e ágeis no trânsito, mas qualquer elegância que pudessem ter na concessionária era logo profanada: ele envelhece e suas Mini Coopers vão sendo recheadas com as decorações mais extravagantes. A manopla da marcha é substituída por uma ave de rapina de metal, o botão de ignição é sincronizado com luzes fluorescentes em todo canto possível, de modo que qualquer um no banco do passageiro tem medo de ser ejetado pelo teto solar, os revestimentos de couro são cobertos por telas psicodélicas que conferem um efeito grotesco e antimoderno.

Como os cães de estimação da minha mãe, que antes eram dóceis e nos últimos anos enlouqueceram, qualquer coisa que seja tocada por meus pais se adequa à sua decadência, são um rei e uma rainha taumaturgos que, em vez de curar os feridos ou fazer milagres, convencem qualquer criatura na presença deles a se desarticular e abandonar-se à própria possível loucura.

Nos anos após o divórcio, minha mãe continuou caminhando e fugindo, me levando às vezes como refém. Em vez de me mandar à escola na primavera, ela me vestia com uma roupa de ginástica de poliéster, colocava balas na pochete e me forçava a segui-la a pé de vilarejo em vilarejo. Eu ia, caminhava sem pegar na mão dela, a respiração ofegante e os tênis imersos nas poças, pronta para esmagar os girinos, andávamos por oito horas antes de voltar. Ela precisava estar lá fora, eu não, mas mesmo assim eu caminhava.

As professoras ficavam desnorteadas com tal hábito. Eu já sabia ler e escrever bem em italiano, não precisava da escola e, ainda que não fosse uma garotinha muito atlética, gostava de caminhar ao lado da minha mãe pelos campos e rios do Val d'Agri, banhando-me nos míseros córregos que restavam.

Durante aqueles passeios, ela me explicava que, independentemente do que decidisse fazer quando crescesse, eu nunca deveria largar o trabalho por causa de um homem e que o sexo era uma experiência inevitavelmente violenta, impossível de evitar. Eu ainda não fizera dez anos, mas já sabia toda a diferença entre consentimento e estupro, e a tristeza infindável que havia entre uma coisa e outra.

Ela caçoava de mim toda vez que eu sugeria levar um guarda-chuva — minha covardia era um mistério para ela —, e minha única responsabilidade era fazer com que tudo sempre fosse uma festa. Ao voltarmos de nossos passeios a pé pelos vilarejos do Val d'Agri, os motoristas paravam na estrada achando que precisávamos de carona, ou então nos definiam de cara como pessoas pobres e não como esportistas: no sul da Itália, a carência de um meio de transporte em certas regiões montanhosas significa simplesmente indigência, e embora na escola perguntassem o tempo todo quanto devia ter sido estranho, para mim, deixar os Estados Unidos e me ver num espaço assim tão limitado, em que havia mais ovelhas do que crianças, me parecia estar num local muito parecido com o estado de Nova Jersey, onde morava meu tio Paul, um lugar com rotatórias e estradas lacônicas, sem um centro. Na Basilicata, encontrei a mesma dispersão dos subúrbios americanos, o mesmo desejo das minhas primas do lado de lá do oceano, de me entrincheirar num quarto, sem um lugar aonde ir além de um shopping center ou de um porão onde se entorpecer.

Nesse meio-tempo, a coleção de romances cor-de-rosa da minha mãe crescia: não havia livrarias por perto, mas as bancas locais lhe permitiam comprar histórias em quadrinhos para a gente e colecionar milhares de títulos da Harlequin Mondadori.* Quando não estava pintando, eu a via fechada num quarto tentando organizá-los por cor: o rosa indicava histórias românticas centradas na solução de um mal-entendido, mas que não continham cenas de sexo; aqueles cor de vinho eram vagamente eróticos, os verdes pertenciam à categoria caubói, enquanto o azul-claro era reservado para as histórias que envolviam doenças. Volumes com a página de rosto dourada indicavam uma trama complexa ou de fundo histórico; mas, apesar das paixões, contágios, casamentos ou outras coisas que se pudesse contrair através daqueles livros, a vida sentimental de minha mãe saiu imune.

---

* Selo editorial que publica a dita "narrativa feminina", romances cor-de-rosa, há mais de trinta anos. [N. T.]

Eu e meu irmão podíamos perdê-la de vista: às vezes, ela saía para passear, dormia na rua, andava sozinha por quilômetros no escuro, principalmente quando chovia, e nós nos acostumamos à nossa vida anárquica, que consistia em descascar mexericas no sofá enquanto assistíamos a filmes de terror. Era uma existência sem horários, na qual não nos fazíamos muitas perguntas: nos preocupávamos um pouco que ela pudesse se machucar ou não voltar, mas seguíamos em frente.

Apesar de uma vida desregrada à base de leite e cereais, também tínhamos nossas férias no Brooklyn, roupas de marcas que na época ninguém ainda conhecia e, não obstante a diferença de idade, meu irmão era o meu melhor amigo, a única pessoa com quem eu queria estar. Era o garoto mais lindo que eu já tinha visto. Quando ele começou a sair com as minhas colegas de turma, eu o esperava escondida na sua cama para que ele me contasse o que tinha acontecido e, tão logo ele dizia que as beijara, eu enfiava a cabeça debaixo do travesseiro, fingindo ter vergonha. Eu sentia falta da minha mãe quando ela desaparecia, mas ela era uma nebulosa, e meu pai uma galáxia negra que neutralizava qualquer teoria física: meu irmão foi a primeira matéria ao redor da qual pude me adensar. Quando me perguntam quem me ensinou a me expressar, em meio a avós migrantes que usavam uma língua precária e pais incapazes de corrigir meus erros de pronúncia, me dou conta de que a primeira língua que falei foi a da primeira pessoa que amei: o italiano de um garotinho seis anos mais velho do que eu, melódico e sem tropeços, defendido com obstinação quando todos à nossa volta falavam com uma entonação carregada, numa região em que o uso do dialeto coincidia com a cidadania. Uma língua de adolescente influenciada por seriados dublados em italiano, ainda fresca, ingênua e doce, eis a voz do meu irmão, que às vezes ainda é a minha. Ele me ensinou a evitar a humilhação que acompanha qualquer ato fracassado de comunicação; quanto mais nossos pais falavam de forma vulgar e intencionalmente irritante, mais nós éramos precisos, certos de que, sendo corretos no uso do léxico, seríamos corretos na vida, finalmente livres da estranheza deles.

A história de uma família se parece mais com um mapa topográfico do que com um romance, e uma biografia é a soma de todas as eras geológicas que você atravessou. Escrever-se a si mesma significa lembrar que você nasceu com raiva e que foi um despejo de lava denso e contínuo, antes que sua crosta endurecesse e rachasse para deixar aflorar uma espécie de amor, ou que a força inútil do perdão viesse polir e achatar qualquer formação de um vale em você. Reler-se a si mesma significa inventar aquilo pelo que você passou, detectar cada estrato de que está composta: os cristais de júbilo ou de solidão no fundo, as consequências de uma lembrança que evaporou, tudo o que foi escavado e depois inundado, apenas para se dar conta de que não é verdade que o tempo cura — há uma fratura que jamais será preenchida. A única coisa que o tempo faz é carregar consigo pó e ervas daninhas, de modo que aquela fissura seja coberta até se transformar numa paisagem distinta, distante, quase de fábula, na qual se fala um idioma que não se conhece mais, tão verossímil quanto o élfico. Paisagens sobre as ruínas da sua família, e você se dá conta de que algumas palavras foram apagadas, mas outras salvas, algumas desapareceram, enquanto outras farão sempre parte da sua reverberação, e então finalmente se chega à margem do seu pai e da sua mãe, depois de anos acreditando que morrer ou enlouquecer fosse o único jeito de estar à altura deles. E lá então você entende que tudo no seu sangue é uma chamada e você é somente o eco de uma mitologia pregressa.

Vi um homem que bebia substâncias danosas como aguarrás. Era Joaquin Phoenix em *O mestre*, de Paul Thomas Anderson. Numa das primeiras cenas, sua personagem traga um pouco de combustível dentro de um navio de guerra, um gesto que antecipa sua incapacidade de se adequar à sociedade após o conflito. A personagem de Phoenix é indecifrável, fácil de se detestar, não consegue se comunicar senão com o sexo, e a única forma possível de domesticá-lo é através de um pregador espiritual pseudocientista, inspirado em L. Ron Hubbard, o fundador da Cientologia, que o acolhe em sua família e congregação. Quando todos se recusam a se relacionar com Phoenix por ele ser tão desagradável e imprevisível, o líder do culto faz uma defesa passional e diz que ele é quem deve ser defendido. Porque se "falharem" com aquela pessoa, então "irão falhar" com todos os demais: em inglês, *to fail someone* significa desapontar uma pessoa ou não cumprir com o próprio dever em relação a ela. No final da sessão, esqueci quase o filme inteiro, exceto aquelas duas cenas. A única coisa que pensei foi: "E onde está o professor que não salvou meu pai?" — depois fiquei sentada na sala escura, incapaz de cruzar qualquer limiar.

Vejo minha mãe com mais frequência. Ela vem me visitar na cidade onde vivo e, quando nos sentimos entediadas, vamos às compras. Ela nunca se veste como uma mulher, exceto uma vez por ano, e quando o faz ficamos mudos olhando-a e pensando em tudo aquilo que ela podia ser se tivesse ao menos obedecido às regras. A vida toda ela tentou se camuflar com blusões e coletes de caçador, tênis surrados e cortes de cabelo andróginos, mas nada disso a protegeu.

Pegamos o transporte público em cidades italianas e estrangeiras com sacolas cheias de vestidos, e depois de passar anos sentindo vergonha de fazer gestos para que ela me entendesse, hoje falo sem vocalizar, marcando bem as palavras com os lábios, tentando imitar conceitos que não significam nada justamente pelo excesso das minhas coreografias. Quero ser vista pelos transeuntes e que fique claro que não tenho mais vergonha dela, ainda que isso não lhe importe, agora já é tarde.

Tão logo nos encontramos na chegada, nos aeroportos de Stansted ou de Gatwick, ela observa como estou maquiada e me pergunta quando foi que aprendi a me vestir feito uma garota rica. Se, ao contrário, não estou vestida bem o suficiente, ela faz uma careta e diz que pareço uma daquelas norte-americanas grávidas que não têm televisão em casa. Para deixá-la feliz, pergunto se ela não tem um cigarro para me dar, mesmo que eu não fume e que ela sofra do coração. Então, minha mãe se ilumina e me pega pelo braço, revigorada pela minha pequena transgressão. Concedo-lhe isso somente nos aeroportos, a melhor zona franca que temos.

Nos provadores das grandes lojas, eu a observo refletida no espelho e de repente vejo a Piazza Navona, as rosas, as noites nos salões de dança em que ela imitava o movimento dos outros, vejo sua juventude desperdiçada e muito mais divertida que a minha, os lutos que a consumiram, os sonhos estranhos que tinha à noite, sua preocupação de que eu seja tímida e amedrontada demais para poder ter uma vida memorável, seu talento que o mundo da arte irá reconhecer, mais cedo ou mais tarde, apesar dos quadros amontoados no sótão, mofando (há catálogos em que ela mesma avaliou o preço dos quadros, fixando-o em centenas de milhares de euros, eu me afundo de vergonha quando ela os entrega aos meus amigos); vejo o dia em que lhe pedi que se escondesse nos fundos da escola e não aparecesse na frente, no portão, não tanto porque sentisse vergonha da sua surdez, mas mais das manchas de tinta preta e roxa em suas mãos, que faziam com que um garotinho antipático a chamasse de "Michelangelo", a preocupação que ela tem toda vez que pego um avião sem que ela saiba exatamente o horário de partida, informação que evito lhe enviar para não receber notificações sobre os terremotos na Guatemala e seus possíveis efeitos nas torres de controle destinadas a me entregar num lugar determinado do mundo, eu que não quero saber nada sobre as fissuras da terra porque já tenho minha mãe que é um tremor harmônico que a tudo devasta. Ela sai dos provadores balançando a cabeça ou deixando para trás todas as peças que lhe caem bem, levando consigo a única roupa que detestei e que a deixa ainda mais igual a si mesma.

Há alguns anos, a acompanhei quando foi comprar uma roupa de festa num grande shopping de Londres. Depois de diversas lojas e roupas experimentadas e separadas, perguntei-lhe o que ela estava procurando, nervosa com sua volubilidade. Ela me olhou como se a pergunta fosse realmente boba e me respondeu: "Não suporto a ideia de que ele me veja malvestida". Meu pai estaria presente na cerimônia: as coisas tinham terminado em sangue da última vez em que haviam se encontrado, e, desde esse dia, não fizemos outra coisa senão controlar a distância entre eles. Comecei a rir e me apoiei na parede da loja, com cortes de cetim e rendas que ela não queria amarrotar, depois deixei-os cair no chão, mesmo com as atendentes de olho em mim, enquanto minha mãe me olhava completamente envergonhada.

Ele tornou a vida dela um inferno, eles não se falavam mais, mas ela queria estar bem-vestida? Esse era, porém, o modo de se comunicarem.

No dia em que se encontraram, ela se escondeu atrás de mim para não ser vista, em meio aos demais convidados que não entendiam o que estava acontecendo, até que ele se limitou a fazer um gesto. Levantou a mão e chamou-a com o indicador como se estivesse pescando uma garotinha fora da escola e como se ainda estivesse apoiado num carro em frente ao colégio para surdos da rua Nomentana, como há muitos anos.

Minha mãe se dirigiu lentamente a ele, sem pedir que eu a acompanhasse, Eurídice que se vira, Orfeu que volta ao inferno. Depois, ele a cumprimentou pelo belo vestido, eles riram, ela pediu a ele que lhe servisse champanhe; eu olhava sem entender nada e tive que intervir para evitar que acabassem no mesmo quarto de hotel.

Ela foi embora no dia seguinte, ele chorou, o mistério permanecia irresolúvel.

Não sei que substância existe nos meus pais: só sei que eu não a tenho em mim. Conquistei e perdi toda a vantagem com a linguagem, trocando uma palavra por outra, persuadindo o interlocutor com a retórica dos meus sentimentos, e meu silêncio jamais é funesto. Não possuo a inspiração demoníaca deles.

Enquanto eu tentava estabelecer alguma ordem com a escrita, eles continuavam se comunicando com os astros superiores e as substâncias ingovernáveis, reforçando sempre em mim a suspeita de que as palavras não significam nada a não ser quando são literais e de que qualquer outro resíduo é uma grande perda de tempo e sentido: a vida é seduzida e hipnotizada em silêncio, todo o resto é fracasso.

Há fenômenos opacos, coisas que não se explicam: os cientistas tentam até a exaustão entender por que, em certos períodos do ano, as cachalotes encalham nas praias dos mares do Norte. Antes de nos livrarmos delas com uma explosão ou entregá-las ao fundo das águas, é preciso entender como chegaram ali. Recentemente, um grupo de pesquisadores encontrou vínculos entre esse fenômeno e as tempestades solares, e elaboraram gráficos dessa genealogia da aparição, algo que evoca instantaneamente demônios medievais, bestiários e cosmogonias duvidosas impressas em pergaminho. É uma notícia que eu poderia compartilhar com meus pais, os dois gostariam de saber disso: a menção às tempestades solares demonstraria que há algo que opera de forma oculta e que só eles são especiais o suficiente para percebê-lo, da mesma forma que qualquer oscilação ou vibração do ar é suficiente para avisá-los de que algo no mundo está se transformando. É uma explicação que não me convence, mas mesmo assim eu me pergunto: como teria sido, como eu teria sido, "da próxima vez".

Viagens

*Mas uma coisa é ler sobre dragões,
outra é encontrá-los.*

Ursula K. Le Guin

Estados Unidos

As guerreiras da noite

Quando criança, eu tinha uma ideia bem precisa de como iria morrer: envenenamento por criptonita, exalações tóxicas vindas de uma central termonuclear e jejum forçado pelo fechamento de um bunker contra os ataques químicos dos russos. Nas minhas fantasias de conspiração, tudo era sempre culpa dos russos: eu tinha cinco anos e era 1989 em Nova York. Não foi o melhor ano para a URSS tampouco para a Guerra Fria, mas os soviéticos fizeram algo pior do que ameaçar os Estados Unidos com seu programa aeroespacial e suas temíveis ginastas durante as Olimpíadas: eles se mudaram para a nossa vizinhança. Circunstância bem mais grave, minha mãe tinha feito amizade com alguns deles. Desconhecidos, com seus casacos de couro, armações de óculos cor de quartzo e o nome impronunciável de alguma de suas amigas que ia jantar lá em casa e se animava subitamente, as risadas com golpes de tosse seca por causa de complicações de doenças pulmonares contraídas naquele país hostil e de ficção científica.

Os russos não eram os únicos estrangeiros na vizinhança. Havia as filhas dos pedreiros que faziam consertos para a empresa do meu tio Arturo, um zelador com botas de caubói e bigodes de mariachi que havia namorado pelo menos uma vez com todas as vizinhas do prédio. Aquelas garotinhas falavam espanhol e às vezes vinham comigo até o último andar para encontrar Jenny, que tinha sempre a mesma idade, noventa e nove anos, e desaparecia sob o robe lilás, presa no andador.

Meu avô Vincenzo cobrava um aluguel reduzido no predinho de quatro andares com tijolinhos à vista e uma porta verde cor de garrafa, que ficava no cruzamento da 14ª Avenida com a Ovington, um entreposto anônimo entre Bensonhurst e Dyker Heights, repleto de centros para a terceira idade, locadoras e açougueiros. Comprara aquele prédio para dar um jeito na vida de todos os filhos antes que pudessem tramar a própria declaração de independência. Jenny enviuvara e não tinha parentes que cuidassem dela, pois todos viviam no Leste Europeu. Eu levava as filhas dos pedreiros para a verem, pois ela presenteava a todos com chocolatinhos de hortelã e moedinhas de um centavo. Quando eu juntava o suficiente, meu avô me ajudava a empilhar as moedinhas num papel para entregar no banco e voltávamos para casa cheios de notas de um dólar, assim podíamos comprar o que eu queria nos grandes shoppings cheios de robes floridos para mulheres acima do peso e videocassetes da Barbie.

Às vezes, eu me distraía e roubava. Levava para casa pulseiras, brincos de plástico daqueles que não requeriam ter a orelha furada e substâncias viscosas que podiam ser grudadas na parede. Não havia nada que custasse mais do que um dólar, mas mesmo assim eu me assustava. Não por ter roubado, mas por não ter sido pega. À noite, quando dormia junto dos meus avós num quarto que fedia a madeira encerada, com uma estátua de são Francisco num canto, eu ficava acordada esperando por uma luz intermitente vermelha e azul que acordasse meus parentes ou por um golpe desferido pela polícia no portão, mas nenhum lojista nunca me denunciou, e sabe-se lá que coisas terríveis poderiam ter me acontecido no futuro se os adultos não tivessem o trabalho de me corrigir e redimir.

Minha mãe não trabalhava nunca. Nos dias em que ela ficava dormindo de roupão, eu subia na cama e começava a dançar, fingia sufocá-la com os lençóis e a cansava até que dissesse que eu podia não ir ao jardim de infância. Assim, em vez de aprender a socializar e colorir, eu e minha mãe passeávamos entre os laranjas e os vermelhos queimados do outono, espiando pelas janelas encobertas por abóboras. Meu irmão me disse que nossos pais eram dois atores de teatro e que fingiam ser surdos para entrar de cabeça em seus papéis, praticavam uma espécie de método Stanislavski. Só paravam de ensaiar de madrugada, quando eu já estava dormindo: se tivesse colocado o alarme para despertar na hora certa, teria encontrado os dois conversando na cozinha, cumprimentando-se pelo próprio talento. Mas eu não tinha paciência para pegá-los em flagrante; corri logo para minha mãe e chutei-a gritando "Fala, fala", até nós duas começarmos a chorar. Quando meu irmão me contou que ela fora adotada e que na verdade nossos pais eram alienígenas à paisana prontos para sabotar o planeta, eu já não acreditava mais nele.

Apesar de não trabalhar, minha mãe não passava muito tempo comigo, assim, vivi boa parte da infância no jardim dos meus avós, repleto de barris com terra e uma parreira esparramada sobre a pérgula, o que levava os vizinhos a perguntar como poderiam obter uma, apesar de o vinho extraído daqueles cachos ser sempre pesado e ácido. Eu e ela nos víamos pouco, mas nos vestíamos igual, shorts jeans e tênis Reebok de material sintético branco e cano alto, os dela sempre descascando. Tão logo notava que os meus estavam se entregando, meu avô me levava à Payless Shoes, na 18ª Avenida, para comprar um par novo. Ele cuidava das minhas roupas e dos meus dentes, também foi o primeiro a perceber que sou míope e, toda vez que me via desarrumada, tirava um pente do bolso da calça de algodão de pernas retas e curtas, como as usadas atualmente pelos garotinhos nos museus de arte contemporânea, calça de camponeses rizicultores.

No primeiro dia que passou fora de um abrigo de imigrantes nos Estados Unidos, como homem livre, vovô Vincenzo ficou deitado perto da janela que dava para os trilhos elevados do trem, os vagões iam e vinham a noite toda. Amaldiçoava o barulho e dizia que era melhor voltar para casa. Na verdade, aquele apartamento era um progresso comparado com o primeiro alojamento que tiveram, um porão mofado dividido com outros parentes. Era de um conterrâneo de San Martino d'Agri que era dono de um *bísniss*, trazia pessoas da região da Lucânia para trabalhar na sua construtora ou nas cozinhas de Midtown e retinha um percentual do salário delas. O irmão da minha avó fora o primeiro a conseguir se livrar e trazer sua família novamente para a superfície, meu avô conseguiu isso só um pouco depois, esmorecido pela sua miséria anfíbia.

Conseguiu um trabalho como servente de pedreiro, espalhando o alcatrão sobre os tetos, aquele piche que cheira como açúcar queimado e que no verão se transforma em plasticina debaixo da sola dos sapatos. Quando recebeu o primeiro pagamento, ele subiu num predinho com outros operários, enquanto minha avó Maria, da rua, o observava. Passado algum tempo, ele começou a sentir vertigem e desceu do telhado. Ela colocou um lenço na cabeça, subiu no lugar dele e começou a espalhar o alcatrão no meio de todos aqueles homens, enquanto ele piscava para as transeuntes.

Meu avô me convencia a me esconder com ele no porão para engarrafar o vinho feito em casa e vendê-lo por baixo dos panos, e cantava: "*tutti frutti, bimbabbambaloulabimbabbamboo*", de Little Richard para me fazer rir e me dizia para beber um copinho de mosto e *gingerella*. Depois, eu me sentava à mesa de vinte e quatro lugares na qual eram servidos os almoços de domingo e abria a maletinha dele cheia de fitas napolitanas.

Quando os outros dormiam, ficávamos no sofá para ver as fitas de videocassete em que Mario Merola ou Nino D'Angelo apareciam do nada durante uma cerimônia religiosa ou um casamento que acabaria mal, ou seguiam duas pessoas que se separavam e depois mudavam de ideia e corriam uma atrás da outra no aeroporto. Eu assistia àquelas cenas dramáticas só para deixá-lo feliz, aqueles tiroteios e primeiras comunhões. Eu nem gostava de tarantela, mas ele adorava tocar acordeão, e quando seus amigos vinham visitá-lo, eu e minhas primas ficávamos em fila para dançar, batendo umas contra as outras e nas paredes de gesso do porão, aturdidas pelos aplausos.

Homens vestindo camisetas polo listradas, mocassins sem meias, óculos degradê; homens vestindo camisas de motorista, que nunca raspavam a cabeça apesar da calvície, fedendo a charuto e a mosto e a notas amassadas, uma massa indistinta de figuras que tinham a mesma cara desde o dia do casamento até o da aposentadoria e sempre me provocavam fortes risadas.

Como meu avô, esses homens voltam a desabrochar quando ouvem uma canção num dialeto do sul da Itália, são presenças vívidas, apesar da implausibilidade dos seus ensinamentos: pego aviões com certa frequência, mas ninguém corre atrás de mim nos aeroportos para impedir que eu suba a escadinha como faziam os velhos neomelódicos, ninguém vem gritar comigo para que eu não parta porque senão acabará se despedindo da própria vida, e assim fico pensando em quantas mentiras me contaram a respeito do amor: não era verdade que, se tivesse subido no altar vestida de branco e levando um crucifixo brilhante no pescoço, eu teria encontrado o melhor garoto da escola, um futuro empresário ou dono de restaurante, disposto a cometer qualquer crime para me ter a seu lado, não era verdade que, se fosse casta e boa aluna, eu teria o casamento mais suntuoso de todos, com candelabros em forma de gota no salão de dança e tios bêbados que se comoveriam no momento certo.

Mesmo porque os candelabros em forma de gota davam azar: no dia em que Anna Banana, a vizinha magra e loira, se casou, o candelabro caiu em cima dela e do marido durante a primeira dança no salão de festas; eles se divorciaram pouco tempo depois. Todos gostavam da Anna moça, mas, quando meus tios foram verificar no Facebook como ela se parecia atualmente, fecharam de imediato a janela do navegador, envergonhados de tê-la beijado. Depois, segundo minhas tias, eu não deveria me apaixonar por um dono de restaurante ou pizzaiolo ítalo-americano: esses trabalhavam demais, traíam tão logo tivessem uma oportunidade e erguiam as mãos se as coisas não fizessem sentido.

Minha avó Maria nunca falava a respeito dos homens, diferentemente da sua irmã Giuseppina, que chegou a Bensonhurst depois de fugir do vilarejo da Basilicata ainda menor de idade; tinha dezesseis anos quando desembarcou no JFK.

Os homens da família faziam chacota quando ela aparecia nos almoços de domingo. Tinha duas filhas, teimava em usar minissaia de couro mesmo sendo corpulenta, descoloria os cabelos e ostentava suas joias de ouro falso. Minha tia Josephine parecia ter feito várias plásticas, ainda que não as tivesse feito, nasceu com os lábios intumescidos e seios que transbordavam dos sutiãs pequenos demais. Meus avós tentaram ficar de olho nela quando ela, jovenzinha, mudou-se para a casa deles, mas ela se emancipou rapidamente, arranjando trabalho como açougueira de dia e dançarina de noite. Frequentava as boates onde circulava alguém da família Gambino; às vezes, voltava para casa com um hematoma. Num certo momento, parou de falar italiano, fingia não se lembrar mais das palavras. Por culpa dela, acreditei, por um bom tempo, que meu verdadeiro nome fosse Glória; no Natal, ela me entregava os presentes miando "Cloooooória", se esforçando para fechar bem as vogais. (Sobre a história do meu nome, pairava um mistério:

meu pai dizia que era uma homenagem a Claudia Cardinale, mas vovó Rufina tinha certeza de que fora escolhido por causa da Claudia Mori — "Claudia Cardinale era linda demais, seu pai nunca teria te dado esse nome" —, já minha mãe dizia ter lido em algum lugar que esse nome romano era sinônimo de força. Para os meus primos americanos, era muito próximo da palavra *cloudy*, que significa "nublado", então, toda vez que o tempo estava ruim, eles me diziam: "*Look, it's a very* claudia *day, ha ha*". Durante uma das minhas primeiras versões de latim no ensino médio, descobri que "claudicante" significava "coxo", e talvez não fosse por acaso que minha mãe trocara uma lacuna física por uma capacidade.)

Abandonadas as boates, minha tia Jo foi contratada por uma butique de luxo na rua 86, mas manteve o trabalho como açougueira para poupar um pouco mais de dinheiro: por anos, imaginei que, por baixo do avental manchado de sangue, ela vestisse roupas cheias de paetês.

Durante aqueles almoços colossais na casa dos meus avós, eu era a única a levantar da mesa para encontrar a louca do bairro, que domingo fazia a coleta em busca de garrafas vazias para serem devolvidas. Meu avô não entendia bem como funcionava essa troca com o supermercado — que interesse o Shop-Rite teria em reciclar garrafas de plástico usadas? —, então, enchia o carrinho de compras dela com garrafas de Pepsi e 7Up ainda cheias, achando que ela estivesse com sede.

A mulher vestia roupas cor de barro e óculos rachados, e, com o tempo, passara a falar sozinha; quando pedi que me explicassem, me disseram que o filho dela morrera no Vietnã, mas o Vietnã era uma explicação óbvia demais para tudo. Eu não tinha medo dela, porém, todas as vezes que ela jogava as garrafas vazias no carrinho, eu logo fugia, sem sequer me virar, e era seguida pelo barulho das rodinhas que se arrastavam sobre a via exposta ao tráfego.

Eu estava acostumada a andar sozinha pelas ruas, se me afastasse o suficiente, conseguia parar de sentir aquele cheiro perene de molho de tomate, vinagre e marshmallow das casas ao lado. Eu passava pela locadora, que estava sempre fechada, pelos restaurantes chineses sem lugar para sentar, nos quais minha avó nos fazia pedir *chicken and broccoli* nas raras vezes em que decidia não cozinhar, e continuava olhando fixamente os vagões do metrô que esvoaçavam sobre minha cabeça perto da parada da rua 62, onde passava a linha N em direção à cidade.

Ninguém me levava à cidade. Para minha família, Manhattan era irrelevante. Eu, pelo contrário, desejava-a como Dorothy do *Mágico de Oz* deseja a Cidade Esmeralda: todos os adultos à minha volta falavam sobre como haviam sido seduzidos e arruinados por ela, e quanto se sentiam sozinhos lá, pequenos em relação a prédios de vidro, a fumaça tóxica que saía das bocas de lobo, as carretas pesadas quase os atropelando, a mercadoria que não servia, as garotas com os cabelos esquisitos e os cães que pediam esmolas, os ventos contrários na beira do rio, a umidade estagnante do lixo; eu, pelo contrário, não via a hora de me perder pelas calçadas que brilhavam sob os postes de luz.

A atração mais bonita do nosso bairro era o lava-jato com suas escovas enormes. Meu pai me deixava ficar no carro enquanto íamos para a frente e para trás entre as cerdas que circundavam seu jipe encharcado de água e sabão. Para mim, era mais divertido do que ir a Coney Island, com os brinquedos desbotados e o Cyclone que me fazia passar mal: em 1977, um homem ficou acalcanhado naquela montanha-russa por cento e quatro horas; meu irmão poderia bater aquele recorde.

Todo aquele *boardwalk* de açúcar cancerígeno é uma terra de recordes insensatos ou pedidos de casamento feitos em bancos por pura falta de imaginação. No cais, ainda há um brinquedo no qual um amigo da família trabalhou por mais de cinquenta anos, um estilingue humano que pulveriza o público no ar. Quando ele morreu, há alguns anos, enterraram suas cinzas ao pé do brinquedo, numa cerimônia sob o sol leitoso e frio. Ele não era uma pessoa cuja perda era fácil de chorar ou de quem era fácil sentir falta, passou os anos de aposentadoria ouvindo a reação ao desembarque na Normandia em um radinho portátil e assediando a esposa com telefonemas anônimos ao asilo onde ela se refugiara para escapar dele, um emigrante de origem alemã obcecado por Burt Lancaster, para quem casar-se com uma italiana havia sido um grande erro.

Meu irmão não tinha medo de subir naquela montanha-russa enferrujada, e eu o acompanhava o quanto podia, até perdê-lo de vista além das catracas de metal parecidas com as dos trens, que ele pulava sem pagar quando saía com seus amigos, os mesmos que carregavam pistolas. Para mim, eram só garotinhos com meias soquete sujas transbordando dos cestos de roupa de lavar, cujos pais divorciados saíam com jovens ruivas de vestidos curtíssimos e cabelos armados; outros eram judeus não ortodoxos que podiam se permitir videogames caros e convidavam meu irmão para jogar na casa deles, mesmo sendo impopulares na escola, coisa que meu irmão não era, como poderia sê-lo, com seus cabelos Johnson & Johnson, os dentes esculpidos e a perfeição das suas feridas de guerra.

Um dia se pôs a correr demais com sua BMX e foi encontrado numa poça de sangue vivo e abundante na calçada. Tive medo de que ele fosse ficar desfigurado e comecei a chorar: a beleza dele era a única coisa que podia nos salvar dos nossos pais deteriorados e tristes.

Ele estava para terminar o quinto ano do ensino fundamental, mas já deitava nos trilhos dos trens e faltava às aulas.

Uma vez, a polícia veio até a nossa casa porque minha mãe registrou que ele estava desaparecido, de fato não apareceu antes da hora do jantar. Meus tios lhe disseram que parasse com aquelas proezas, que ele tinha que se tornar o homem da família. Eu, pelo contrário, sentia medo da vida secreta que ele levava sem mim, aquilo me deixava confusa e enciumada, porém, apesar das chateações que ele me infligia, quando era desobediente, ele também o era por mim. Um dia, colou chiclete nos meus cabelos, forçando minha mãe a cortar minha franja bem curta com a tesoura de cozinha; com quatro anos, eu parecia uma daquelas cantoras pálidas de música punk, com ossos de passarinho, que anos depois eu veria nos folhetos de Astor Place.

Nos filmes a que eu assistia com meus pais, as garotas estavam sempre suadas e eram sempre rebeldes, e, porque exibiam *Grease* ou *Os selvagens da noite*, mesmo as tímidas tinham que se converter à malícia se quisessem sobreviver. Eu as via na frente da escola, quando saíam do ensino médio, ou pela rua, à noite, quando eu e minha mãe voltávamos da *drugstore* e éramos iluminadas pelos postes de luz: deitadas sobre o capô dos carros, nos Lincoln azul-petróleo ou cor de ferrugem, reclinados sob o peso delas, que faziam poses de modelo, sem sutiã, imigrantes, cada vez menos religiosas. Eu ficava observando, da janela do meu quarto, quando elas colocavam latinhas de cerveja ou Coca-Cola sobre a veia do pescoço e espantavam os pernilongos, depois adormecia pensando que meu destino seria me apaixonar e me tornar uma boa republicana.

Minha avó começou a me mandar fazer entregas pelo bairro quando eu tinha cinco anos, pegava uma bolsa preta igual à dos médicos das tirinhas da *New Yorker* e a enchia de mussarelas endurecidas e boas para colocar na pizza, que pegava escondido do restaurante onde trabalhava na rua 54.

Ela já não entendia tão bem o italiano e falava num dialeto intencionalmente engraçado: dizia "Bruklí", em vez de Brooklyn; "aranó", no lugar de "*I don't know*"; "bega" por "*bag*"; "porchecciapp" para "*pork chops*"; "a diec pezz" eram dez dólares, e "u' bridge" o pedágio de Nova Jersey para Nova York. Na verdade, sabia muito bem qual era a pronúncia correta em inglês, mas se recusava a usar: gostava que caçoassem dela, era sua forma de reivindicar uma personalidade.

Ela trabalhava como cozinheira com uns garotos porto-riquenhos que de vez em quando nos encontravam na hora do almoço, eram altos e magros e arrancavam moedas de prata da minha orelha para me fazer rir. Eles falavam uma língua macia e estranha e riam de coisas que eu não entendia. Acho que compareciam àqueles almoços só para encontrar namoradas, mas as mulheres da minha família já eram casadas, ou então jovens demais, geralmente infelizes.

Todas aquelas filhas italianas que com seu mau comportamento matavam os pais e para quem estudar era um estorvo, isso em plenos anos 80. Minha mãe, que ainda não podia mudar de vida, mudou pelo menos de quadra só para chatear seu pai.

A irmã mais velha da minha avó, a tia Rosa, acabara num manicômio e fora submetida a uma histerectomia por recomendação do marido, que se casara de novo com uma filipina muito mais velha do que ele. Ela também vinha aos almoços de domingo, com a cabeça reclinada sobre o prato, enquanto meu tio Giovanni, pronunciava-se Giúan com uma cadência latina, continuava ajeitando seu topete e falando da Mercedes-Benz que não podia comprar, sem falar da mulher louca e ingrata que mandara internar. Rico ele nunca chegou a ficar, e a outra mulher também o deixou, preferindo a morte à companhia dele. Depois de se aposentar, ele se mudou para Los Angeles, onde começou a fazer autorretratos fotográficos próximo aos casarões das pessoas famosas, com uma mão na bengala e a outra na peruca, sempre esperando alguma viúva.

Nas tardes depois do jardim de infância, naquelas raras vezes em que eu ia, pegava a bolsa de médico que minha avó me entregava e dava uma volta pelas *drugstores* que vendiam macarrão Divella e bolachas de funcho, os proprietários esvaziavam a bolsa, me passavam um envelope para entregar a Maria e me davam pirulitos, perguntando o que eu gostaria de fazer quando crescesse. Eu respondia sempre estilista, mas às vezes dizia correspondente de guerra só para deixá-los impressionados.

Com cinco anos, eu contrabandeava mussarelas, era católica, achava que jamais tingiria os meus cabelos pretos, dizia que não queria ter filhos e dançava nos joelhos dos tios tortos que sempre se chamavam Tony e sempre eram casados com mulheres de gosto extravagante quando o assunto eram os casacos de pele.

O melhor amigo do meu avô tinha um inchaço do tamanho de um bulbo na têmpora direita, uma bala que ficara incrustada desde a época da guerra. Os médicos não conseguiriam removê-la sem causar danos permanentes no cérebro, mas nunca ficou claro a qual guerra Domenick se referia, já que nunca havia saído de Staten Island. Melina, sua esposa, usava sempre um batom fora do contorno dos lábios finos, jamais tirava o casaco de pele, nem mesmo em casa, e cheirava a talco e perfume amarelado, eu lhe servia o café na xicrinha com pires, que ela apoiava nas pernas enquanto apenas assentia, ainda que ninguém pedisse sua opinião. Como tantos ítalo-americanos, meus parentes e seus amigos estavam convencidos de que tinham alguma relação com a máfia só porque às vezes pagavam sem recibo ou já tinham feito algum favor a alguém.

O medo da imprudência e da água

Em seu tempo livre, meu irmão criava assassinos em série. Esses assassinos em potencial pareciam com os monstros dos filmes de terror que me convencia a ver com ele (para me fazer encarar *A hora do pesadelo*, de Wes Craven, ele me disse que Freddy Krueger com a cara de pizza era interpretado por um ator que tinha a idade do meu avô, que poderiam ter sido companheiros de bebedeira, o que não teve outro efeito senão o de piorar minha sensação de emboscadas na família), tanto quanto com os protagonistas das páginas policiais dos jornais. Foi assim que me convenci da existência de um assassino que seria o cruzamento entre o Filho de Sam e o Assassino do Zodíaco, um criminoso que matava suas vítimas no dia em que faziam aniversário. No dia 8 de junho, eu estava escondida no porão, temendo minha morte pelo horóscopo, com medo de um sequestro repentino quando estivesse brincando na rua, então, quando minha mãe anunciou que iríamos morar na Itália, em 1990, a única sensação viva e pulsante na fila do controle de segurança no aeroporto foi a alegria de ter saído ilesa das garras daquele criminoso. Até que meu irmão me contou que os assassinos em série também podem viajar, e naquele momento até Chucky, o Brinquedo Assassino, poderia estar escondido numa mala rolando pela esteira de bagagens. Nem a migração intercontinental me libertaria da escuridão; em minhas futuras idas e vindas entre os Estados Unidos e a Itália, eu teria que aprender a traduzir também os pesadelos.

Eu sempre voltava para as férias de verão, os Estados Unidos eram então um país de uma só estação.

No verão em que fiz dez anos e festejei no Brooklyn sem que um garoto introvertido armado com uma pistola adquirida clandestinamente viesse me matar — crescer para mim se tornaria uma história de contínua salvação, um progressivo deslumbramento pelo fato de me manter incólume —, descobri que, por um breve período, vários anos antes, meus avós haviam pensado em adotar uma adolescente vietnamita. Minha avó ficara triste vendo uma reportagem sobre os órfãos de guerra, mas então minha mãe teve uma crise de ciúme e aquilo não deu em nada.

Minha avó tinha um fraco por garotas desaparecidas.

Uma manhã, acordei para tomar café e a vi sentada no sofá, chorando diante de um programa da Rai Internacional, na sua confusão entre as línguas. Num certo momento, ela levantou rapidamente e correu para telefonar para sua cunhada Carmela, que vivia a algumas quadras de distância, acabara de ver uma reportagem especial sobre o desaparecimento de Ylenia Carrisi. No meu imaginário infantil, a filha de Albano e Romina era como Laura Palmer; só que nascida na Itália. Eu não conseguia distinguir o rosto das duas, nas horas inquietas do sono nos dias de escola, ambos apareciam para mim perfeitamente sobrepostos: nas águas podres de New Orleans e dos riachos de Twin Peaks, entre os músicos de jazz, o vodu, as frases enigmáticas pronunciadas antes de um suposto suicídio, a loja negra e uma garota loira que acabava no nada, mas que, cedo ou tarde, ressurgiria como uma virgem vestal azulada dentro de um saco plástico.

Toda vez que nossas mães queriam nos assustar, aprendi isso no sul da Itália, nos diziam que o homem que fazia perucas para as garotinhas com câncer viria para cortar nossos cabelos às escondidas, fazendo com que acordássemos com as pontas secas e cortadas como num hospital psiquiátrico, antecipando todos os nossos gritos afônicos diante do espelho, os que teríamos perdido no vazio sem sabê-lo, por culpa de um homem que às vezes era um lobisomem. Se não prestássemos atenção, até nossos pais poderiam se transformar, como o da Laura Palmer, como o meu também: sou de uma geração de garotas que se tornaram adolescentes imaginando que alguém como Bob poderia vir e morder nosso pescoço.

Naquele dia, minha avó e tia Carmela continuavam chorando, soltando longos suspiros, ficaram tão felizes que Ylenia fora encontrada. Ao final da ligação, tive de esclarecer que ela entendera mal aquilo, que alguém afirmou tê-la visto, mas não havia nenhuma evidência, e que se achava quase com unanimidade que ela fora jogada no rio, que estivesse morta. Minha avó balançou a cabeça num tique do seu iminente mal de Parkinson, com os olhos vítreos, dizendo que me entendia, mas que não podia acreditar. Eu também, como minha mãe, ia e vinha de sua vida.

Naquele verão, meu irmão comprou um toca-fitas amarelo fosforescente numa loja de música de Bensonhurst, aonde normalmente acompanhávamos meu avô para comprar os últimos lançamentos da Orchestra Italiana de Renzo Arbore.

Naquele momento, eu estava privada de qualquer vida social — já não tinha mais amigos no meu antigo bairro, diferentemente do meu irmão, de quem todos se lembravam, especialmente as garotas —, então, decidi passar os meses de julho e agosto deitada na cama ouvindo *Automatic for the People*, do R.E.M. Por alguma razão, desabar naquela dimensão de respirações interrompidas, prováveis eutanásias e homens na Lua me parecia reconfortante. Mais tarde, reconheceria que meu apego àquele disco se devia ao que ele representava: não tanto a busca convulsa por algum tipo de consolo quanto o fascínio ingênuo pela morte. Eu não estava completamente sozinha naquele quarto. Havia um garotinho, Chris Chambers, de quem eu me lembrava às vezes. Eu o vira pela primeira vez num filme que se passava no final dos anos 50, chamado *Stand By Me — Conta comigo*: família difícil, camiseta branca, cigarro atrás da orelha. Naquela época, eu não tinha como saber, mas iria encontrá-lo continuamente, em centenas de filmes e livros que estavam por vir, tanto que, em certo momento, isso nem me impressionaria mais. Se Chris Chambers tivesse se aproximado de mim alguns anos mais tarde, quem sabe na frente da escola, com os braços cruzados, apoiado num carro emprestado, eu teria dito exatamente isto a ele: "Você não me impressiona", e teria virado as costas, rígida e indignada.

Porém, com dez anos, naquelas manhãs dilatadas até o inverossímil, em frente à televisão, ele e seus amiguinhos pareciam fazer parte de um mundo que me era vedado, feito de camaradagem masculina e das primeiras aproximações com a morte, de brincadeiras de rua e de brincadeiras nos bosques, de sangue invisível e de sangue viscoso.

O ator que interpretava Chris Chambers chamava-se River Phoenix, *Stand by Me* era seu segundo filme, uma adaptação de um conto de Stephen King. No verão de 1994, a personagem de ficção me interessava muito mais que a de carne e osso, do contrário, eu teria percebido que River Phoenix já havia morrido. Contudo, naquele momento da minha vida, eu só tinha olhos para Chambers, e me parecia que o R.E.M. estava falando dele e dos seus amigos em *Automatic for the People*. Do contrário, a que se referia Michael Stipe quando, em "Nightswimming", trazia à tona: "O medo de ser pego/ o medo da imprudência e da água/ Eles não podem me ver nu/ Essas coisas desaparecem/ substituídas pela vida de todos os dias"? De quem estava falando senão de quatro garotinhos perdedores que caminham sobre os trilhos enferrujados dos trens em busca de um cadáver, enquanto se expõem à humilhação do consolo mútuo? Do fato de que, após aquele passeio, quase não se encontrariam mais, talvez só dois deles a cada vez, mas nunca todos juntos, não os quatro; uma vez rompida a simetria, era impossível recriá-la. Esta era uma das vantagens da solidão: não era necessário buscar simetrias.

Se tivéssemos sido mais descolados, eu em 1994 e os garotinhos de *Stand by Me* em 1959, teríamos enterrado cápsulas com objetos sagrados da nossa infância numa boca de lobo ou debaixo do pórtico de uma casa abandonada, para recuperá-las somente anos mais tarde. Não se tratava de enviar pequenas naves espaciais à Lua com fotos de Elvis ou camisas de flanela xadrez para demonstrar à posteridade como foram épicos os anos em que crescemos, nenhum Voyager Golden Record para nós; era só um jeito de estarmos de novo presentes diante de nós mesmos. Isso não quer dizer que conseguiríamos; às vezes, acontece de voltarmos aonde tudo começou e sentirmos algo pior do que o sentimento de perda: a dúvida, sutil e perversa, de que, na verdade, aquelas fotos e aquelas camisas de flanela jamais foram nossas. Ainda assim, há um antigo bairro no qual tenho certeza de que morei, uma rua entre Dyker e Bensonhurst onde ralei o joelho e lambi minhas feridas adocicadas, e, em termos do que vale a pena, aqueles garotinhos tinham realmente feito aquela caminhada. Para mim, já naquela época, *Stand by Me* falava de possibilidades e desilusões: não se perca, mantenha seus superpoderes, eleve-se acima do resto do resto.

As coisas, tanto para os protagonistas do filme como para mim mesma, tomariam outro rumo. River Phoenix morreria de overdose na frente do clube Viper Room de Los Angeles. Chris Chambers se tornaria um advogado de sucesso somente por ter arriscado a pele tentando apartar uma briga. Durante o resto dos anos 90, eu trairia *Automatic for the People* com outros discos, aparentemente mais adequados ao meu desassossego adolescente. Meu velho bairro do Brooklyn já não me reconheceria, ou talvez jamais me pertencera, não mais do que quando nadei de madrugada numa poça. Porém, graças a Gordie Lachance, um daqueles garotinhos que depois se tornaria escritor, o guardião de toda uma épica contrabandeada da infância, eu viria a entender de maneira inexorável e profunda que a escrita era realmente aquilo: o estigma de quem fica.

O verão de 1994 foi também o verão da Copa do Mundo e do meu medo irracional de um possível confronto entre a Itália e os Estados Unidos, destinado a colocar em xeque meu sentido de pertencimento. Apesar da fragilidade do time americano, eu pintava estrelas e listras nas minhas bochechas antes de me colocar de barriga para baixo no chão e me preparar para perder, ridicularizada pelo meu irmão por torcer por jogadores improváveis como Tony Meola e Alexi Lalas. Logo sairiam do torneio, enquanto a Itália iria direto à final: nossos vizinhos conseguiram entradas para o Rose Bowl de Pasadena, mas meu avô não tinha intenção alguma de gastar uma grana daquelas. No que lhe dizia respeito, o ápice da glória foi ter a barba feita pelo mesmo senhor que atendeu o comentarista Bruno Pizzul, de passagem por Nova York para o primeiro jogo da Itália contra a Irlanda. Decidi acompanhá-lo, era a primeira vez que eu entrava numa barbearia, e nunca mais haveria lugares tão românticos: todos os espelhos tinham a mesma tonalidade de água de colônia vencida, com furos que faziam pensar em algum experimento químico fracassado, uma lenta corrosão de buracos negros e nitrato de prata. Meu avô costumava fazer a barba sozinho, porém, não conseguiu resistir àquele momento de celebridade.

Lá fora, o ar estava sempre seco, a sesta prolongada e as bandeiras tricolores da Itália desbotavam rapidamente. Os vendedores chineses na rua 18 ofereciam versões de poliéster a um dólar, a concorrência exibia fotografias de Roberto Baggio para emoldurar, com uma mancha de canetinha azul que imitava um autógrafo. O jogador que erraria o pênalti na final contra o Brasil, a morte se aproximando da minha família, uma epidemia melancólica e despercebida que eclodia durante aquele verão.

O impostor

Tudo começara quando meu tio Arturo encontrou uma namorada italiana por correspondência. Ele leu numa revista um anúncio para corações solitários, circulou-o em vermelho e depois se enfiou numa cabine telefônica durante as férias na praia.

Ele foi buscá-la no lugar onde ela vivia, em Vallette, na periferia de Turim — o anúncio nem sequer incluía uma fotografia —, e depois levou-a consigo para os Estados Unidos. Daniela era loira, baixa e carnuda, se não se vestisse com tanta frequência de preto, a teríamos confundido com uma atriz pornô. Ela não gostava de mim nem das minhas primas: éramos garotas, criaturas tão óbvias, e seu fascínio por nós se extraviou. Mesmo antes de casarem, ela já se intrometia nos nossos assuntos familiares, tentando seduzir todos os homens da família, não importa a idade: apoiava uma mão na bochecha, meio deitada sobre a mesa, e fingia ouvir as histórias que meu avô começava a repetir pela terceira vez após ter bebido demais. Dava gargalhadas escandalosas e inoportunas que ressoavam como um alarme no lugar onde ficávamos, ao lado das escadas. Nos escondíamos para espiá-la, perturbadas por sua boca exótica e pelo fato de ela jamais cozinhar. Ela enchera o apartamento de flores de plástico que exalavam um cheiro exagerado, e tinha uma única obsessão: Bruce Springsteen. Às vezes, íamos até a casa deles para uma festa do pijama e a encontrávamos com as pernas cruzadas no sofá, ainda com a roupa de ginástica das primeiras horas da manhã, com uma bandana na testa e um olhar mucoso fixo na maratona de shows na televisão.

O tio Arturo a matriculou num curso de inglês, mas ela estava sempre descontente. Durante as *parties* — meu avô as chamava de "parrí" —, o marido avançava em sua direção com uma careta de desejo resignado, e ela se mexia de forma imperceptível para iludi-lo mais uma vez; só falava de contas bancárias e leis de sucessão. Chegava sempre tarde aos jantares e, quando ela entrava, ocorria uma interferência estática: minha avó se escondia na cozinha, minha mãe corria para fumar em frente ao portão, tentando convencer minha madrinha Lucy a voltar com seu irmão, porque aquela loira vinda sabe-se lá de onde era insuportável.

Depois, Daniela começou a aparecer cada vez menos nos jantares, ficamos sabendo, pelas cartas que recebíamos na Itália, que ela estava emagrecendo rapidamente, tinha o corpo todo recoberto de manchas esponjosas e vermelhas com formas irregulares. Naquelas cartas, o sarcoma de Kaposi era chamado de "câncer de pele".

A última vez que a vi foi durante as férias de Natal, ela estava sentada no sofá dos meus avós com um vestido de veludo escuro cheio de pequenos brilhantes, uma Barbie para funerais. Tinha cabelos escassos, mas a maquiagem era compacta e os lábios cheios, famélicos, ainda que falasse com uma voz mais rouca. A mulher que viera trazendo o mal, a malvada vitoriana de pele acinzentada por debaixo da base.

Segundo a filha, que sobreviveu à mãe, Daniela descobriu que estava doente já durante a gravidez, mas decidiu não fazer um aborto. No mistério obsceno da sua morte, nas cartas trocadas para fazer comentários a respeito dela, não havia palavras que demonstrassem compreensão por uma mulher de vinte anos que chegava ao Brooklyn com a certeza de se emancipar da marginalidade sofrida em casa, mas que descobre que sua nova família tinha regras ainda mais restritivas do que a antiga — minha tia Daniela queria morar nos Estados Unidos, sua família por afinidade queria viver em Bensonhurst —, ou sobre como deve ter sido perturbador chegar ao hospital e ouvir o médico dizer que não falava sua língua, ou o fato de que, apesar de ter se afastado da garota que fora antes na vida, apesar de haver interposto toda aquela distância entre elas, a doença a seguiu.

Meu avô foi o segundo a contrair uma doença letal: o fígado cedeu devido a uma cirrose. Ele sempre gostou de beber e, diferentemente de quase todos os homens que conheci, jamais teve uma bebedeira melancólica. É uma resistência que reverberou em mim: quando me vejo na presença de um homem que, depois de beber, começa a ter titubeações nostálgicas, perco o respeito por ele, algo em mim se torna frio e implacável.

Quando meu tio Arturo adoeceu, por sua vez, já havíamos deixado de falar de "câncer de pele", sem, no entanto, saber como chamar aquela coisa nova. Os familiares mais próximos se revezavam para acompanhá-lo quando ele ia fazer seus exames de sangue, e as enfermeiras lhes entregavam livretos explicando como conviver com a doença e criar um ambiente menos estressante em casa. Eles não entendiam nada do que estava escrito naqueles livretos, até que uma enfermeira perguntou a um deles: "Vocês sabem por que estão aqui?". Aos poucos, foram deixando de acompanhá-lo ao hospital, alegando o trabalho ou o próprio sofrimento como desculpa.

E então proliferavam as anedotas a respeito do passado da tia que chegara por correspondência, não importando se eram ou não verdadeiras: ela teria sido prostituta, usuária de heroína, namorada de um traficante que fornecia drogas a cantores famosos, sabia que estava doente mas não contou nada porque antes queria encontrar Bruce Springsteen.

As informações que tínhamos sobre a aids, todas questionáveis, não batiam com as que tínhamos a respeito da vida do nosso tio Arturo, que ficava bravo quando nos via com as unhas sujas ou vestidos amarrotados e provavelmente era homofóbico. Porém, vê-lo reduzido a uma criatura de cartilagem e tendões foi o suficiente para que eu entendesse, ainda criança, o que era aquela doença: uma impostura, um sortilégio que desvirtua o sangue.

Tio Arturo ainda nos convidava para as festas de pijama na sua casa, porém, desde que os sintomas se tornaram visíveis, eu era a única que continuava indo. Me diziam para lavar bem os garfos e não tocar nos pentes e barbeadores no banheiro, mas ninguém me explicava do que eu deveria ter medo. Uma noite, ele me levou à sorveteria. Eu estava sentada num banco de madeira, ocupada com meu copinho, quando ele me disse para experimentar seu sorvete. Ele chegou perto de mim e aproximou sua pazinha, e, na hesitação que se seguiu, percebi seu corpo flácido e abatido pela vergonha que carregava no olhar. Ele estava a ponto de retirar o braço quando avancei e experimentei um pouco do sorvete dele, para demonstrar que podia fazê-lo e que, ao contrário dos demais, eu não tinha medo.

Há gestos que achamos que não nos pertencem, decisões arriscadas que nos definem para a vida inteira, enquanto não nos damos conta de que eram nossos desde o princípio, que os controlávamos e possuíamos. Não eram acidentes, mas sim traduções de uma língua mais profunda. Se foram negados ou atribuídos a algo alheio a nós mesmos, é simplesmente porque foram interpretados erroneamente: sou alheia ao heroísmo daquele impulso em direção a uma pessoa doente e também à ternura que devo ter sentido pelo meu tio, a vontade de não deixar uma pessoa sozinha em uma simples refeição, tudo isso sucumbe diante da realidade das minhas motivações.

Não havia em mim o desejo de salvar outra pessoa, havia mais um desejo de aniquilamento.

Um dia subimos o World Trade Center, foi uma das últimas coisas que fizemos juntos. Ele gostava de edifícios altos, de mulheres que sabiam dançar. Nunca se preocupou com gastos, porém, quando adoeceu, o banco lhe tirou tudo que conquistara na vida para quitar as contas do hospital. O predinho entre Dyker e Bensonhurst, que meu avô conseguiu comprar e onde todos nós moramos por algum tempo, também foi hipotecado pelos mesmos motivos. Atualmente, está decrépito, infestado de fios enferrujados e ferramentas de trabalho, mas mesmo assim ainda vale um milhão de dólares: meu avô pagou sessenta mil dólares, pedindo dinheiro emprestado a todos, a quem duvido que tenha devolvido. Vovô Vincenzo sempre dizia que trabalhava para adoecer, trabalhava para morrer. Umas quatrocentas pessoas devem ter comparecido ao funeral do meu avô, mas muitos menos compareceram ao do meu tio, a doença o fez perder sua popularidade.

No final, houve apenas uma ligação do hospital para mim e para meu irmão, uma ligação que pouco dizia, mas confirmava aquilo que eu intuíra havia muito tempo, um nada reduzido a nada. O impostor havia tomado tudo, substituindo-o por completo.

Ossos de melaço

Eu voltava todos os anos, e a cidade mudava. As redes de fast food onde comemorei tantos aniversários na minha infância eram lugares para fingir nunca haver estado lá. Nos meus livros de história, a palavra "capitalismo" aparecera, e os Estados Unidos passaram de algo a se orgulhar para algo que provocava vergonha. Eu também estava em transformação: mudavam meus membros, meus ossos, e então o punk chegou como uma explosão.

Descobri aquela forma de existir no dia em que acompanhei minha prima, que foi comprar um par de plataformas numa loja lendária em St. Mark's Place, que agora fica algumas quadras distante de onde era. Antes de entrar no porão da Trash and Vaudeville, cruzamos com as criaturas mais estranhas que eu já tinha visto: garotos um pouco mais velhos que eu recobertos de crostas, dormindo amontoados uns em cima dos outros, debaixo da marquise de uma loja de discos. Eram imundos e lindíssimos. Por que não cortar, eu também, a camiseta acima do umbigo e, sobretudo, por que eu continuava lendo revistas conformistas para aprender a lidar com as pontas duplas dos cabelos, em vez de descoli-las e queimá-las? O atendente da Trash and Vaudeville era careca e tinha uma prótese de aço que saía por lugares estratégicos de seu crânio, uma fiação verde fosforescente comprida que ia até o joelho. O kilt que ele vestia não era como o dos escoceses; por baixo, ele estava nu de verdade. Depois daquele passeio, peguei as camisetas boas, presentes da minha avó durante aquela minha visita, roubei um par de tesouras e esqueci de pentear os cabelos. Naqueles dias, passava muito um vídeo de Michel Gondry com Patricia Arquette, um cover de "Like a Rolling Stone". Naqueles quatro minutos e meio, a protagonista passava das *parties* exclusivas e dos carros de vidros escuros aos lúridos corredores dos metrôs, vestindo uma jaqueta de couro vermelha e feia e ostentando olheiras; o crepúsculo dos anos 90 ainda era uma arrastada crônica de personagens que acabavam mal.

Voltei ao East Village anos mais tarde para comprar um disco seminal que eu planejava ouvir durante todo o trajeto de volta a Bensonhurst; na época, eu andava com um discman azul-metálico que pesava dois quilos e tinha a forma de um frisbee. Enquanto o cantor falava sobre chuva, melancolia e sofás onde ele beijava garotas que na minha imaginação eram parecidas comigo, eu olhava do lado de fora da janelinha e via uma ilha surgir repentinamente fora do túnel para reaparecer em forma de pontes e cabos — eu era uma adolescente seduzida por um amontoado de cimento, vidros e água. Era um período em que eu achava que um disco me tornaria uma pessoa diferente. Ainda hoje, se alguém me perguntar qual é o show mais lindo que já vi, sou tentada a citar aquela corrida entre os telhados numa tarde de agosto em que a cidade tinha sabor apenas de balas e lixo.

Eu passava parte das minhas férias nos subúrbios de Nova Jersey, onde morava o irmão mais jovem da minha mãe, Paul, que tocava numa banda chamada Magic Touch e conhecera sua mulher numa discoteca. Os dois eram fãs dos Bee Gees. Ele foi o primeiro entre seus irmãos a ir embora e deixar a casa dos pais.

Meu tio Arturo era o que queria ganhar dinheiro, mas foi tio Paul quem ganhou.

Ele estava voltando de uma entrevista para um emprego de programador de computadores em Manhattan quando encontrou um antigo colega de curso que lhe perguntou aonde ele tinha ido todo arrumado; ele também estava de terno e gravata. Meu tio lhe contou da entrevista, não sabia se tinha ido bem ou não, e o amigo lhe disse que tinha acabado de deixar o Goldman Sachs. Um dos candidatos não compareceu, então Paul saiu correndo de um dos vagões e se apresentou num dos escritórios da Goldman, convencendo um dos funcionários a lhe dar uma chance, pelo menos pela sua audácia. Conseguiu ser contratado pelo banco de investimento mais famoso do planeta, que dava pulseiras da Tiffany de presente às esposas de funcionários com décadas de trabalho na firma, que passavam as férias de Natal diante da tela do computador. Depois de contratado, ele se mudou para uma casa em Nova Jersey, ele e os colegas viviam em casas idênticas, com carpete lilás e uma piscina elevada cheia de boias de brinquedo que iriam desaparecer pouco a pouco no armário de ferramentas. Com os mesmos óculos de sol e bipes que davam às suas calças uma dobra engraçada, sempre deixavam distraidamente gorjetas generosas aos garçons e tocavam as filhas de uma forma que meu pai não me tocava.

Em 2008, eu estava num churrasco no jardim da sua casa quando ele largou tudo para ir buscar o amigo que lhe dera aquela dica sobre o banco Goldman muitos anos antes: precisava de uma carona para buscar seus pertences no escritório. Acabara de ser demitido num plano de racionalização dos recursos humanos. Jovem demais para se aposentar, o amigo do meu tio voltou ao mercado de trabalho como motorista de ônibus. O empréstimo da casa já estava quitado, algum hábito deveria ser mudado. Não tardaria, o alívio de Paul por não ser também demitido tomou um rumo diferente, assumindo a forma de uma inquieta expectativa; andava pela casa nos dias de folga com um olhar absorto, desacelerado pelo diabetes dos zumbis. Longas noites em que passava avaliando os currículos de garotos mais jovens que ele e que trabalhavam em Pune ou em alguma outra cidade do subcontinente indiano, garotos que ele devia preparar para ocupar sua vaga, ainda que ninguém dissesse isso expressamente. Algum tempo depois, ele mesmo pediu demissão e, depois de quase trinta anos de Goldman Sachs, voltou um dia para casa com uma caixa cheia de lembranças acumuladas no escritório, como aquelas que ficaram conhecidas depois da falência do Lehman Brothers, só que não havia nenhum repórter para fotografá-lo.

É a única pessoa que ouvi dizer "*America is the land of opportunity*" sem criticar, com uma expressão grave e profética. Para os demais, aquilo só era verdade no Quatro de Julho; passada a bebedeira e recolhidas as bandeiras, aquele otimismo coreográfico também cedia. Mas não para ele: Paul acreditava realmente que, trabalhando o suficiente, podia comprar uma casa de arquitetura colonial com piscina, passar todos os Natais em Acapulco e se aposentar ainda jovem.

Nas férias, ele nos levava aos cassinos, com a desculpa de acompanhar os sogros, que ficavam parados diante das máquinas caça-níqueis de um centavo. Íamos aos menos luxuosos, indicados para famílias com crianças recém-nascidas ou idosos paraplégicos, todas as garçonetes tinham tatuagens de borboleta, mas eu logo dava um jeito de escapar e ficava bebendo alguma combinação de bebida colada à grade de ferro do cais, insensível às hemorragias que se consumiam lá dentro. Numa manhã, já com todas as malas no bagageiro do carro, e nós prontos para voltar para casa, apertou o botão de ignição do motor e depois saiu rapidamente, murmurando uma desculpa evasiva; nós o vimos desaparecer detrás das portas giratórias do cassino. Ele voltou uma hora depois, tinha perdido mais uma vez.

Eu passava muito tempo na casa do tio Paul porque sua filha Malinda e eu temos a mesma idade e, quando éramos pequenas, nos colocavam no mesmo chiqueirinho e, pelos automatismos da nossa família ampliada, acreditavam que, com o tempo, nos tornaríamos melhores amigas. Minha prima era bovina, ingênua e mimada, já eu estava sempre nervosa, com alguma privação e elétrica. Era uma combinação estranha, e a adolescência a transformara em algo ainda mais improvável.

Eu continuava míope e mal-humorada, enquanto ela emagrecia com a ajuda de metanfetaminas e sempre desaparecia de madrugada, quando eu continuava lendo no sofá. Ela não me pedia para acompanhá-la, eu não me oferecia para ir. A única vez que o fiz, tomei uma quantidade de analgésicos para doentes terminais com ela e seus vizinhos, garotos de origem egípcia que, antes de Bush, nunca pensaram no Oriente Médio. Quando perguntei à minha mãe como tinha sido experimentar heroína — tinha provado uma única vez na Villa Borghese, antes de levar um susto —, a única semelhança que lhe ocorreu foi de natureza sexual. Na época, eu não poderia dizer se a voluptuosidade provocada por um sedativo era semelhante a um orgasmo, pois ainda era virgem: lembro dos ossos de melaço e de ter perdido algum batimento cardíaco, de resto, parecia ter experimentado como seria a primeira noite de um animal no matadouro, com a carcaça atirada ao chão e o som dos passos das pessoas, que iam ficando cada vez mais raros. Em Nova Jersey, eu estava circundada por zumbis. Todos ao meu redor tomavam ansiolíticos, antidepressivos, altíssimas dosagens de remédios para controlar doenças metabólicas; eu me olhava no espelho e me sentia viva e colorida demais, uma foto instantânea com vários filtros.

Depois do Onze de Setembro, meu tio me pediu para não fazer perguntas. Conheciam pessoas que perderam alguém, jovens militares recrutados mais por estarem desempregados do que por honra, mas eu era europeia: com certeza tinha o hábito de tomar café na praça e acreditar que todos estavam interessados na minha posição política.

Durante uma visita ao World Trade Center, a primeira vez que estive lá depois da queda das torres, um policial arrancou a máquina fotográfica de um alemão, que eu acabara de conhecer num albergue, quando ele tentava fotografar os escombros. O garoto parecia um daqueles europeus robustos e silenciosos do centro do continente que viriam a trabalhar para o grupo Condé Nast, fazendo reportagens sobre leões e, mais cedo ou mais tarde, morreriam em circunstâncias cruentas ou ganhariam um prêmio de melhor fotografia na savana do ano. Naqueles dias, passeamos longamente e bebemos em pubs irlandeses administrados pelos bombeiros, queríamos nos apaixonar, mas já amávamos outras pessoas, cujas respectivas fotos mostramos um ao outro, sorrindo na seriedade dos nossos vinte anos e também sentindo uma certa vergonha.

"Fora! Não há nada para ver aqui!", gritou o policial antes de jogar a máquina fotográfica dele no chão. O garoto ficou traumatizado, não tanto pela perda de um objeto de valor, mas pelas fotografias que deixaram de ser tiradas. Teriam ficado feias, eu sabia, e achava ridículo o gesto dele, tanto quanto o do policial — os europeus viam vanguarda por todo canto.

O filho de Paul foi recrutado pela Marinha depois de concluir o ensino médio. Fez um vestibular para entrar na faculdade de engenharia nuclear, mas estudará como um simples técnico, se casará jovem com uma garota que vai lhe esperar e depois escreverá cartas para a esposa, da base militar onde estiver estacionado; ela me disse que sua única expectativa na vida é viajar e preparar bolos para os soldados, e talvez aposentar-se no Texas com um bom pé de meia. O romance epistolar talvez ressurja nos campos de treinamento militar, onde é proibido o uso de dispositivos eletrônicos nos dois primeiros meses. Ambos são Born Again Christians; eles também, como meu tio, falam de sonhos.

O aterro

Quando eu era pequena, meus parentes não me levavam ao Natural History Museum nem ao Metropolitan, mas sim para ver as casas dos ricos. Os passeios em família eram peregrinações em Dyker Heights, para ver os casarões em que moravam mulheres que, todas, se pareciam com as esposas de John Gotti ou de outros filiados à família Gambino, ou em Holmdel, em Nova Jersey, onde até hoje vivem os CEOs das grandes empresas de Nova York. Entrei em todos os arranha-céus de Manhattan cujo acesso era aberto ao público na época. Passei horas no Empire State Building e no Trump Plaza comprando lembrancinhas horríveis que minha mãe guarda até hoje — ímãs de geladeira e chaveiros desbotados —, e toda vez que eu tentava desviar para um destino mais adequado aos meus interesses de garotinha, me reconduziam à Quinta Avenida para que eu aprendesse que, naquele país, tudo era possível. Mesmo naquela época, Donald Trump já estava por toda parte: aparecia nos filmes de Natal e lembrava um tio bondoso e um pouco bobo que só queria divertir a todos.

Mesmo tendo passado a infância sonhando em ter sido adotada por uma família judia do século XX que espalhava romances da Europa Central no tapete da sala, a verdade é que meu avô adorava Rudy Giuliani até ele decidir limpar Midtown, e ele se convenceu de que seu bairro no Brooklyn seria invadido por usuários de heroína e bares da luz vermelha. Para os ítalo-americanos, a tutela do próprio espaço conquistado com dificuldade vinha sempre em primeiro lugar, antes do bem coletivo.

No ensino fundamental, a professora de italiano nos fez ler um livro que contava a história de um garotinho americano que, depois da eclosão da Guerra do Golfo, entabulava todas as noites uma comunicação telepática com uma criança no Iraque. No começo, o garotinho americano acreditava que aquela visão e os sons de uma casa iraquiana fossem somente uma espécie de sonho lúcido, enquanto o garotinho iraquiano o vivia como a aparição de um espírito maldoso. As coisas se complicavam enquanto os jornais davam notícias sobre as invasões, e no Iraque os caças arrasavam os vilarejos. O garotinho americano ficou esverdeado e tinha febre por todas as horas que passava na vida do outro; o garotinho iraquiano tinha acabado dentro de um bunker e corria o risco de morrer sem alimentos após terem exterminado toda a sua família. Não lembro como acabava a história, sei que o garotinho americano se recuperava e dividia sua experiência com a classe, do outro nenhuma notícia.

Aquele conto me deixou obcecada por dias, voltava para casa e o relia do começo.

O que teria acontecido comigo se tivesse nascido em outro lugar, talvez num país em guerra?

O que teria acontecido se minha mãe não tivesse voltado para a Itália?

Teria votado mal, eu também, para refazer os Estados Unidos, teria passado o resto dos meus trinta anos numa clínica de reabilitação, meu irmão teria acabado na cadeia?

Emigrar significa conviver com todos esses se de si, esperando que nenhum tome o lugar do outro.

Há muitos anos, o Brooklyn não é mais Bensonhurst, os sotaques ítalo-americanos, o lugar preferido das estatísticas de assassinatos, e todos começaram a comprar casas em Ridgewood ou Bed-Stuy, deixando o controle do meu antigo bairro aos albaneses. "É um aterro e está cheio de gente de pouca confiança, mas em alguns anos vai valer uma fortuna", diziam de alguns lugares ao norte, uma infecção que se propagou por todos os cantos, e comecei a me sentir cada vez menos em casa no Brooklyn, talvez porque minhas lembranças também faziam parte desse saneamento, e quando volto aos lugares da minha infância só vejo madonas quebradas e bandeiras cansadas. É como vagar num asilo cujos pacientes estão foragidos. Minha família, sepultada no cemitério de Green-Wood ao lado dos veteranos de guerra e divas da cantoria, também foi, do seu jeito, pouco confiável.

Muitos dos parentes se mudaram, naquele percurso quase obrigatório para os americanos de origem italiana que nascem no Brooklyn, envelhecem em Staten Island e morrem na Flórida. Os que sobreviveram relembram os tempos em que o Brooklyn não significava barbas espessas e cervejas artesanais, mas agora estão entediados demais até para falar sobre isso.

Algo da minha infância sobrevive em Sunset Park, entre as galinhas num jardim e os cartazes dos advogados especializados em divórcio que prometiam livrar você do parceiro ingrato por apenas trezentos e cinquenta dólares, e as academias de boxe que se alternam com as lojas em que se pode comprar diversos tipos de batatinha orgânica. Mas o mundo em que os festões permanecem pendurados diante das casas até mesmo quando as celebrações acabaram há um bom tempo, as latas gigantes de tomate usadas como vasos para plantar verduras e os carros compridos e muitas vezes detonados me lembram um lugar onde fui feliz.

Folheio os álbuns da família e me pergunto por que nossos pais tinham o hábito de nos fazer posar sobre o carro, como garotinhas do gueto. Estamos lá assim, com trancinhas e dentes tortos, deitadas no capô como se tivéssemos que seduzir alguém. As mãos nos cabelos, os lábios em forma de coração, e temos só quatro ou cinco anos, damos tchau acenando alguns dólares, e o céu tem sempre a cor do Kool-Aid de mirtilo pouco diluído. Tio Arturo que chega correndo abraçado com uma nova namorada, alguém que escancara a porta de casa e grita "chegaram os *cannoli*", os tênis pendurados, a louca do bairro que pede as garrafas vazias, meu irmão que pula as catracas do metrô e nunca é pego, e todas aquelas mães e mulheres com um perfume inapropriado que me ensinam qual vestido escolher, minha avó que se emociona pelas garotas desaparecidas, eu que danço tarantela num porão cheio de velhos, e minha mãe que pergunta: "Como é a música?", e depois seu pai que a segura pelos quadris e lhe ensina a dançar.

Em Staten Island há um Hilton em que organizam, todos os sábados à noite, festas para os idosos italianos que gostam de beber e se fazer de agenciadores. Nos reservados, não é difícil ver homens com seus sessenta ou setenta anos, vestidos de cinza, que pedem garrafas sem pensar no gasto e convidam mulheres mais jovens para lhes fazer companhia. Antes de sentar à mesa deles, é necessário beijar o anel que têm no mindinho como um sinal de respeito; as mulheres da minha família ainda frequentam esse lugar.

Itália

Quando o sol se põe na Basilicata, o céu se torna um pulmão que expectora sangue, sua luz provoca mais tosse do que comoção. Mas, antes de chegar aos barrancos, aos hotéis de tijolinhos à vista abandonados, próximos dos postos de gasolina com nomes grandiloquentes e das piscinas infestadas, é preciso passar ao lado das torres de petróleo que brilham durante a noite com seu laser verde e vermelho que faz pensar num futuro pré-histórico — tudo o que é novo se ossifica rapidamente por aqui, torna-se uma substância mineral que reflete uma luz morta e belíssima —, e depois deve-se passar por uma represa natural, uma extensão de água verde entre os bosques, sobre a qual raramente brilha o sol e da qual sobem fumaças esbranquiçadas pela manhã. E é só depois de ter adentrado as curvas que contornam a represa, no meio dos riachos em que a água aparece e desaparece com a cumplicidade das árvores finas e escuras, que num certo ponto a paisagem se abre e torna-se quase um deserto, e o âmbar queimado do sol se transforma numa substância muito mais rarefeita e hipnótica.

Há uma estrada estadual vigiada por duas penhas rochosas, e foi lá que eu cresci.

A primeira casa em que moramos era de dois andares, a proprietária era a professora de francês do vilarejo. Assim que entrei, lhe perguntei o que eram todos aqueles anzóis de metal pendurados no teto: serviam para pendurar o porco, o alho e a pimenta seca, mas nunca os usamos. Quando fomos embora, deixamos uma mancha indelével no piso porque minha mãe tinha bebido um pouco a mais e se sentido mal, os ácidos do vômito imprimiram-se nos ladrilhos. A professora de francês contou por aí, mas nós já tínhamos encontrado outro lugar para alugar.

Eu vinha do asfalto, e naquele vilarejo só havia pedras.

No primeiro dia de aula cheguei com meu tênis Reebok dourado de luzinhas, esmalte fúcsia e cabelos armados, sem avental.* Tinha acabado de sentar quando a professora me disse que no dia seguinte deveria me vestir como todas as outras. Tinha me colocado no meio da classe para que fizesse amizade com todos, mas daquele momento em diante me tornei uma ilha, mortificada pela minha autossuficiência e sempre debruçada sobre o afeto dos outros. Para meu irmão foi pior: no primeiro dia o professor de matemática arrancou-lhe o brinco puxando-o para baixo, derramando sangue sobre a carteira.

Aprendi a ler e escrever em italiano, mas minha língua continha sempre uma margem de erro que fazia rir meus professores. Dizia "passar de ferro", em vez de "ferro de passar", "bega", em vez de "sacola", e quando tínhamos que descrever nossos pratos preferidos, eu desenhava cachorros-quentes e os chamava de "frankfurt", tipo aqueles que me minha mãe comprava no Brooklyn, e portanto isso também estava errado. Minha fantasia não era somente linguística, mas também de classe: todas as vezes que pediam para retratarmos nossa casa, eu colocava sempre três quartos, uma cozinha com vista para a sala, um ateliê de pintura para minha mãe, uma sala de jogos, uma academia e até um bar. Superfícies cromadas, sofás de couro

---

* O equivalente do ensino fundamental no Brasil é composto, na Itália, de duas etapas: a *scuola elementare* e a *scuola media inferiore*. Durante os cinco anos de *scuola elementare*, as crianças devem usar avental sobre a roupa, de modo que todas pareçam vestidas da mesma forma. Usava-se branco para as meninas e azul-escuro para os meninos. [N. T.]

preto e plantas em todo canto: as professoras pegavam esses desenhos e me chamavam até a mesa delas para me dizer que o título do exercício não era *A casa que eu quero*, mas *A casa que eu tenho*, e eu insistia que era tudo verdade.

Sabia ler rapidamente, mas às vezes eu acrescentava algum erro de pronúncia porque tinha intuído o que teria acontecido comigo se não tivesse errado pelo menos um pouco: eu já vinha de outro canto e não tinha o direito, ir bem na escola teria sido uma afronta.

Foi assim que comecei a ignorar a escola e a faltar umas cem vezes por ano, uma quantidade de dias suficientes para garantir que pudesse ser reprovada oficialmente. Se não ocorreu, é porque os professores temiam que isso me interrompesse definitivamente, condenando-me a uma gravidez antes dos dezoito anos ou a um namorado irresponsável. Eu era "a filha da muda", não seria cristão endurecer demais.

De manhã, eu pegava a mochila, descia só para bater o portão, mesmo que minha mãe não pudesse ouvi-lo, e depois ia para o sótão com a chave que tinha roubado. Levava sempre um relógio, para poder voltar para casa às quinze para as duas, o horário oficial da volta. No sótão, eu lia *Topolino*, as fábulas dos Irmãos Grimm, antigas edições Elèuthera e La Tartaruga, compêndios de feminismo e cantos do cárcere. Havia um belíssimo conto de Katherine Mansfield cuja protagonista chamava seu namorado de "pequena lebre" e eu tinha me convencido de que ele se transformava realmente numa lebre. Em *Carta a um menino que nunca nasceu*, quando Oriana Fallaci imaginava a protagonista no meio de um processo tentando falar com o filho abortado, eu pensava que aquele feto pudesse de fato interagir, do seu frasquinho de vidro cheio de líquido, e me comovia. Eu tinha oito anos, e minha mãe nunca explicava o contexto do que eu lia: ela também, como eu, acreditava que se tratasse sempre de não ficção, de vida vivida.

Minha mãe não suporta a ficção; quando olhamos algo na tela, sempre chega o momento em que ela me pergunta, "Mas é uma história real?", mesmo se estivermos assistindo a um filme de terror, e eu preciso mentir porque, se lhe digo que é tudo inventado, ela perde o interesse, e não conseguimos mais fazer algo juntas. Mas seu "Mas é uma história real?" sempre me atordoa.

O livro que mudou tudo para mim foi uma edição Feltrinelli com a capa índigo. No centro havia uma loira com maquiagem exagerada vestida como Marilyn Monroe, que caminhava por uma estrada abandonada próxima a alguns hidrantes. Peguei-o rapidamente, pois se chamava *Última saída para o Brooklyn* e eu tinha saudade de casa. A leitura era tão vívida, como se tivessem me injetado um contraste para ver de que substância eu era feita: ainda que fosse menor de idade, me parecia ter estado no restaurante del Greco, poderia imaginar o que eram os apartamentos pulguentos — meu avô Vincenzo os tinha descrito e entendia por que Tralala se comportava como uma prostituta: mais cedo ou mais tarde, encontraria o cara certo. Quando apagaram bitucas de cigarro em seu corpo, sujo de terra e suor, fiquei com ela, abraçando-a. Hubert Selby Jr. também me fez descobrir a importância do vocabulário, não conseguia seguir a leitura sem antes procurar a definição de palavras como "veado" ou "benzedrina".

Topolino servia para que eu aprendesse italiano e para me dar domínio lexical, nunca teria aprendido a usar a palavra "hilariante" ou "arretado" de outro jeito, enquanto os romances góticos me deixaram como herança as palavras "dissabor" e "consunção". E depois havia os outros livros, aqueles da rua, que eram os meus preferidos.

Foi naqueles anos do sótão que Fernanda Pivano tornou-se minha melhor amiga. Minha mãe tinha as traduções de Kerouac e Fitzgerald, traduções que eu redescobriria como cheias de erros e negligências somente nos anos da faculdade, quando todos caçoavam da tradutora, mas nunca me importei: erros de tradução, sempre cometi e continuo cometendo, porque nenhum significado assume uma forma estável em mim, e tudo o que penso, e o que depois digo, sofre na transmigração entre países diferentes, perdendo sangue como os astronautas que passaram muito tempo no espaço e, ao voltar para casa, sofrem de contínuas epistaxes sob o sol.

Pivano sabia estar com os garotos maus sem imitar os maus hábitos. Ainda que viéssemos de famílias tão distintas, sentia gratidão por sua falta de jeito e sua capacidade de se apaixonar por tudo, me fazia sentir menos sozinha, e com o tempo me convenceria de querer parecer com ela, no seu modo desajeitado, manipulador e, estando nas minhas projeções, também um pouco mentiroso.

Chegada a primavera, eu abria a janela, pulava-a e me punha a ler no telhado. Foi lá que me encontraram. A professora de matemática e minha mãe quase arrombaram a porta de tanto bater com força, e eu não tinha ouvido porque lia com meu walkman. A professora não se deixava intimidar e depois de ter recuperado a chave do sótão dos vizinhos se pendurou nas telhas para vir me salvar. Eu não podia continuar assim, não podia continuar a tatuar meu braço com a caneta Bic, as tatuagens eram para pessoas muito mais aventureiras do que eu, os marinheiros e as dançarinas do circo.

Fui forçada a buscar a colaboração da minha mãe, que em seu atordoamento não suportava me ver chorando e estava disposta a não me mandar para a escola e a assinar todas as justificativas, fazendo-me ler o que eu quisesse na hora de dormir.

A garota ausente por motivos de saúde

A clandestinidade precisa de inimigos, e o inimigo era meu irmão. Depois da nossa chegada à Itália, tinha começado a desenvolver uma bondade feroz e agressiva, destinada a me revelar em toda a minha estranheza. Eu esmagava aquela bondade como se esmagasse insetos.

Eu não partilhava do plano que havia elaborado para a nossa sobrevivência: ele tinha certeza de que, para resistir naquela pequena comunidade, deveríamos ser bons alunos, frequentar a missa todos os domingos, dizer bom-dia aos idosos, ser vistos com a mamãe o menos possível e nunca ter o vício de fumar. Me fez um discurso atento, com a nobreza dos seus catorze anos: "Já decidiram o que vamos nos tornar: eu, um delinquente, e você, uma garota vulgar, temos de mudar as coisas".

Chamava a atenção da minha mãe quando assinava as justificativas pelas minhas ausências e se recusava a fazer isso em seu lugar quando ela desaparecia por alguns dias. Mas eu não conseguia fazer diferente e faltava à escola pelo menos duas vezes por semana. Eu pegava a chave do sótão, repetia de cor o que tinha acontecido na escola para ter uma versão crível dos fatos, passava horas lendo livros pegos na biblioteca e nunca entregues, e depois voltava para baixo com o coração acelerado. Depois de algum tempo meu irmão começou a perguntar às minhas colegas se eu estava ou não na escola e, uma vez obtida a confirmação das minhas faltas, me olhou fixamente com desprezo e me contou a história do garotinho que gritava "o lobo, o lobo". Eu tinha esgotado toda a sua confiança, da próxima vez que pedisse ajuda não viria me socorrer.

"Agora você está sozinha", ele me disse, e por alguns meses realmente se comportou assim, mesmo eu me enfiando debaixo dos seus cobertores à noite, soluçando, abraçando-o com força.

Foi esse castigo que me fez voltar aos trilhos ainda que detestasse acordar todas as manhãs para ser caçoada pelos colegas de escola.

Mas, a essa altura do campeonato — como escreve Vladimir Nabokov nas suas aulas universitárias —, eu já tinha descoberto o que era a literatura, e não podia voltar atrás: tinha dito que havia sido seguida por lobos, ainda que não fosse verdade, mas se tivesse contado muito bem, teriam acreditado. Eu tinha aprendido a mentir e ainda passaria um bom tempo antes que me fizessem em pedacinhos.

Costumava passar o tempo com dois garotinhos vizinhos de casa, dos quais ninguém esperava nada, iam mal na escola e só pensavam em construir fortalezas ou torturar animais. Nos escondíamos no fosso atrás de casa fingindo que éramos generais com baionetas, achando que poderíamos acender o fogo com pauzinhos revestidos de musgo, quebrávamos vasos com estilingue, e no meio-tempo eles tentavam me ensinar a falar em dialeto, mas só porque se divertiam ao me ouvir errar. Jogavam pedras nas minhas pernas, "Isso se diz *b-scun*", ou pegavam um guardanapo sujo da cantina e o agitavam diante do meu rosto dizendo devagar "*maccatur*", escondiam lagartixas mortas em minha mochila, "*guarda, 'na salicréc!*", e todas as vezes que eu tentava repetir aquelas palavras como se fossem um feitiço que poderia fazer aparecer uma criatura do nada — *biscuno*, *maccaturo*, *saligreca* — ouvia-os rir alto. "Deixa disso, você não leva jeito." Se eu tentasse repetir em casa — *biscun*, *maccaturo*, *salikrec* — meu irmão me beliscava; nunca falar em dialeto era outra regra.

O dialeto era um desafio tanto para mim como para minha mãe, que não conseguia ler o labial fechado dos outros habitantes, e toda vez fingia entender o que tinham dito; eles não percebiam e seguiam adiante, mas eu sabia que concordava por gentileza ou porque estava cansada. Não queria que eu trabalhasse como intérprete naquele momento, eu explicava o que tinham dito as professoras nas reuniões de pais e mestres somente quando chegávamos em casa. No vilarejo havia uma estranha resistência à surdez de minha mãe: alguém a chamava de *"a' mercan"*, mas os da velha geração a chamavam de "a muda" mesmo que ela falasse até demais e não fosse nada tímida. Ninguém nunca dizia "a surda".

Todos no vilarejo tinham um apelido — se pudesse ter colocado uma regra no código do meu irmão, teria colocado esta, que nos dessem um apelido simpático e aceitável, senão seríamos somente uns forasteiros —, mas era perturbador ser confundida com a filha de uma pessoa que não podia falar, parecia-me algo mais ofensivo do que não ouvir. Como se não dissessem que minha mãe era uma pessoa com deficiência, mas que fosse burra.

Depois aqueles velhinhos começaram a morrer, e também aquela alcunha desapareceu, assim como se perdeu o hábito de perguntar às crianças que brincavam na rua o patriarcal "A quem pertences?", pergunta substituída pelo mais respeitável "De quem você é filha?", mas o incômodo da resposta, para mim, era o mesmo, e assim eu acabava me identificando com a casa onde morava, "a casa mais alta do vilarejo, aquela da curva".

Em vez de dormir, à noite minha mãe se punha a consultar o tarô, e, quando passeávamos pelos territórios roídos pelo terremoto de 1980, buscando vestígios entre as casas desmoronadas recobertas por liquens, ela me dizia que lá vivera alguma bruxa; recolhia giestas e peles de serpente para levar para casa, achava que o sangue de galinha vertido no chão fosse um indício de algum sacrifício maléfico feito contra ela, e era impossível fazê-la entender que a natureza não era feita de sinais, mas de enganos.

Uma das minhas brincadeiras preferidas com os amigos era procurar fósseis numa gruta abandonada e fingir que eram o testemunho de alguma civilização desaparecida: os dentes de um pente eram o legado de uma garota virgem cujo namorado tinha morrido havia pouco, um pedaço de cerâmica era a lasca de um vaso que tinha sido de um barão; nas grutas encontrávamos cadernos de contabilistas cheios de valores, mas os transformávamos no diário de um assassino ou de um mago, os passávamos uns para os outros e inventávamos aquelas crônicas em voz alta até o sol desaparecer e as mães dos outros começarem a gritar que eles deviam voltar para casa. Havia algo na atmosfera daquele vilarejo que às vezes me levava a crer nas visões da minha mãe. Eu pensava sobre isso olhando fixamente os pastores locais, que, voltando das pastagens, enfiavam as mãos entre as chamas na lareira e nunca se queimavam.

Assim que cheguei à escola me advertiram sobre um senhor idoso com uma corcunda e que se transformava em lobisomem: durante as festas do padroeiro em agosto, eu voltava sempre depois da meia-noite, tinha de passar em frente à casa dele e não podia deixar de espiar pela janela, quase esperando que ele rastejasse perto do muro e mostrasse seus dentes amarelados.

Meu pai já tinha me mostrado *Drácula de Bram Stoker*, embora fosse proibido para garotinhas da minha idade; fiz manha até ele comprar o VHS pirata numa banquinha, durante as férias de Natal. Os contos que comecei a escrever logo depois de ter visto o filme de Francis Ford Coppola eram cheios de mocinhas casadouras pouco obedientes, corruptíveis, pálidas como Winona Ryder. Da mesma forma que eu devia ser corruptível para o colega de classe que me pediu para levar o VHS a sua casa para vermos juntos, com a desculpa de fazer lição de casa. A mãe dele entrou bem quando as vampiras decotadas estavam para atacar o pobre Jonathan Harker. Começou a gritar para que víssemos um documentário sobre golfinhos na tentativa de nos fazer esquecer os olhos vermelhos dos vampiros, mas era tarde demais. Eu achava aquele garotinho simpático porque na escola foi o primeiro a conversar comigo e me oferecer uma bolacha, quebrando o feitiço da minha solidão.

Havia quem jurasse que durante o inverno, ao lado da ponte que separava a parte antiga do vilarejo da nova, descia uma neblina para permitir que um cavalo branco se lançasse numa corrida desenfreada e se jogasse além da ponte, mas nunca eram encontrados os restos; nunca mexi com a ponta do sapato no corpo suicida de um Ichabod Crane estendido no chão. Meu preferido era o engenheiro naval que enlouqueceu por ser muito inteligente, ou talvez porque uma mulher misteriosa o teria abandonado para ir à Argentina. Tinha voltado para a casa dos pais, deixou crescer os cabelos brancos e começou a andar pelo vilarejo com seu casaco azul, o mais fantasma de todos.

A garota ausente por motivos familiares

No quinto ano, fui sequestrada. Pelo meu pai. Fizemos uma longa viagem pela Itália central, entre o Abruzzo e o Molise, fomos a lugares que nunca mais revi; dormíamos em pensões de três estrelas e eu sempre perguntava para os proprietários se havia duas camas de solteiro. Ele veio me buscar na saída da escola para me levar para almoçar e me dei conta de que já não estávamos mais na Basilicata quando chegamos às planícies amareladas cheias de fábricas. O objetivo da sua missão era obter um encontro com minha mãe e me usar como meio de troca, mas ele não podia falar com ela, então parávamos nas estações de serviço dos postos em busca de uma cabine telefônica. Ele me passava as fichas e eu pedia à vizinha do andar de cima que minha mãe subisse com meu irmão para fazer a gestão das tratativas do meu resgate; não tínhamos um telefone fixo.

Minha mãe não queria saber, e se no começo eu admirava o jeito dela de não ceder às ameaças do ex-marido, no desenrolar da semana fui ficando cada vez mais impaciente: estava cansada de comer bisteca e pizza nos restaurantes de toalhas de mesa adamascadas, repletos de homens sozinhos que olhavam para meu pai do outro lado da cabine telefônica que mimava seus pedidos e dava chutes no plexiglass vermelho da Sip, enquanto eu batia a cabeça no vidro.

Para quebrar a monotonia, um dia tentei abrir a porta do carro e me jogar para fora numa estrada com fluxo lento, no

Abruzzo, meu pai me agarrou pela nuca e por um tempo deu uma trégua com as ligações.

Havia neve em alguns trechos, e eu estava sempre com a mesma roupa, um blusão de lã verde, calças bege tipo Charlie Chaplin e um par de sapatos pretos tipo oxford escolhidos pelo meu irmão, porque ele gostava de garotas que se vestiam de menino e eu queria ser o que ele quisesse. Forcei meu pai a me comprar pelo menos um pijama; assim que adormecia tentava arrancar as chaves do bolso dele e roubar-lhe um pouco de dinheiro. Às vezes, eu pensava em descer e dizer que não era filha dele ou em colocar água em seu vinho durante o jantar.

Uma vez eu realmente fiz isso, mas, quando voltou do banheiro e provou do copo, sua boca se deformou numa dobra sádica e ele acabou pedindo outra garrafa. Saímos na madrugada enquanto eu me agarrava à maçaneta, o pino da porta abaixado, esperando que mais cedo ou mais tarde aquele movimento ondulado iria terminar e não teríamos morrido capotados num penhasco junto com as máquinas de lavar roupa quebradas e as raposas.

Eu tinha um corte de cabelo reto e com franjinha porque ele gostava assim. Era como o cabelo de Natalie Portman em *O profissional,* outro dos seus filmes preferidos. Ele tinha certeza de que era um mercenário, naquela época, muitas vezes abria o porta-luvas para me mostrar sua coleção de facas de maníacos esculpidas em teca ou madrepérola.

Num restaurante de peixe em Salerno com piso espelhado e piano laqueado de branco, no qual um *viveur* tocava a música "Onda su onda", começou a abrir minha lagosta e antes de colocar a faca na mesa disse: "Tudo bem, te levo pra casa", embora minha mãe continuasse a se recusar a vê-lo. Na noite anterior, no jantar, olhei para ele e disse: "Chega, papai", com uma expressão que teria assumido ainda muitas vezes em minha vida adulta, diante dos meus amigos nos bares quando me falavam de suas estases e infelicidades e meu estômago se contraía pela náusea, a necessidade de olhar para outro lugar.

Na verdade, havia algo que minha mãe queria em troca, mas não era eu: um bracelete de prata com pedras de obsidiana que ele havia roubado antes do divórcio. Comecei a comer a lagosta aliviada, não via a hora de rever meu irmão, depois meu pai colocou uma mão no bolso para pegar um estojo de veludo e me mostrar o bracelete que carregava consigo. "Este eu não vou devolver para ela", anunciou com um sorriso, e eu esperava que minha mãe não se magoasse com aquela trapaça.

Meu sequestro teve uma função fundamental: me mostrou que eu era mais astuta do que meus pais, e que já não era mais uma garotinha. Não podia tomar banho com a porta aberta, tinha de me trocar sozinha e não podia mais dormir com um homem, ainda que fosse da família. Também me fez entender que — apesar de todos os meus esforços e o calendário das regras — eu não era normal. A professora de matemática, a mesma que veio me salvar no telhado, explicou muito bem na sala de aula quando voltei, quando eu ainda era uma ilha na carteira no meio da turma, as águas estagnadas ao meu redor. Depois de ter falado com a polícia no corredor, bateu a porta e disse isto mesmo: "Não é normal ser sequestrada por um genitor, não é normal ficar lendo no telhado, não é normal ir passear pelos vilarejos debaixo de chuva", de um modo tão severo que rapidamente fez congelar até os meus colegas de turma, não tanto por solidariedade a mim, mas porque começavam a se perguntar, eles também, sobre todos os modos em que não eram normais, ou poderiam não o ser suas famílias.

Foi assim que comecei a ir para a escola com maior frequência, até que comecei a ir todos os dias, e aprendi a não cometer erros de pronúncia; abandonei qualquer tentação de conhecer o dialeto.

A solução dos professores, após meu sequestro e outros fenômenos de clara marginalização social, por causa dos quais eu e meu irmão em geral nos tornamos supereducados diante dos assistentes sociais, foi me dar o papel de protagonista na peça de Natal.

Na peça de Natal, eu seria Nossa Senhora, o papel de José foi dado ao primeiro da turma. O anúncio provocou pânico entre minhas colegas, que começaram a chorar e a se queixar com seus pais. Toda aquela histeria terminou no momento em que as professoras comunicaram que seria uma natividade especial: Maria e José, na verdade, eram dois imigrantes marroquinos que chegaram ao país depois de uma longa viagem. Maria estava para dar à luz Jesus, e durante a peça os aldeões desconfiados descobrem uma solidariedade que não acreditavam ser capazes de sentir, acolhendo a ela e a José em suas casas.

Na manhã do espetáculo, eu e o garotinho que interpretou José ficamos na sala de aula para sermos vestidos com nossos mantos, alguém o cobriu com pó de gesso marrom. Chegando minha vez, a professora que tinha colocado uma barriga falsa debaixo do meu blusão olhou bem para o meu rosto e depois guardou a maquiagem. "Você já é bem preta", disse, ainda que nas fotos tiradas algumas semanas após a peça eu só me via um pouco doentinha.

Distante como Maria e tímida como uma clandestina.

A garota ausente por tontura

Uma infância constelada por animais mortos.

Ainda vivíamos nos Estados Unidos quando nosso pai comprou uma tartaruga russa destinada a reinar na sala, antipática e desprezada por todos. Era sua reação às tartarugas que alguém tinha dado como presente para mim e meu irmão por alguma festa. Um dia a tartaruga russa cortou a cabeça das outras duas; eu e meu irmão ficamos contemplando aquelas carapaças quase vazias por toda uma tarde. Depois houve os ouriços pegos na rua e deixados para sufocar em caixas de sapato, os caracóis esquecidos nas vasilhas herméticas de plástico e deixados para derreter ao sol.

Não sei quando perdi o sentido da religião, quando perdi a fantasia de morrer num altar circundada de rosas e espinhos como uma santa espanhola, mas sei que nos primeiros anos do ensino fundamental houve uma noite de Páscoa em que o padre decidiu dar pintinhos de presente para todas as crianças que frequentavam a paróquia. Ficavam em gaiolinhas de papel, com palha no fundo, e eu estava feliz por poder levá-lo para casa, ainda que todas as minhas tentativas com animais domésticos tivessem terminado mal. Na manhã seguinte, meu irmão e minha mãe me disseram para verificá-lo, o animal deveria ser dado embora: o pintinho cuspia sangue, estava com as penas manchadas, o pequeno bico estava todo incrustado de preto. Eu achava que não tinha conseguido cuidar bem dele, mas tinha acontecido com os pintinhos de todas as outras crianças, uma epidemia misteriosa e noturna que na manhã de Páscoa nos fez acordar com algo para enterrar e as mãos sujas de muco e penas. Essa cena teve um impacto subterrâneo em mim e fez colapsar qualquer instinto espiritual.

Como minha mãe, eu também fui, uma vez, a uma colônia de férias de verão, mas não perdi uma amiga no mar. Não tínhamos um carro e muito menos o hábito de ir ao mar Jônico, por isso, quando minha mãe me disse que eu iria para uma colônia de férias por um mês, achei que tivesse enlouquecido. Ela tinha sido comunicada pelo pai da minha melhor amiga da época, a garotinha mais bonitinha e tímida do vilarejo. Ele era enfermeiro de uma estrutura da ASL,* onde também havia assistentes sociais. Assim que o encontrei na rua, perguntei a ele se sua filha também iria, disse-lhe que não via a hora. Ele me respondeu: "Não, ela não vai", e eu deveria ter entendido sozinha: era uma colônia num casarão brutalista para crianças que provinham de famílias desassistidas.

Cheguei no primeiro dia só com uma sacolona, ultrapassei o limiar e apertei a mão das funcionárias dizendo devagar a palavra "Prazer". Olhei-as bem nos olhos para que entendessem que minha presença por lá era um erro, eu era instruída, e minhas circunstâncias desafortunadas eram temporárias. Enquanto estava rodeada de meninas de biquíni que falavam de cigarros com oito anos e treinavam as cambalhotas e estrelas mais estranhas, arqueando as costas até parecerem com os nervos de boi que os pais de algumas das minhas colegas de turma usavam para bater nelas, eu dormia num grande quarto comum com meu único pijama, esperando que ninguém roubasse nada do meu armário.

Uma manhã me virei para deitar de barriga para baixo e vi um garotinho magrinho que lia *Os meninos da rua Paulo*. Com o

---

* *Azienda Sanitaria Locale* [Empresa de Saúde Local, em tradução literal]: equivalente na Itália a um posto de saúde do SUS no Brasil. [N.T.]

otimismo desesperado de quem vislumbrava uma via de fuga, disse a ele que eu também gostava de ler — Stephen King, histórias em quadrinhos, o livro *Cuore* —, ele se sentou rapidamente com as pernas cruzadas e me falou da triste morte do soldado Nemecsek com água nos pulmões, uma morte tipo *Alien*. Apesar do spoiler, pedi emprestado aquele livro e pela primeira vez cometi uma ação que teria se tornado cada vez mais familiar no futuro: menti sobre tê-lo lido inteiramente. Queria devolvê-lo no dia seguinte, para lhe mostrar que havia passado a noite acordada, assim li somente as páginas essenciais, indo adiante por pulos, e foi bastante tácito no dia seguinte, diante de uma leitura tão rápida, decidirmos namorar. Ele era da região da Campânia, magrelo e com nariz adunco; desde pequena já tinha minhas prerrogativas. Depois chegou uma garota magra de biquíni para perturbar o sossego, aquela relação feita de livros e sorvetes e ausência de beijos. Encontraram-se quando fiquei ocupada com as atividades do meu grupo, ela tinha acabado de chegar. Ela era efébica, boca suja, tinha os cabelos da cor das cinzas e um rabo de cavalo feito só de pontas duplas. E tinha seus tormentos: vinha de uma família em que havia brigas e dependência química, corria o risco de ser dada em custódia junto com a irmã mais nova, todos os seus relatos eram uma via-sacra de cenas magistrais — a prisão, os tios perversos e as famílias de adoção —, e senti uma dor de estômago atroz, estava lívida na praia, pensando que tinham me tirado até aquilo: o privilégio do sofrimento incomparável. De que serviria a história da minha família se não pudesse chantagear a todos com sua tragicidade?

A garota tinha sofrido mais do que eu; não podia competir com seus estados de abandono. Até o fato de meus pais serem pessoas com deficiência parecia medíocre perto da épica de pistolas e prisão; o meu era um trauma de perdedores, ser uma pessoa com deficiência interrompe qualquer desejo, é algo que se compreende mesmo quando criança. E o menino da Campânia me disse isto, uma noite no parquinho: que não sabia escolher. Que a outra precisava mais de um namorado, que era mais frágil e eu, mais forte. Não disse que ela era magra e eu não, que era loira e eu não, não disse que eu queria falar sobre livros e ela queria que lhe tocasse as coxas: disse que ela tinha mais necessidade de ser amada, e eu fiquei zonza olhando para ele sob as luzes dos carrinhos de bate-bate antes que ele se afastasse para comprar um picolé. Me explicou que ainda não tinha decidido. Mas que estava tudo terminado.

Depois chegou a garota, se sentou ao meu lado no murinho e sugeriu que eu não me chateasse, que um dia eu encontraria um amor proporcional aos meus problemas: eu não fazia outra coisa a não ser mentir sobre minhas origens, cortar a fruta com garfo e faca como se meu pai fosse um preceptor de Oxford, e ela, ao contrário, confessava seus segredos mórbidos, vomitava água salgada e sofrimento a cada toque, fazia-o até comigo, sua rival. Não tinha vergonha.

Depois daquele em Coney Island foi o primeiro parque de diversões da minha vida, o mais triste, uma música da moda ao fundo que poderia narrar a diversão dos outros, mas não a minha; a mesma música de boate que ouviria para sempre na fila do bar, quando o limite da minha atenção estava baixo e frustrado pelo ritual do verão, compartilhado com tanta gente que pertencia a outra estirpe, certamente inferior, cujos abismos hedonísticos não me interessavam para conhecê-los com profundidade. Quando no fundo ouvia-se *Missing*, do Everything But The Girl, eu era capaz de me paralisar na fila do carrinho de bate-bate, diante de um garoto que trabalhava no brinquedo e carregava um exotismo que me deixava perplexa: por que voltava todo verão com um olhar cada vez mais hostil, vestido sempre pior?

Fiquei sentada no murinho diante do brinquedo sofrendo minha primeira derrota no amor, esperando que meus pulmões também se enchessem de água.

A garota ausente por dissabor

E depois, me veio um corpo. Eu e minhas colegas de turma voltávamos para casa com a esperança de sangrar, inventando sintomas confusos — as palpitações no ventre, a náusea, a vontade de chocolate —, imitando os lamentos que ouvíamos das mulheres grávidas na televisão. Tínhamos certeza de que quanto mais falássemos a respeito, mais cedo aconteceria, e fazíamos apostas durante o intervalo sobre quem seria a primeira. Eu me classifiquei entre as últimas. Na verdade, fui a terceira, e o anunciei com orgulho numa manhã de fevereiro. Foi só então que minhas amigas começaram a mudar de ideia sobre mim: ainda que tudo fosse disfuncional em meu núcleo familiar, a biologia tinha me dado razão, eu sangrava como todas.

Na primavera, no fim das aulas da tarde, nos encontrávamos para ir assistir aos jogos de futebol no campo esportivo, esperando que alguém nos dedicasse um gol. Esperávamos que o garoto de que gostávamos naquelas semanas — nunca durava mais que algumas semanas — se afastasse do gol que marcou e apontasse o dedo em nossa direção, parando sob as arquibancadas de cimento onde nos sentávamos coladas umas às outras. Dias frios e ensolarados de final de abril, nos quais, para mostrar o seio, saíamos sem casaco e dizíamos: "Não estou tremendo", quando algum adulto apontava que estávamos com os braços arrepiados; sábado à noite fazendo as primeiras tentativas com a cerveja Faxe sem espuma, normalmente na minha casa, prontas para interromper assim que ouvíssemos o raro estrondo das motocicletas.

O Val d'Agri estava na rota de alguns encontros de motocicletas, mas as caravanas raramente subiam até meu vilarejo, não havia nada de especial para ser visto. Era um município muito pequeno, havia somente igrejas de arquitetura pobre e bares que fechavam e abriam de novo num ritmo regular após denúncias feitas à polícia fiscal por parte de algum concorrente; a principal fonte de renda eram os caça-níqueis. Ouvimos o estrondo das motos e começamos a cacarejar feito ligações telefônicas; uma de nós apagou a luz enquanto eu baixava as persianas, depois nos escondemos no banheiro para espiar os motociclistas, achando que teriam parado bem debaixo da minha casa. Quando desapareceram atrás da curva, o terror de sermos saqueadas transformou-se em decepção, e ficamos por lá esperando que voltassem.

Minha mãe desceu do sótão, onde se recolhia para pintar, e nos encontrou tomadas por um alvoroço histérico, fizemos gestos simultâneos para que ela apagasse a luz, e quando explicamos que tínhamos medo dos motociclistas, ela confiou em nossas caretas e risadas para entender que na verdade não tínhamos medo, mas alguma outra coisa. "Deixem comigo", disse, antes de descer para a rua com o cachorro, fumando na mureta, esperando passarem mais uma vez. Eram mais ou menos oito pessoas, entre os quais uma mulher, alguns eram coroas acima do peso, outros marombados e nada atraentes.

Odiei minha mãe por ter pedido que tirassem o capacete e por pedir a eles um cigarro, odiei que ela rompesse aquele mistério quando eu e as outras garotas tínhamos tão poucos para desfrutar.

Na escola, no vilarejo, até no ensino médio em um município maior, tudo estava revelado: todos sabiam a quem "pertencíamos", quanto ganhavam nossos pais — se ganhavam alguma coisa —, que notas tínhamos em italiano e matemática e se havíamos bebido demais numa festa; todos sabiam se beijávamos com ou sem língua, se era permitido ir por cima ou por baixo da camiseta, e quando nos preparávamos para as festas de final de ano ou as de dezoito anos para as quais éramos convidadas, não importava o quanto estivéssemos maquiadas ou quais roupas imprevisíveis usássemos, porque, assim que passávamos pela porta, toda a fumaça do palco desaparecia rapidamente, nunca havia um desconhecido com quem conversar, podíamos nos apaixonar só pelo hábito, os amigos de infância eram reciclados como amantes, e, por virada da sorte, às vezes, de pequena vendedora de fósforos nos tornávamos a garota mais bonita e popular do momento — mas não durava mais do que algumas semanas.

No segundo ano do ensino médio, chegou uma professora que tinha saído de uma crise nervosa, parecida com a Hope Sandoval dos Mazzy Star. Nos deu aula de italiano e geografia.

Entrou na sala de aula vestida como uma freira que tinha acabado de fugir de um convento, com olheiras escuras e sardas. Naquele período estávamos atravessando uma fase de obscurecimento religioso, já que o primeiro da classe tinha parado de ouvir música grunge para se dedicar a Santo Agostinho. Tinha engordado vinte e cinco quilos durante o verão, lido *As confissões* e andava de sandálias mesmo no frio; por algum tempo conseguiu nos fazer crer que o Espírito Santo era a coisa mais controversa que poderíamos experimentar. A turma já estava cheia de garotas que frequentavam encontros carismáticos nos quais começaram a falar em línguas, tinham virado as pupilas e sido atravessadas por um choque benigno e sexual, como as enguias.

Por todo canto as pessoas da minha geração perdiam os amigos para as drogas, eu, para Jesus Cristo.

A professora nos informou que não seguiríamos os livros escolares, mas que ela nos explicaria Dante e Petrarca em módulos universitários, e cada um de nós seria ensinado rotativamente. Quando jovem, tinha seguido por um breve período uma famosa companhia de teatro de vanguarda; durante um estágio apaixonou-se por um dos atores permanentes e disso lhe restou o coração despedaçado. Como era possível que aquela pessoa com uma vida tão aventureira acabasse ensinando numa escola sem nome construída numa espécie de estacionamento industrial, pronta a nos iniciar nas artes da performance em reconhecimento a seus antigos amores? Eu não conseguia encontrar uma explicação.

Um dia, nos fez reféns numa quadra e comunicou que iríamos trabalhar a performance sadomaso-política, tentando identificar o nosso Vietnã. Tínhamos de nos libertar, sentir o êxtase e a guerra, e dar vazão a qualquer obscenidade que nos viesse à mente. Logo paramos de rir, e até as garotas mais tímidas da turma se atiraram ao chão para exorcizar uma frustração privada. Estávamos no meio de uma procissão em que tentávamos bater os pés no chão feito soldados, quando abri os olhos e me dei conta de que os outros duzentos alunos da escola e todo o corpo docente nos olhavam boquiabertos.

Fomos interrogados sobre o sentido dessa atividade, se tínhamos sido obrigados, se achávamos que a professora estava passando por alguma exaustão nervosa.

Um de nós disse que ela nos forçou a aprender de cor o nome de todas as capitais africanas durante as aulas de geografia, porque não poderíamos sair pelo mundo sem ter respeito e curiosidade pelos outros, até que um professor de educação física respondeu: "E os africanos sabem onde fica Potenza?".

Eu, em especial, depois daquele ato fui chamada de lado pela professora de francês, que me disse: "É uma pessoa boa e carente de Deus, fique perto dela. Por que não vem a um encontro de Renovação?", referindo-se ao grupo religioso carismático que ela também frequentava.

Eu e a professora fomos, segurei sua mão esperando que em algum momento ela tivesse uma crise de riso e me dissesse para fugirmos de lá, para irmos à praia como fizemos uma vez quando nos explicou a reciprocidade entre sexo oral e viagem cósmica.

Numa tarde depois da escola — uma das tardes mais lindas e verdadeiras da minha vida de adolescente —, ela veio me buscar e me levou à praia, onde confessei que não sabia nadar. "Ah, se eu soubesse teria trazido minha sobrinha", como se minha inabilidade física me tornasse menos interessante, mas o fato de que comentasse isso de um jeito tão pacato, sem vontade de me ferir, era uma novidade para mim: no meu léxico familiar tudo emergia para ferir, ao contrário, porém, as coisas podiam ser ditas por aquilo que eram, sem deixar marcas ou mutilações. Naquele dia roubaram-lhe o som do carro, não protestou, disse "karma negativo", e mulheres assim eu só conhecia por ter lido nos livros.

Me emprestou os diários de Judith Malina, acendendo de novo em mim o desejo de ter crescido numa família judia da Europa Central cheia de livros dispersos sobre o tapete. O homem do teatro que ela amara um dia sonhou que tinha cortado seus cabelos e telefonou para ela para contar; ele riu do outro lado da ligação, explicou-lhe que era um sinal de mudança. Desde então, toda vez que alguém com quem eu me importo corta o cabelo, temo perdê-lo, assisto a essa pequena mudança com tristeza.

No ritual carismático em que a acompanhei, ficamos rodeadas por coroinhas fora da idade e professoras de apoio que invocavam Jesus Cristo como teriam invocado os parceiros, mas eram todos desafinados e suas convulsões pareciam fingidas. Logo me dei conta do chamamento que aquela formação poderia ter para ela; mesmo se afastando da escola num dado momento, soube que continuava a frequentar os encontros.

Veio jantar em casa uma vez, tinha preparado um quilo de coxas de frango temperadas com pimenta e cebola e um tempero não catalogável que um ex-namorado africano havia lhe ensinado — daí talvez sua insistência em que aprendêssemos toda a nomenclatura daquele continente, nomear é um ato de amor —, mas, assim que ela se virava, dávamos o frango mordido para o cachorro. A professora perguntou para minha mãe por que nunca me perguntava a que horas eu voltaria para casa à noite e se não tinha medo de me deixar sozinha. "É uma garota livre, deve se acostumar rapidamente. Tem dezesseis anos, pode se virar sozinha. Eu com a idade dela era assim", respondeu sem pudor. A professora balançou a cabeça, me apertando afetuosamente. "As garotas devem ser protegidas", disse. "Se não se presta atenção, acabam por desaparecer." Eu, no entanto, para não fazer feio com as minhas amigas, às vezes fingia que minha mãe me impunha um toque de recolher, ainda que não fosse verdade.

Minhas relações com os garotos eram complicadas, mesmo quando eu não queria que fosse assim. Durante as festas de dezoito anos no salão do município, que havíamos usado com finalidade pouco cívica durante os anos da adolescência, festas que costumavam ser frequentadas também por jovens de cidades distintas e distantes, uma vez peguei meu copo de plástico e sentei nos degraus de cimento rachado com um garoto alto e de cabelos encaracolados que era da minha escola, mas de outra turma. Talvez eu gostasse dele, mas foi uma decisão tomada naquela noite: ele estava disponível.

Estávamos conversando quando um amigo bêbado se sentou conosco; estávamos na mesma sala de aula. Começou a contar algumas cenas que mais o impactaram durante a infância. Embora falasse com dificuldade, conseguimos entender que um dos episódios mais traumáticos da vida *dele* foi quando meu pai fez meu irmão, minha mãe e eu de reféns na sacada, com uma faca apontada para o pescoço diante de todo o vilarejo, que nos observava. Correram os vizinhos, as mulheres com as blusas de lã nas costas e as mãos na garganta; alguém talvez tivesse telefonado para a polícia, mas estavam todos mumificados na excitação passiva de quem assiste a um suicídio. Tudo neles pulsava com expectativa; esperavam que não ocorresse nada, mas não viam a hora de ouvir o corpo atirado ao chão.

Aquele episódio só era verdadeiro para mim em pedaços: meu pai parou quando cansou, ou talvez tenha visto meu irmão e eu darmos de ombros, em nossa incapacidade de crer naquele terror. Nossos sentidos em alerta para tentar desarmá-lo não nos faziam sentir medo de verdade, só minha mãe tremia. Há anos eu não pensava sobre isso, nem sequer me lembrava de que meu amigo estava no público. "Foi uma cena terrível, nunca vou me esquecer", disse sacudindo os cabelos loiros, e eu esperava que fosse embora, pois eu, sim, podia esquecê-la: ele tinha gostado de mim quando éramos crianças, eu nunca gostei dele, e mesmo que aquela paixonite tivesse passado havia tempo, ele não viu outra solução a não ser contar ao seu colega de turma quanto minha infância havia sido agitada e violenta, nos dias em que meu pai chegava, criávamos barricadas com os móveis do lado de dentro e não saíamos por dias. Eu não me lembrava da ponta da lâmina no pescoço, não me lembrava bem da galhofa do meu pai, seus movimentos rápidos e clownescos, quem estava debaixo de nós, mas me lembro do momento em que fiquei sentada nos degraus fora daquela festa de aniversário, com um vestido claro que ia até o joelho e os braços cruzados, perto de um garoto que conhecia pouco e de quem talvez gostasse, tentando desdramatizar, depois de engolir o conteúdo do copo e ficar triturando-o, com uma risada alta e quebrada, mesmo depois de o garoto de cabelos encaracolados ter se levantado com uma desculpa e ido chamar os amigos para voltar a um vilarejo trinta quilômetros distante, envergonhado. Me vejo ali olhando fixamente para minhas coxas e minhas mãos, com as pétalas das rosas municipais carcomidas pelos insetos e esmagadas sob os pés. A humilhação do bom vestido, dos cabelos em cachos, enquanto do salão vinha música de boate, e eu queria ser cortejada entre as estátuas cobertas de liquens onde muitos de nós deram o primeiro beijo. Estava claro que deveria ir embora.

Não há um só ato de violência na minha vida do qual eu possa me lembrar sem dar risada.

A garota ausente por motivos pessoais

Eu crescia, e a palavra Basilicata nunca aparecia na televisão nem nas palavras cruzadas. Lá pelo fim do ensino médio, eu havia começado a experimentar uma forma histérica de solidão, desaparecendo da vida pública e me segregando em casa por dias inteiros. Eu me esforçava para ser uma coisa tão solitária, como se nunca tivesse existido uma coisa mais solitária.

Tinha me tornado uma amiga violenta, uma filha insuportável, e se não tivesse ido embora para fazer faculdade, teria me tornado uma carta oficial de tarô, uma personagem reduzida à literalidade de sua existência, exatamente como minha mãe.

Ela era a Maga, a Louca e a Eremita, mas aquele era um tarô desequilibrado, porque desde que o vilarejo começou a se desertificar — muitos de nós partiam para a universidade e não voltavam mais, as cidades nos tiravam os sotaques — perderam-se os Amantes, os Papas e os Imperadores, e ficaram só os Apostolados e os Inimigos Ocultos.

Predizer o futuro com aquelas cartas era impossível, até minha mãe teria parado: a biblioteca tinha alagado uns anos antes e ninguém salvou os livros, deixando florescer o mofo em *Fahrenheit 451* e a luz de *Lolita*, o fogo das lombadas, se apagar na água. A baixa natalidade forçou minha antiga escola do fundamental a formar classes múltiplas, hospedando crianças de vilarejos próximos. Mesmo com a presença dos caçadores, os javalis começaram a se reproduzir descontroladamente e surgiam no centro habitado no meio da noite, de modo que alguns carregavam uma espingarda para o trabalho. No inverno era possível percorrer os oito quilômetros de extensão do vilarejo, dos escombros de casas do terremoto *n' ped a terr** àquelas populares, sem nunca encontrar alguém; o vento era forte o suficiente para lacerar as janelas.

O trabalho dos garotos que ficaram no vilarejo dependia da indústria da construção, da loucura ou do petróleo: alguns continuavam a trabalhar para as construtoras, que pagavam o salário em doze meses, outros nas clínicas de reabilitação psiquiátrica que estavam abrindo em casas desabitadas, enquanto os mais sortudos eram contratados como segurança nos poços de petróleo.

Na universidade me indicariam a leitura de *Pisticci: terra e famiglia*, de John Davis, as teorias sobre o familismo amoral de Banfield e *Sud e magia*, de Ernesto De Martino, mas nenhuma dessas representações datadas conseguia conter o sentido daquela região, para mim: era verdade que a comunidade podia decidir o destino de um cidadão do berço ao caixão, e era verdade que a unidade de troca não era o dinheiro, mas a família — de fato nós de família não tínhamos nada e sempre estivemos mal —, mas a vida que fiz na Basilicata foi muito mais indisciplinada e anárquica, quase moderna.

Muitas coisas haviam ocorrido desde os anos 50: os códigos tinham mudado, mas já que eram bem semelhantes aos dos adolescentes americanos, provocavam tédio em qualquer antropólogo: as garotas aflitas por uma crise de presença não pisavam, possuídas, em aranhas, pintavam as unhas e bebiam

---

* Expressão dialetal usada pela autora, derivada do francês *pied-à-terre*, literalmente "pé no chão"; em geral, indica uma pequena moradia distante do que seria a casa principal, mas também algo que pode ser provisório. [N.T.]

demais; os garotos não tocavam *zufolo** nem ateavam fogo a fantoches em forma de Jesus Cristo, usavam a camiseta de Ronaldo e tentavam encarnar uma divindade mais modesta.

As diversões mais arcaicas eram os fogos de são José na noite do dia 19 de março, quando se acendiam as fogueiras que se tornavam cada vez mais inconsistentes; alguns garotos filmavam filmes de terror improvisados com raposas assassinas, inventando histórias de missas negras, mas era um esoterismo já estragado pela internet de 56k.

Até quando eu passava as férias no exterior me diziam: "Ah, Basilicata! *Christ stopped at Eboli!*",** como se ainda andássemos nas costas de um jegue e destilássemos sangue menstrual no café de uma vítima distraída para convencê-la a se apaixonar por nós. Não sei para quem era conveniente essa fama ou essa ideia de civilização fantasma, mas sei que não nos dizia respeito, ainda que estivéssemos rodeados por vilarejos desabitados que haviam se rendido aos escombros, e Matera com suas cavernas de tufo se preparava para se tornar uma meta estilo *New York Times*.

Há alguns anos fui visitar as ravinas pela primeira vez, ainda que estejam a quinze minutos da casa da minha mãe. Poderia ver as mesmas *badlands* num filme de Terrence Malick e desejar desaparecer lá dentro, mas não era a mesma coisa passar todas as manhãs olhando pela janelinha do ônibus que me levava para o colégio.

O professor de geografia astronômica — um grandalhão lunático e virgem capaz de ficar em silêncio por quinze minutos seguidos — tinha tentado nos explicar que vínhamos de geologias imortais; em nossa terra havia paisagens apocalípticas e

---

* Instrumento musical típico de algumas regiões italianas, semelhante a uma pequena flauta. [N.T.]   ** A autora refere-se ao romance *Cristo si è fermato a Eboli*, de Carlo Levi; no Brasil, *Cristo parou em Eboli*, traduzido por Wilma Freitas Ronald de Carvalho, editado pela Nova Fronteira em 1986. [N.T.]

lunares que seriam muito requisitadas pelo mercado quando tudo mais se tornasse banal, mas, por culpa daquela tinha áspera e hostil típica de certos municípios lucanos, a invasão nunca aconteceu: algo no ecossistema se rebelou, renegando cada esporo. Era verdade, mas de alguma maneira eu fiquei, minha mãe ficou: não fincamos raízes, mas também não fomos escorraçadas, demonstração de que a natureza não é feita somente de perdedores ou vencedores; a maior parte de suas substâncias permanece e se esquece. O professor nos explicou como se formaram as ravinas, o que eram os fenômenos cársticos e por que estávamos particularmente expostos aos desmoronamentos, eu não o escutei e só pensei novamente nisso durante aquela viagem: foi muitos anos depois de ter ido embora que descobri que havia crescido no deserto.

Quando todos desaparecem, uma comunidade não pode confiar naquilo que não tem, mas deve criar novas plantas capazes de guardar água, abrir veias na terra fissurada pela seca: nos últimos anos, o vilarejo da minha mãe foi exposto a novas oscilações pela abertura de poços de petróleo a poucos quilômetros e pela chegada de alguns refugiados africanos que ainda estão retidos num pequeno prédio do município devido à burocracia italiana. Até pouco tempo atrás havia também hóspedes de uma comunidade de recuperação, ex-dependentes químicos, garotos foragidos de famílias disfuncionais ou afetados por graves perturbações psiquiátricas. Eu queria falar sobre essas oscilações, sua presença perturbadora num território que só foi descoberto por seus pores do sol hipnóticos e pelas grutas dos brigantes. Queria falar sobre isso com um amigo escritor que havia tentado sanar o coração partido durante uma viagem em grupo na Basilicata, organizada por alguns artistas americanos. Tinha visitado as ravinas em Aliano e pensado na história que lhe contei, sobre como cheguei lá.

"É como uma fábula de Far West. Não, é uma fábula fanta-
-Far West", me disse enquanto passeávamos diante de postos
de gasolina e pores do sol cinza-lilás na noite evanescente de
Londres, na minha nova vida.

"Uma garotinha um dia aterrissa com sua família de uma nave
espacial e descobre que ao redor há somente pó, depois chegam
os fora da lei, os padres...", exclamou, fazendo gestos amplos.
Comecei a rir. Era engraçado, mas não exatamente assim. Sua
versão me libertava das humilhações da minha infância, mas ao
mesmo tempo reduzia minha vida a uma fábula, uma história
externa e impossível de desfazer, enquanto tudo o que eu queria era pegar o lobo que tinha fingido avistar na floresta somente
para lhe cortar o pescoço e continuar a mentir novamente.

Um dia minhas amigas que ficaram me levaram para visitar a estrutura para extração de petróleo. Na verdade, demos
uma volta de carro, já que não tínhamos autorização para entrar. Subimos por uma colina para poder admirar por inteiro
a estrutura, a visão daquelas torres de metal imensas me im-
pactou, do mesmo jeito como sempre fico atordoada quando
vejo de perto uma pá eólica. É uma vertigem pior do que a que
sinto nos arranha-céus.

"Você fala de ir para o espaço, mas aqui ainda estamos no
quilômetro zero", disse uma delas quando lhe expliquei como
tudo aquilo me fazia sentir. Era psicóloga, quando era uma garotinha eu a adorava, pois passava protetor solar cinquenta até
no inverno, para continuar branca, e eu não sabia nada daquele
senso de proteção; meu irmão e eu nunca víamos um médico.
Cultivei uma obsessão peculiar por essas lucanas como eu, todas ocupadas a romper teias e despir-se da margem, prontas a
esquecer; garotas campestres e solitárias, improváveis naqueles lugares. "Toda pessoa que conheço se assemelha a um des-
moronamento", me confessou certa vez enquanto levávamos
seu cachorro para passear.

As torres não teriam extraído o petróleo diretamente do solo, mas contribuído para trazer à tona os estratos de rocha a serem submetidos a mais um processamento, de modo que se extraísse o bruto. Não haveria incêndios imprevistos, torres de ferro sugadas pela pressão do terreno, vazamento de piche negro sobre o rosto dos operários; toda a estrutura parecia saneada e cirúrgica, mais modesta do que os desejos que tinha provocado. Os desejos: quando garotas queríamos apenas que o mistério não se revelasse, e ficávamos inchadas como sanguessugas à espera de que alguém ou algo nos estourasse, mas, quando voltava para o vilarejo, não encontrava nenhum traço daquele humor invisível que tínhamos derramado, nenhum vestígio das nossas antigas explosões.

Percorro a colina para subir até a casa da minha mãe e passo ao lado do edifício em que vivem os garotos africanos cuja vida é gerida por uma cooperativa, muitas vezes os vejo sentados na sacada, mas nem sou capaz de cumprimentá-los. Gostaria de dizer a eles que houve um tempo em que nós fomos os maus, e que para eles isso também passaria; do abandono ficaria só um cheiro, que sentiriam em alguns momentos, numa travessa, numa vida nova.

No que diz respeito ao tarô, meus arcanos pessoais são a Lua e o Eremita, a mesma Lua que minha mãe desenhou quando estava grávida de mim e agora se destaca na sala da sua casa, onde desbota com o passar do tempo. O site de uma vidente amadora diz que, para os que nasceram sob esses dois arcanos, "a iluminação é a essência, mas a escuridão é a matriz".

Inglaterra

O elástico violeta

Em Calcutá, há um cemitério onde repousam os funcionários da East India Company; as inscrições sobre os túmulos não o declaram, mas as pessoas sepultadas lá devem ter morrido de tifo, duelo ou naufrágio. O cemitério fica na Park Street e está cheio de sepulcros góticos amaciados pelo musgo, carcaças de pedra dispersas entre os templos hindu-sarracenos revestidos por um emaranhado de plantas. Entre aquelas plantas putrefatas e salobras se encontra também o filho de Charles Dickens, um tenente cheio de dívidas morto por um aneurisma; o pai o desencorajara a escrever livros.

Quando o atravessei durante uma viagem com minha amiga Francesca aos vinte anos, tive a sensação de estar em dois hemisférios ao mesmo tempo, como nos video games em que a heroína caminha em dois mundos paralelos na mesma tela: de um lado havia um país que nunca tinha visto, mas com o qual sentia ter uma ligação — a Inglaterra —, e de outro havia a Índia, em que todos os dias meu sangue se fazia mais denso. Se tivesse desvendado o mistério de um país, o outro me seria entregue.

Do lado de fora do cemitério na Park Street, havia alguns edifícios vitorianos corroídos pelos trópicos, estava cheio de escritórios e instituições britânicas com as grades cor gamboge e tetos abobadados, mas eles não me fizeram pensar muito no passado colonial. Pareciam mais com escombros *steampunk*, aquilo que poderiam se tornar as capitais ocidentais depois de décadas de colapso ambiental. Passeávamos por Calcutá no meio de funcionários de empresas de software, milhões de trabalhadores vestidos pelas lojas de departamento que desfilavam compactos, infinitos, e agora era fácil imaginar que um dia as cidades inglesas sobreaquecidas pelas próprias ambições e oprimidas pela poluição teriam se assemelhado a ela.

Eu não esperava, de Calcutá, as igrejas com os telhados escurecidos e a invasão de corvos que bicavam pela estrada; na volta para o albergue em que me alojava, eu encostava nas paredes de tijolinhos vermelhos para me resguardar das nuvens pretas formadas pelos pássaros. Nunca tinha visto um lugar tão gótico, um tipo de gótico queimado, no qual as estátuas das mulheres aladas se desintegravam devido à luz do sol.

No começo, me conectava por e-mail para contar tudo isso às pessoas de casa, mas depois de algumas semanas Francesca e eu decidimos desaparecer. Teria sido uma das últimas viagens sem conexão de internet, foi a decisão mais espiritual que tomei naqueles dias.

Ainda assim nada do que estava ao meu redor fazia com que eu me sentisse fora da história, nem mesmo a ausência de telecomunicações, ou, como se estivesse num pesadelo tropical sobre o qual eu já havia lido nos romances de Conrad, os postos de correio, as horas bacterianas e as esperas.

Quando chegamos, tomamos um táxi no aeroporto de Delhi, uma viagem de uns quarenta minutos até o albergue em ruas que acreditava que seriam mais cansadas, quase nunca nascidas, e, ao contrário, havia cronômetros nos semáforos. O primeiro cheiro da Índia que senti, inesperadamente, foi o de desinfetante. Entre as barracas encostadas aos hotéis que se chamavam Baby Las Vegas, as luzes de Natal penduradas nas cornijas e as propagandas da Coca-Cola que já tinham se tornado cor-de-rosa, os homens que passavam pela rua tinham sapatos tão baixos que pareciam arrastá-los. Eu tinha parado para observar uma garota mirrada com uma anágua e véu prateado que tentava fazer funcionar sua bicicleta elétrica. Depois, do nada, vi uma pilha de garotinhos embaixo de uma ponte, amontoados um em cima do outro, no meio de pneus de borracha. Eram quase como os punks do East Village de muitos anos antes. Apontei o dedo naquela direção exclamando: "Os selvagens!". Foi uma frase que saiu por impulso, não tinha nada a ver com minha educação e sensibilidade, e Francesca começou a rir, passada com o fato de eu ter dito uma coisa tão infantil e errada. Teria sido pior dizer que eram lindos, só por serem pobres e abandonados.

Tinha sobrevivido a uma viagem fracassada na Inglaterra no ano em que Francesca me propôs irmos para a Índia.

No verão de 2005, terminados os exames, eu tinha feito um jantar para esvaziar o freezer e acabar com os restos; com ela e outras amigas, saímos para passear pela residência estudantil com uma estranha excitação. Continuávamos a repetir uma frase de um terrorista referida nos evangelhos apócrifos da rede: "Transformaremos Roma num cemitério"; algumas tinham sonhado que hidrantes varriam sangue da estação Termini. Mas Roma ficou por lá, geopoliticamente ignorante e ignorada, e os terroristas explodiram uma estação de King's Cross em Londres. Nós nos separaríamos para as férias com aquele desassossego disfarçado.

Eu e meu namorado pensamos em passar uma semana na Inglaterra, já tínhamos reservado os bilhetes e a acomodação, mas após os atentados mudamos nossos planos, preferindo dar uma volta por toda a Escócia de ônibus. Mudar o itinerário foi normal: o terrorismo ainda tinha apelo em nosso imaginário, ainda inspirava desejos de salvação que se tornariam cada vez menos relevantes, ou plausíveis.

Na Escócia, ficamos felizes, dormíamos nas fazendas com os cavalos, mas ainda pensávamos na outra cidade, naquela que faltava. De Londres veríamos somente a estação Victoria, para pegar o ônibus, cheios de medo e remorso por nosso encontro adiado.

Hoje, a poucos metros do lugar do acidente, sobressai uma frase em neon de Tracey Emin que diz: "*I want my time with you*". Quando passo perto, reconheço todo aquele anseio que me levou a procurar a Inglaterra tantos anos atrás; paro entre as garotas que tiram uma foto da escrita fúcsia luminosa e tenho ciúme do maravilhamento que sentem.

Confundir um lugar com uma história de amor foi algo que fiz imediatamente, assim que cheguei à Índia, na colônia perfeita: me parecia descobrir um homem através de sua amante, com uma ideia confusa sobre seu vínculo e o ressentimento que sentiam um pelo outro, mas com a nítida impressão de que se pareciam, como realmente se parecem as pessoas que passaram muitos anos juntas.

A viagem na Índia terminou com uma travessia de trem de trinta horas com uma força de velocidade zero, de Calcutá para Delhi. Eu e minha amiga estávamos felizes por termos finalmente descansado, trocado de companheiros de compartimento, jogado baralho e comprado quinquilharias dos vendedores ambulantes. No nosso vagão subiram um casal de noivos com o irmão dela, um garoto alto e muito bonito, com a cabeça envelopada num turbante e a pele lustrosa de febre. Tinha dor no fígado, precisava fazer uma cirurgia e só era possível em Delhi. Francesca, quando criança, sonhou brevemente em ser médica, então falou com a irmã tentando se mostrar solícita e dizer o que sabia.

Eu andava com um elástico violeta no punho, continuava a dizer que se o tivesse perdido, teria acontecido algo ruim. Eu havia estado em templos hinduístas e monastérios budistas sem me deixar arranhar por um pensamento religioso; a única fé que eu tinha era em relação ao objeto trazido de casa. Não me interessavam os rostos das bailarinas de mil braços atrás das costas, tinha descoberto que a revolução espiritual não estava inclusa no preço da viagem, mas não me sentia ofendida pelas expectativas dos turistas, aquela dos hippies judeus que eu encontrava, ou dos usuários de heroína que deixavam crescer cabelos gordurosos na cabeça. No fundo, a quem fazem mal os encantadores de serpentes no Marrocos?

Mais ridícula era eu que, toda vez que dormia sob um mosquiteiro, me sentia uma antropóloga, só então e em nenhuma outra circunstância. Eu que esperava explorar algo novo no coração: mas os pés sujos, as chagas nas costas das vacas, as linhas vermelhas e violentas de hena na testa dos passantes, a aparição repentina de cidades feias até o acetato de polivinila na neblina quando acordei de manhã diante do Himalaia. Nada me transportava da esfera da observação àquela da emoção. A única ideia fixa era dedicada ao modo como a classe se revoltava dentro da casta.

Algumas horas antes de chegar ao destino, na viagem de Calcutá a Delhi, despertei do sono ouvindo os barulhos do trem e do vento misturados a uma litania baixa, uma espécie de canção de ninar. Tateei o pulso como sempre e não senti a presença do elástico, então desci do beliche para acordar Francesca, sacudi suas costas com força, porque não me dei conta de que ela estava com os olhos esbugalhados, parados na família diante dela.

A mulher estava ninando o irmão estendido na cadeira, tinha o corpo mole e os braços caídos. Havia morrido durante a noite. O chefe do trem disse que não podia parar, tinham de chegar ao destino. Pus um cobertor nas costas de Francesca, tentando não vomitar, e começamos a nos ninar também, tentando nos defender do frio.

Chorávamos, destroçadas, quase sufocávamos com os soluços; nunca tínhamos visto um cadáver, e em todas aquelas horas passadas juntas parecia que o conhecíamos, mesmo tendo nos comunicado somente com gestos. Sua família nos observava com certa alucinação, não entendiam todo nosso barulho e por que nos importávamos. Antes de descer, sorriram para nós e nos fizeram entender que não deveríamos levar a vida assim tão a sério.

Depois, chegamos a Delhi da classe média moderna que tinha vergonha dos ratos e dos homens nas bocas de lobo, entre intelectuais em visita que teriam invocado até a peste só para poder contar a respeito.

Sem aquela viagem à Índia, antes mesmo de vê-la, antes de aprender seu reflexo pela cópia heliográfica de outra cidade, sem ter assistido à chegada do seu classicismo e à sua sagrada indiferença, nunca teria entendido nada da Inglaterra, não importa quantos anos vivesse por lá.

Em primeira pessoa

Cheguei a Londres com vinte e sete anos, no dia 4 de setembro de 2011, num raro dia de aguaceiro. Um mês após as revoltas de Tottenham, seis anos antes do incêndio da Grenfell Tower. Tinha partido com meu companheiro, mas a empresa para a qual trabalhava mandou-o imediatamente para Darmstadt, no centro europeu para as operações espaciais. Naquela cidadezinha aconteceram todas as aulas famosas de música contemporânea, e tinha tocado também John Cage. Eu lia aquelas informações na Wikipédia para dar um sentido à nossa distância. Enquanto ele escrevia códigos, eu arrancava o mofo dos muros da casa que tínhamos acabado de alugar e passeava no jardim; eu vivia somente no fim de semana, quando ele voltava. O resto do tempo eu passava trancada em casa, com as mãos cruzadas sobre o peito, na imitação cuidadosa de um fantasma. Eu tinha me tornado, sem perceber, uma esposa.

Perto de casa havia uma famosa igreja unitária com um muro dedicado a Mary Wollstonecraft, basta levantar o olhar para ler a legenda, "*The birthplace of feminism*", num medalhão comemorativo. Mary Wollstonecraft havia se mudado para lá em 1784, para realocar sua escola para garotas, naquela época era uma área cheia de libertários a favor da revolução americana e dos direitos das mulheres. Tinham passado por lá Oliver Cromwell e Daniel Defoe; também Edgar Allan Poe tinha vivido aqui por algum tempo. A poucos passos de distância havia o Mildmay Working Club, um dos centros de recreação pós-trabalho dos operários de Londres, a cerveja ainda custa três libras, mas os sócios estão morrendo e se mudando para outros lugares; nos fins de semana é alugado para festejar casamentos ou como estúdio de filmagem. Mike Leigh rodou por lá algumas cenas de *Vera Drake*, sobre uma mulher que fazia abortos clandestinos nos anos 50.

Pouco depois de se mudar de Newington Green, Wollstonecraft escreveu a *Reivindicação dos direitos da mulher*, e por isso a igreja unitária é considerada o local de nascimento do feminismo. Isso não muda o fato de que eu tinha me mudado para o bairro por amar alguém, e da minha vida não estava fazendo nada. Também sua filha Mary Shelley se apaixonara quando jovem, mas ela tinha escrito uma obra genial e inventado a ficção científica.

Há outra mulher que define o destino do lugar em que moro: no século XVI, um dos residentes do bairro, Henry Percy, namorou às escondidas com a futura amante e esposa do rei Henrique VIII, sem ter autorização. Tentou dizer que já tinham ido para a cama e teria pesado em sua consciência não se casar com ela, mas devido à diferença social o casamento foi proibido mesmo assim. Quase dez anos mais tarde, Percy foi obrigado a ser testemunha no processo de Anna Bolena por adultério e afastado por sentir-se mal quando ela foi condenada à morte.

A rua que vejo todas as manhãs quando saio de casa se chama Anna Bolena; estou presa entre uma sufragista e uma rainha que lhe cortaram a cabeça.

Os primeiros lugares que realmente amei em Londres foram um cemitério, um cinema e um parque de skatistas. O Abney Park Cemetery é um dos sete cemitérios privados mais majestosos de Londres, porém é mais abandonado do que aquele da Park Street em Calcutá e abriga os túmulos de todos os anticonformistas radicais que passaram por aqui. O Rio

Cinema tem mais de cem anos, foi aberto por uma mulher empreendedora chamada Clara Ludski, que decidiu converter seu negócio de leilão numa *picturehouse* teatral, cheia de estátuas e teto abobadado. Quando comecei a frequentá-lo ainda era famoso pelos filmes projetados mesmo às duas da manhã, normalmente antigas resenhas de filmes de terror ou películas cult dos anos 80 e 90 que acolhiam os residentes das ruas fora de horário; ainda não havia um canto de merchandising na entrada, e não se podia comprar camisetas com o logo Rio Cinema.

O Stockwell Skatepark fica ao sul, do outro lado do rio, a menos de um quilômetro de Brixton. Em 2011, não tinha sua página na Wikipédia e não tinha uma história, para mim. Agora sei que se chama "Brixton Beach" e foi financiado pelo município em 1978. Agora há uma loja que vende skates ali perto, antes não havia. Sem nenhuma placa, parecia um local posto lá por acaso, quase completamente circundado por *council houses** baixas e marrons, prestes a serem substituídas por outras construções. Eu gostava de lá porque ficava cheio de pessoas assomadas às sacadas que podiam olhar as acrobacias de skate ou de BMX de uma distância curta.

Era o único lugar onde conseguia me sentir calma. Eu ia para lá à tarde e me sentava para olhar aqueles garotos e aquelas garotas que se jogavam pelas lombadas de cimento. Fechava os olhos e ouvia o restolhar das rodas, o corte do ar e o som das quedas, nos meus dias de freelancer, quando não tinha amigos e nada para fazer. Eu olhava para aqueles adolescentes sem participar, como quando eu era uma garotinha e me sentava perto do meu irmão para vê-lo jogar Vampires ou Max Payne: era um alívio, alguém levava adiante a história sem que

---

* *Council house* é um tipo de habitação social ou pública no Reino Unido. São construídas e operadas por conselhos locais para suprir a falta de moradia. [N.T.]

eu tivesse responsabilidade. Sou uma boa navegante; para fazer com que me sentisse útil, às vezes ele me dizia para consultar mapas e instruções ainda que não fosse necessário, mas, quando preciso decidir por mim mesma, quando preciso descarregar uma metralhadora num jogo eletrônico de tiros em primeira pessoa, morro imediatamente. Não sei avançar na aventura, e esses estão entre os momentos mais íntimos que eu e meu irmão tivemos, quando eu esperava que seu personagem fictício não se ferisse. Nunca roubei seu joystick, nunca fui uma garotinha que queria agir. Me bastava assistir ao desenvolvimento da história, torcer contra a morte dele na tela, e assim eu fazia com os garotinhos do *skatepark*, esperando que se erguessem em saltos heroicos para o alto e desenhassem circunferências perfeitas.

Emigrei da Itália num período histórico peculiar. Haviam ocorrido a Primavera Árabe, as revoltas de Tottenham depois da morte de Mark Duggan, assassinado pela polícia, a guerra na Síria, os protestos do Occupy, e Berlusconi logo cairia por uma decisão europeia; por todas as partes aonde ia, eu percebia raiva e desejo. Um sentimento que martelava obsessivamente a mudança, em parte alimentado pelos jornais, em parte por autoconvencimento, uma febre que cada um de nós teria contado de modo diferente, destinada a se dissipar em tantas histórias pessoais. Para mim, 2011 foi o único ano em que senti ter uma trégua da saudade, e a vida de agora não parece outra coisa senão o reflexo daquela conjunção histórica, de um erro coletivo que nunca resolvemos. Houve uma breve janela na qual reclamar o presente, mas não o fizemos. Há sete anos eu caminhava entre as barracas dos que ocupavam a St. Paul, folheava os livros da biblioteca coletiva notando muitos Stephen King — talvez ele pudesse ter nos ensinado como nos enfiar naquele presente paralelo e inverter as leis do tempo — e tinha a nítida sensação de que algo estava desmoronando.

Era bom se sentir livre da saudade, mas foi por esse sentimento que eu havia me mudado: tinha escolhido Londres como o teria feito uma adolescente, com uma ideia romantizada do punk e do apocalipse urbano cotidiano. Não temia absolutamente a escuridão que anos mais tarde teria me mantido deitada na cama por horas seguidas, espiando as raposas que escaramuçavam no jardim.

Pelo menos uma punk encontrei de verdade: a proprietária da minha casa é uma das últimas mulheres dos anos 70. Não vive mais em Londres, se retirou para o campo, como a maior parte daqueles da sua geração.

A primeira vez que a vi ela tinha acabado de se debruçar na soleira da casa com os cabelos brancos longos até a cintura e as botas pontudas tipo de bruxa; Tom Waits chama esses sapatos de "matadores de baratas". Mostrou-nos o interior e nos levou para a casa de um amigo para assinar o contrato; por lei precisávamos de uma testemunha.

A "testemunha" foi um dos fundadores do Swell Maps, uma banda experimental inglesa que tinha aberto espaço para o pós-punk. Fiquei imóvel em sua sala cheia de fitas cassete musicais empoeiradas, cilindros e um crânio, balbuciando para dizer que escrevia para uma revista de música independente, e ele deu um sorriso sarcástico, como se eu tivesse inventado num zás-trás. Tinha um jardim invadido por carrinhos de compras e objetos encontrados, xícaras de chá desbeiçadas há sabe-se lá quanto tempo, e quando saímos dali, no sol leitoso e corrosivo das três da tarde, aquele que tem a mesma luminescência do céu pós-nuclear, peguei na mão do meu namorado pensando que minha vida adulta estava por começar. Ao mesmo tempo, temia que nunca teria me acontecido algo tão belo como aquela tarde: não era mais uma coisa lida nos livros de contracultura, agora eu tinha visto realmente aquelas pessoas, tinha conversado com elas.

A proprietária da minha casa é uma artista plástica que nos deixou como herança todos os seus móveis feitos à mão. Eu estava decidindo o que manter e o que não quando puxei para cima uma foto em preto e branco de uma múmia enrolada em trapos; ela me perguntou se eu a queria, era uma imagem realmente muito sombria. "É o autorretrato de um amigo meu, acabou de se matar." Escapou-lhe uma risadinha, depois disse: "Oh, *well*, podemos sempre jogar fora", e eu, zonza, a seguia pelos cômodos da casa esperando que me contasse a história de cada móvel. A cama na qual dormiríamos tinha sido feita por um ex, era um baldaquino dourado no qual ela queria ter posto fogo para celebrar o fim do relacionamento. Mas terminaram como amigos. Ela sempre terminava como amiga. Não tinha nenhum homem que tivesse encontrado e apagado o número de telefone. Todas as vezes que algo quebrava em casa, nunca nos mandava um verdadeiro pedreiro ou encanador, mas sempre um dos seus antigos amantes. Por anos preparei xícaras de chá sempre iguais para os homens que vinham em casa consertar os danos: todos tinham uma banda e um divórcio no histórico. A proprietária da casa é a quintessência do que minha amiga Sara e eu definimos como a verdadeira louca dos gatos: uma mulher que teve muitos cortejadores, mas realmente amou um só, e daquele momento em diante não abriu mais seu coração. Só mantém relações na cama, que terminam com estima recíproca; no almoço recebe os ex-namorados, prepara-lhes um café e dá ouvidos aos seus sofrimentos da alma, depois os destrói com sua sabedoria barata e volta a dar comida aos gatos. Para nós, a louca dos gatos é uma heroína; às vezes, fazemos morrer seu verdadeiro amor em uma moto.

Os únicos ingleses pelos quais eu tinha desenvolvido um afeto sincero pertenciam a uma geração muito diferente da minha. O último deles, Bond, me disse que antes de morrer quer ver os cemitérios ingleses na Índia, onde morreram muitos jovens oficiais e coronéis, e depois comprar um barco para ajudar os migrantes a chegar até a Grécia. Me contou isso enquanto quebrava os azulejos do banheiro sem máscara, com a boca aberta e sorridente que deixava entrever dentes que só certas pessoas têm, os dentes da minha mãe, aqueles que mesmo tendo dinheiro já não dá mais para arrumar. Transparecia uma mistura de imperialismo e romantismo do Mediterrâneo, típico dos ingleses de esquerda. Pedi que me contasse das turnês que fazia na Califórnia na época dos Dead Kennedys, queria ouvir como era fazer fogo embaixo do palco na sua época, depois comecei a me dar conta de que, por mais fascinantes que fossem aqueles relatos, não me pertenciam. Não era a minha história, era a deles.

Eu tinha me mudado para Londres por motivos errados, e precisava aprender a viver por lá.

Lá onde desce a sombra sombria

Minha palavra preferida em inglês é *marshes*. É o plural do substantivo *marsh*, brejo. Vem do inglês antigo *mersc*, e do protogermânico *mori*, "corpo de água". Minhas outras palavras preferidas se assemelham, e todas descrevem uma paisagem. *Moor*, do inglês antigo *mor*: charneca. *Morass*: pântano. Cada uma delas deve algo à raiz protoindo-europeia *mer*. *Mer* significa "fazer mal", "morrer".

Mor também me faz pensar em Mordor, a terra sombria habitada pelo mal em *O Senhor dos Anéis*. No ensino médio, quando li pela primeira vez a saga de J.R.R. Tolkien, um colega de turma me escreveu que eu estava "indo para Mordor passando por um brejo". Na época não entendi bem o que ele queria dizer, mas é um sentimento que em Londres tornou-se familiar para mim: quem vive nesta cidade sempre sente o influxo de uma torre sombria na distância, de um desassossego aeriforme que se propaga a partir de uma fonte desconhecida, talvez escondida entre os arranha-céus, talvez nos canais do rio Lea, e em alguns dias nos faz sentir possuídos, sobrecarregados por um peso esmagante que nos ancora na terra e reverbera nos ossos sem que se saiba nomeá-lo, algo que em algumas pessoas se torna a emanação florescente do desespero e as transforma em sentinelas a serem afastadas para evitar que nos tornemos como elas, numa viagem de aventura de baixa intensidade.

Passeio por Londres sem atravessar portões de ferro, superar vulcões ou terras cheias de espinhos, sigo no asfalto viscoso pela chuva com um júbilo e uma audácia que com o tempo se transforma em cansaço, mas eu sigo adiante, e quando entrevejo a torre ao longe, já nem lhe resisto mais: como todas as lacerações de luz empoeirada e violácea que me pegam de surpresa, nos pores do sol raros e visíveis que descem sobre os prédios, sua força me possui, sua luz me possui.

De cidade fundada sobre a água, Londres se apodera também da casa, em forma de umidade e esporos, cria teias translúcidas de aranha nas paredes, que brotam numa nova estação. Só esqueço quando saio e paro de sentir aquele cheiro de bosque ou de casa viva, algo que não consigo controlar por mais que tente fazê-lo. Não importa quantas substâncias químicas eu use, ou métodos artesanais como panos embebidos com vinagre e limão, para me livrar disso, o cheiro de água podre permanece.

Vou ao Clissold Park e percorro seus *desire paths*, os caminhos que se fazem por um efeito de erosão. São vias criadas pelos passos humanos ou de animais, o percurso mais batido para ir de um lugar a outro. Em italiano diríamos *scorciatoia*, atalho, no entanto a primeira vez que me deparei com a expressão *desire path*, me detive na palavra "desejo" e me confundi, me enganei sozinha: me convenci de que os *desire paths* eram percursos imaginários construídos por pessoas que passeiam pela cidade em todas as horas, os lugares em que preferem se perder ou se enfiar, pontos iluminados num mapa particular.

Perder-se em Londres, hoje, é quase impossível: nem tanto pelos GPS onipresentes nos celulares, mas porque qualquer espaço intersecional da cidade, qualquer lugar de passagem de um bairro para outro, tem um mapa exposto em algum canto da rua. Há sempre um pontinho indicando *"You are here"*. A legenda pode ajudar a não se perder, mas também nos faz sentir mais expostos, evoca a angústia de ser vista, que em alguns dias era a mesma de Virginia Woolf, a mesma ansiedade da cidade que era de Jean Rhys e Sylvia Plath. O que ocorre com o atordoamento de quem não sabe nada de uma cidade e se ilude que cada descoberta feita o seja pela primeira vez? Que espaço tem o desejo quando é tudo tão transparente?

Anos atrás respondi a um anúncio de emprego num site. Era uma posição de acordo com minhas competências: um curador de arte, colaborador das principais editoras que se ocupavam de fotografia, buscava uma assistente que o ajudasse a catalogar seus arquivos e selecionar os materiais. Cheguei a Clapham e toquei a campainha de uma casa enorme de tijolinhos à vista, quase Tudor, para ser acolhida por um senhor afável de meia-idade. A sala estava cheia de tapetes, livros e discos espalhados por todos os cantos; no breve trajeto daquele cômodo ao escritório notei uma biografia dos Smiths e as caixinhas de várias séries de televisão às quais eu também tinha assistido. Me pareceu um bom sinal. Durante a conversa, me pediu para falar de mim e dos meus gostos, depois insistiu em me mostrar seu manuscrito que falava do nosso escritor italiano preferido: ele não acreditava que eu amasse Cesare Pavese, eu não acreditava que ele tinha escrito a respeito. Num certo momento declarou: "Senti-me mais próximo de John Peel que de meu pai", e de novo me senti atravessada por uma descarga elétrica: por mais que a música fosse importante para mim, naqueles dias escrevia sempre a respeito, nunca teria pensado que um apresentador de rádio fosse mais próximo a mim do que alguém que eu conhecesse. Aquela indiferença elegante e controlada sempre me chocava. Havia algo em certos ingleses que denunciava uma profunda desafeição pelas convenções e pela família; em mim já se insinuava a desconfiança de tê-los alienado com minha infraestrutura de nervos e sentimentos que aspiravam sempre à formação de um vínculo, como se eu fosse uma trepadeira. Não com aquele senhor: tinha certeza de que havia gostado de mim e teria me admitido em período probatório, mas tinha uma última pergunta para me fazer. Me perguntou se seria um problema, para mim, trabalhar com ele nu no mesmo cômodo. Ele se demitira da editora por este motivo específico: ele e a esposa eram naturistas, assim como o filho deles e todos os amigos que eles frequentavam. No verão iam para uma casa compartilhada nos Pireneus — me levariam se eu quisesse — e faziam simpósios sobre os máximos sistemas andando sem roupas. Era uma filosofia de vida que o fez finalmente se sentir em paz consigo mesmo, e a garota cujo trabalho eu assumiria também havia se tornado adepta. Tentei desfazer a expressão do meu rosto com uma frase circunstancial, mas ele viu tudo: minha inadequação e desconforto. Eu ainda não havia lhe dito o que pensava a respeito, não sabia se teria condições de enfrentar esse período probatório, quando ele apertou minha mão e disse que pensaria e entraria em contato por telefone. Ele fez isso no dia seguinte, estava contrariado, pois tinha gostado muito de mim, mas encontrara outra garota que não tinha problemas com a nudez dele e de sua família.

Contei essa história para minha mãe, que veio com todos os seus antiquados princípios hippies; disse que eu era uma pudica e não acreditava que fosse sua filha, não havia nada de errado em estar nu e bem consigo mesmo. Outras pessoas pensavam que fosse uma ideia sórdida e uma proposta de trabalho com fundo sexual, mas eu não tive por nada essa impressão, ao contrário: o homem me parecia quase monástico, como se tivesse se agarrado àquela ideia de estar sem roupa o dia todo na convicção de que fosse de fato um antídoto para a melancolia que eu havia intuído em alguma coisa que ele dissera.

Eu não era pudica, mas sim desorientada pelo sexo que percebia em Londres, no metrô, nos locais, durante as festas de rua: era outra coisa, e não carnal; eu ia aos bares e me via rodeada de adolescentes que transpiravam energias androides e negativas. Era difícil encontrar pessoas que não me pareciam sentir desgosto em se beijar. Ainda assim, todos sempre se tocavam, talvez só eu não sentisse o desejo daquelas trocas.

A literatura infesta as ruas onde moro. Uma década atrás, havia uma gangue de rua que andava pela região, os membros se chamavam Soldiers of Shakespeare, mas nunca tiveram muita sorte. O nome era uma homenagem à Shakespeare Walk, uma rua residencial nas proximidades. Passando em frente, um dia, vi um casal com seus vinte anos: ele tinha duas sacolas de plástico com latinhas de cerveja, ela estava numa cadeira de rodas, a poucos metros. Gritavam um com o outro, o garoto dizia que não aguentava mais, que estava no fim das suas forças. Depois ela começou a chorar e gritou: "Você treparia comigo? Treparia comigo mesmo na cadeira de rodas?". Ele atirou as sacolas ao chão, se ajoelhou e a beijou, e lambeu-lhe os joelhos descobertos pelos shorts dizendo que sim, teria trepado, que a amava. Passei com toda a discrição possível, resistindo à tentação de me virar. Me pareciam muito apaixonados, e percebia-se a fortíssima atração entre os dois, uma avalanche de desejo. Quase nunca acontecia comigo.

Um tailleur de escritório

Nos cafés, nas galerias, nos espaços de coworking, eu morria de timidez; os únicos lugares em que me sentia realmente à vontade eram aqueles aonde ia para cortar o cabelo, e eu fazia amizade com as cabeleireiras romenas que encontrava a cada três meses. Me contavam de seus encontros no Tinder — os piores as levavam para fumar um baseado no estacionamento do cinema multissalas enquanto elas tinham se arrumado com vestidos cheios de paetês comprados na internet — e me atualizavam com as fotos de seus casamentos e do banheiro que construíam em casa, no leste da Europa. Depois do Brexit, cortar o cabelo tornou-se uma mera desculpa, vou lá para compartilhar meu ressentimento com alguém que possa entendê-lo, como se os salões de beleza fossem a sede de uma nova carbonária.* Por algum tempo essas garotas foram minhas únicas amigas, mesmo não tendo seus números de telefone. As únicas presenças que eu podia considerar familiares. Todas as vezes que eu voltava, me perguntavam como estava minha mãe, se eu pensava em me casar, e queriam falar sobre Veneza, ainda que soubessem muito mais do que eu sobre ela. Com elas sentia-me tomada por uma estranha euforia, a mesma que eu dividia com as colegas da agência de

---

* Carbonária, em italiano *carboneria*, sociedade secreta do sul da Itália que atuou na primeira metade do século XIX. [N.T.]

tradução na qual trabalhei por um tempo: os escritórios ficavam num porão em Islington, um *sweatshop* da classe criativa, mal iluminado e sem circulação de ar, fora de qualquer regulação sanitária para o trabalho, monitorado por câmeras que gravavam acessos e desaparecimentos repentinos para fumar na porta corta-fogo; um dia por semana íamos comer batata frita perto do posto de gasolina e falávamos de casamentos arranjados para garantir a residência permanente, como se fôssemos a versão atualizada de uma comédia romântica dos anos 80 em que as pessoas se casavam pelo *green card*.

Em plena guerra do Vietnã, uma geração americana respondeu ao massacre de seus pares com o movimento psicodélico e a New Age. A volta dos veteranos do Oriente Médio após as guerras dos primeiros anos do século XXI e a difusão da síndrome de estresse pós-traumático contribuíram para difundir a prática de mindfulness, dos coros de divinação de ioga, criando uma cena em que a salvação é onipresente. A crise financeira de 2008 fez muito bem às disciplinas e filosofias orientadas ao bem-estar individual: em Londres, os oásis que favorecem esse retiro pacífico consigo mesmo, onde recitar mantras e dobrar-se na forma de aranha para lavar do corpo a impureza do dia, colonizam qualquer bairro, ignorando os mecanismos elementares da competição; há um centro dedicado ao bem-estar espiritual a cada trinta metros. Há vitrines dedicadas ao sol, à lua, aos cristais, a palavra *"cleansing"* está por toda parte, mas eu cresci pensando que fosse algo relativo à limpeza étnica. Às vezes me misturo entre os que estão inscritos nesses cursos e espio as poses flexíveis dos outros e praguejo por não ser tão flexível assim, tão lavável.

Não há nada em meu bairro ou nas regiões limítrofes que me seja desconhecido nessa altura, ainda assim minha insegurança permanece a mesma do dia em que cheguei. Todas as vezes que mudo de região ou adentro os meandros além do rio, tenho a sensação da garota nova na escola; tenho terror de que minhas roupas sejam mal interpretadas, de que minha "língua social" cause embaraço e de não ter a posse de informações fundamentais para rir como se deve, quando o garoto mais popular da escola fizer uma brincadeira. Tenho terror de que caçoem do meu sotaque e me digam: "Eu estava aqui antes de você". Esse peregrinar de um ponto a outro de uma cidade moderna é para mim apenas a busca de um lugar anônimo o suficiente e confortável, no qual permanecer o tempo necessário para chegar a desmascarar a garota nova e fazer com que ela se sinta inoportuna.

Cheguei ao ponto de sentir vergonha de dizer onde vivo, porque me faz sentir como se reivindicasse uma autoridade sobre este lugar, quando não a tenho; quanto mais eu vivo em Londres, mais aumenta minha síndrome de impostora. Ainda não aprendi como viver numa cidade, não sei como atravessá-la sem transformar tudo num testamento ou num susto.

Viver em East London é como ter conseguido um papel num filme de ficção científica de quarenta anos atrás, que imaginava o futuro de agora. Sem os carros que voam, como dos quadrinhos até naquela época, ou os hologramas. Perambulo no meio de uma série de replicantes como eu, temos os mesmos casacos de mecânico de uma cor azul vivaz e calças de colher arroz, passeamos diante de falsos *suk* com letreiros turcos e caribenhos que dizem "Tudo por noventa centavos!" e "*Best jerk chicken* que provará em toda sua vida", mas ao contrário pertencem às multinacionais do entretenimento juvenil: fingem ser *hamman* e salas de bilhar, dentro há sempre a *Vice* ou alguma outra revista.

Há alguns meses, assim que saí do supermercado, fui parada por uma mulher com seus cinquenta anos, com uma roupa típica de escritório: calças pretas levemente abertas no final, sapatilhas de couro, camisa branca. Pediu-me uma libra e eu lhe disse que estava sem trocado. Estava indo embora, então me virei por impulso e lhe perguntei se precisava do Oyster Card para pegar o transporte e voltar para casa. Pensei que tinham lhe roubado a carteira. Na verdade, a libra servia para reservar um lugar no albergue de King's Cross; normalmente tinha direito àquele gratuito e enorme próximo à estação, mas era necessário renovar a reserva toda manhã e era melhor levantar-se às seis. Naquele dia ela não tinha conseguido, estava muito cansada, tinha feito turnos pesados no trabalho. Poderia reservar com poucas libras outro dormitório também atrás da estação, faltava uma libra para chegar à quantia certa. Percebeu que vestida daquela maneira conseguia rapidamente o dinheiro, e quase se sentiu culpada em relação ao garoto que pedia esmolas em frente ao supermercado. Muitos residentes do dormitório faziam de propósito: "Compram um tailleur de escritório na Primark e usam por aí para pedir dinheiro, fingindo que são funcionários que perderam a carteira e conseguem passar o dia".

Assim que cheguei a Londres, ia às festas e dançava rodeada de pessoas que se vestiam como refugiados da resistência polonesa; agora as ruas ao redor de King's Cross são cheias de pessoas sem moradia fixa que fingem pertencer à classe média para conseguir algum trocado. "Agora somos todos de classe média", dizia Tony Blair. Era uma projeção errada: somos todos de uma classe que se fantasia de outra coisa, a distribuição da miséria e da riqueza permanece a mesma.

É difícil andar por East London sem pensar em algo para comprar, uma transação para fazer, seja num *off licence*, num *nail bar* ou numa *vape shop*. É somente quando vagueio pelas antigas docas e passeio entre os depósitos das antigas empresas marítimas que lembro como ocorreu: o contágio começou aqui. O contágio é uma história do Leste: é aqui que atracavam os navios cheios de especiarias e animais provenientes de países distantes, o desejo de coisas novas tornou-se uma possessão mágica.

    Não lembro como imaginava o progresso tecnológico quando era pequena. Sei que durante o fim da adolescência a chegada da internet não me parecia futuro, e se banalizou rapidamente, como se banalizaram rapidamente suas consequências. Talvez o futuro, na infância, sempre coincida com o maravilhamento, e como tal deveria ser impossível: não deveria necessariamente gerar uma melhora, mas permanecer como um limiar que não se poderia atravessar. O futuro era tudo aquilo que vinha antes de uma partida.

Toda pessoa que conheço

Londres perdeu a noite, os bares fecham cada vez mais cedo.
Anos atrás os ônibus noturnos eram cheios de gente tímida, frágil e repugnante. Eram todos monstros lindos, com maçãs do rosto que rasgavam as bochechas, trocavam beijos com a boca aberta e tinham uma frieza de fim de século.
Os momentos de felicidade sentidos nos porões, quando eu ia dançar abaixo do nível da rua e podia seguir adiante três ou quatro horas sem falar com ninguém, protegida pelo invólucro que sempre invejei às figuras ossudas e românticas sobre as quais havia lido em *Mate-me por favor*. Quando Ed Sanders dizia: "Havia algo de individualmente apocalíptico no punk, um apocalipse pessoal, um endurecimento". Por algumas horas, naqueles porões de Kingsland, quando eu ainda era uma garota recém-chegada, também me tornava uma crisálida inviolável, depois muitos daqueles bares fecharam, com as notificações de despejo tinha saído até uma camada de pele, o último véu de adolescência.
Eu estava indo a uma rave num clube chamado Printworks e no caminho parei para comer num shopping center frequentado por famílias em Surrey Quays. Estava para jogar os restos no lixo, quando um garoto que trabalhava lá se aproximou e disse que ele o faria, tinha acabado de ser contratado. Apertou minha mão e me disse que tinha chegado de um vilarejo da região da Calábria, sua namorada gerenciava uma loja de coisas

esportivas ali perto. Quando se apresentou, o fez dizendo o nome e o sobrenome. Senti alguma vergonha: o que eu deveria fazer? Deveria procurá-lo no Facebook, pedir sua amizade, transmitir toda sabedoria e confusão acumuladas nos anos londrinos? Fui embora sorrindo-lhe, mas sem dizer meu nome, e só pensei sobre isso durante minha viagem de volta no *overground*, quando me veio à mente o pai de uma velha amiga do colegial. Quando jovem, ele viajou para trabalhar na Alemanha, chamava-se Mauro. Certo dia, na rua, tinha ouvido a palavra "*maurer*" — em alemão, *maurer* significa "pedreiro" — e se virado todo contente, achando que alguém o chamara pelo nome. Contou às filhas para explicar quanto tinha se sentido sozinho naqueles dias, a ponto de ter alucinações auditivas, mas ria de si mesmo quando o fazia. Assim jurava minha amiga.

Pouco tempo depois, num voo da Ryanair, estava sentada ao lado de um casal de surdos com duas crianças. Me pediram informações sobre como se comportar uma vez no aeroporto de Stansted, como chegar até a cidade de transporte público, e me ofereci para ajudar. Eu os esperaria no controle dos documentos; prometi-o expressando-me no pidgin* meio ouvinte, meio mudo que usava com meus pais. Quando o agente de controle os deixou passar, virei-me para ver em que ponto estavam, depois apertei o passo e fui embora, só para me sentir tomada pela náusea no ônibus.

Foi como quando eu chamei de "selvagens" aqueles garotinhos embaixo da ponte da Índia: desde que moro em Londres essas decisões instintivas pioraram. É como se eu tivesse desaprendido a estar com os outros. Em vez de parar para dar assistência a alguém que está mal, não faço outra coisa a não ser

---

* *Pidgin* ou língua de contato, é uma palavra de origem inglesa que designa qualquer língua criada, normalmente de forma espontânea, a partir da mistura de duas ou mais línguas e que serve de meio de comunicação entre os falantes dessas línguas. [N.T.]

perguntar aos meus conhecidos quanto pagam de aluguel, ou que trabalho fazem para permanecer aqui, numa obstinada resistência que me enturva e está me transformando numa criatura diferente, cuja voz eu não suporto, a forma de gesticular ou de se vestir.

Caminho rapidamente deixando para trás os ninjas andróginos e fanáticos da saúde que povoam as ruas. Fora estão todos vestidos com indumentária esportiva de guerrilha, todos usam roupas justas e sapatinhos de corrida como se estivessem para saltar no vazio. Tomaram a noite, com seu otimismo ginasta e iodado, e todas as pessoas monstruosas e feias começaram a desaparecer ou a viver em massa nas estações; eu desaprendi a empatia, e agora tenho uma cidadania.

Parece um desmoronamento

Como muitas pessoas da sua geração, minha mãe e meus tios têm uma feia cicatriz no braço herdada de uma vacina contra a varíola. Durante uma reunião familiar, disseram-me que tinham certeza de que tomaram aquela vacina para poder ir aos Estados Unidos e de tê-la sempre considerado uma "*immigration stamp*" — a marca do imigrante — que os distinguia dos outros.

Obviamente essa cicatriz não é nada disso, é só uma fantasia que cultivaram no tempo. De vez em quando me olho no espelho, toco meu braço, e essa cicatriz psicossomática ainda não aparece. Ainda não tenho sinais para mostrar, os adidos nas fronteiras me seguram nos guichês para me submeter a perguntas sempre mais longas e capazes de me fazer sentir uma espiã, e a vida, que nunca me pareceu venturosa, começou a se mostrar somente complicada.

Não herdei um pensamento político da minha família: o que herdei, ao contrário, foi uma mistura de aspirações, vitimismo, cabala, acídia e raiva, que podem assumir qualquer orientação ideológica conveniente e à disposição. Um enxoval genético inútil e triste que me ajudou a prever o Brexit e a eleição de Trump: é como se eu tivesse sensores que me permitem antecipar agitações coletivas mesmo sendo muito menos informada do que os meus conhecidos que se ocupam ativamente de política, uma relutante familiaridade com o desastre.

Os sensores, porém, não me explicam que nome dar à migração à qual pertenço.

Morreremos, e talvez em nosso túmulo escrevam o nome de quem amamos, a profissão que tivemos, a frase de um livro que lemos muitas vezes.

O que não está escrito em nosso túmulo é a distância de casa.

Não somos adolescentes que partiram para procurar ouro na fronteira, e, mesmo quando adoecemos de solidão como faziam os pioneiros do Velho Oeste, ninguém dirá que distâncias colocamos entre nós e o ponto de partida. Ninguém dirá de mim ou dos meus amigos que se mudaram para a Inglaterra que morremos a dois mil quilômetros do lugar onde crescemos, e isso porque não foram os ventos da fronteira que nos empurraram, não conquistamos terras desoladas ou inventamos poços necessários para extrair água potável, mas nos acomodamos em cidades já superpopulosas, trabalhamos em lugares com o mesmo perímetro das casas em que dormimos na umidade e na incompreensão dos proprietários, postos avançados ocidentais marcados no mapa em busca dos nossos semelhantes, e qual consulado ou correio poderia anotar nossas distâncias na vigília de uma espécie de morte, se, para tantos de nós, aquela partida, no fundo, não tinha sido nem tão necessária nem tão difícil?

Depois do Brexit, os expatriados tornaram-se imigrantes como os outros, alguns se imaginam apátridas, outros em exílio, para nos sentirmos mais elegantes nos definimos estrangeiros.

E depois há os outros, os migrantes potenciais. Como se chamam aqueles que nunca partiram, mas se sentem em outro lugar em relação às circunstâncias do seu cotidiano? O léxico das migrações é feito de palavras que remetem à vitória ou ao fracasso. Há sempre heroísmos a serem celebrados, ou mortos pelos quais chorar, mas pertence a esse léxico até quem nunca teve acesso à partida, quem vive num país distante somente com o desejo ou a ilusão; quem decora o mapa de outro continente como se fosse um quadro a óleo no qual pintar-se dentro, até se incorporar à tela e tornar-se outra paisagem.

No final dos anos 30, a escritora polonesa Maria Kuncewiczowa escreveu um livro intitulado *Cudzoziemka*, publicado na Itália em 1940 com o título *A estrangeira*. Na Inglaterra, saiu em 1944 com o título *The Stranger*. É esse o motivo pelo qual *O estrangeiro* de Albert Camus não pôde se beneficiar deste título, e ainda hoje a edição inglesa chama-se *The Outsider*. Para alguns editores, era também um título mais congenial, mais afim ao seu sentido de "escape".

Em seu livro, Kuncewiczowa conta a história de Rose, uma mulher que se sente uma exilada russa na Polônia e uma exilada polonesa na Europa durante os anos da reconstrução, e nenhum dos dois pertencimentos a satisfaz. Desabafa suas frustrações sentimentais e políticas na família, até morrer afundando a cabeça no travesseiro, "escondendo-se do mundo difícil". Sua história é muito diferente daquela de Meursault, mas ambos vivem numa condição de recusa que os torna invencíveis, e não sofrem de solidão.

O estrangeiro de Camus tinha todo um movimento filosófico por trás: Meursault nunca esteve sozinho naquela praia em que atirou num árabe; tinha os fantasmas em revolta a fazer-lhe companhia. A estrangeira de Maria Kuncewiczowa é uma mulher detestável, mas régia, sempre altíssima em suas frustrações.

Os emigrantes europeus do século XX tinham uma biblioteca na qual refugiar-se, sua condição era atormentada e nobre e principalmente compartilhada, pois muitas vezes não era disciplinada por uma escolha individual, mas pela guerra. Os herdeiros daqueles estrangeiros são muitos, mas, já que não estão em exílio, na ausência de uma causa comum para definir sua partida, qualquer palavra para definir sua condição parece ofensiva e seu cosmopolitismo de privilégio um ultraje, pois trata-se quase sempre de uma migração livre, que nunca se torna naufrágio.

No entanto, essa também é feita de vergonha, e de um sentido de inadequado pertencimento.

O pequeno órgão

Minha avó emigrada no Brooklyn nos anos 60 adaptou-se melhor do que eu em Londres, na primeira década do século XXI, e ela nem falava inglês.

Passei anos me envergonhando disso e invejando seu modo de ser domesticada.

Nasci na metade dos anos 80, fui educada no fim da modernidade, da arte, das grandes narrativas, minha vida já era póstuma, já definida por uma série de prefixos. Quem sabe minha avó lia sobre o fim na Bíblia, ou se assustava quando os vizinhos lhe mostravam os bunkers contra a bomba atômica, mas o apocalipse não foi a campanha publicitária da sua geração, e os filmes de catástrofe só explodiram na minha infância.

Cresci, como muitos dos meus pares, com o mito de 1977, em Nova York. Fantasias repetidas sobre a alta taxa de mortes por heroína em Alphabet City, quando era a cidade mais perigosa do mundo, sobre os incêndios no Bronx. Fiz minhas peregrinações aos cômodos do Chelsea Hotel, no qual Sid Vicious talvez tenha assassinado "Nauseating" Nancy e me apaixonei pelo menos uma vez pelos dentes podres e verdes de Johnny Thunders, dos New York Dolls. Contudo, qualquer anseio apaixonado e feroz que eu tenha tido por uma cidade destruída desapareceu no verão de 2017, quando a Grenfell Tower queimou e houve os atentados na London Bridge. Depois da centésima noite insone por culpa dos helicópteros voando sobre a cabeça e um outro alarme por um caminhão enlouquecido que descarrilou na calçada, acordei com a consciência de que faltava somente uma epidemia de drogas pesadas para que ficasse idêntica a Nova York nos anos 70: a recessão, a procissão do banco de alimentos ao banco de empréstimos, a marcha da austeridade da qual participa um quinto da população.

Tenho a sensação de que daqui a muitos anos, quando já não viverei mais na cidade, e o período pós-Brexit for lembrado pelo seu custo social, não terei a tentação de monumentalizar o que está ocorrendo agora. Não direi que se fazia belíssima arte e se ouvia belíssima música, direi que foram instituídos o Ministério da Solidão e o Ministério do Suicídio, entes governamentais com o escopo de prevenção, pois são essas as coisas que lembro já agora, no presente que a cada dia se faz póstumo a uma matéria sobre o Brexit que, ao contrário, já esqueci.

Podemos fracassar numa história de amor, na relação com a mãe. Mas quando uma cidade nos repele, quando não conseguimos entrar em seus mecanismos mais profundos e estamos sempre do outro lado do vidro, somos tomados de uma sensação frustrada de mérito, que pode se tornar doença. Estrangeiro é uma palavra belíssima, se ninguém se força a sê-lo; o resto do tempo, é apenas o sinônimo de uma mutilação, e um tiro de pistola que nos damos sozinhos.

No Victoria & Albert Museum há um objeto que me remete aos cemitérios indianos. É o *Tipu's Tiger*, um pequeno órgão em forma de soldado esmagado entre as garras de um tigre. Foi feito para o sultão Tipu, que reinou em Maiçor entre os anos de 1782 e 1799, e resistiu com brio aos ataques da British East India Company.

Acionando-se o pequeno órgão, ouve-se o som de um soldado europeu morrendo.

Saúde

*A mutilação é uma linguagem.
E vice-versa.*

Lorrie Moore

O quarto infinito

Todo ano, em fevereiro, minha mãe nos obrigava a assistir ao Festival de Sanremo.

Por cinco dias nos sentávamos no sofá para ouvir aquelas canções pouco inspiradas, atordoados pelo fluxo de rosas, cabelos com laquê e problemas da Primeira República.*

Ou, pelo menos, eu e meu irmão ouvíamos, já que ela não podia; limitava-se a ler a legenda que surgia na tela para acompanhar as letras.

Os cantores populares e melódicos naquele palco assumiam sempre atitudes operísticas lançando os braços para a frente, mas, como quase todos faziam isso, minha mãe não conseguia estabelecer a diferença entre as canções. Não conseguia dizer, pela postura, se se tratava de uma canção triste, ou de amor, ou engajada; era forçada a confiar nas parcas legendas, que muitas vezes surgiam sem sincronicidade.

Minha mãe sempre amou a música. Cresceu numa família em que fitas de música, acordeons e projeções de filmes napolitanos eram bem comuns, com seus refrões piegas e ritmos

---

* "Primeira República" é uma expressão usada para descrever o sistema político em vigor na Itália de 1948 a 1994, em contraposição à expressão "Segunda República", momento em que ocorreram grandes mudanças no sistema dos partidos políticos italianos e que começa a partir das eleições de março de 1994 até o presente. [N.T.]

repetitivos, normalmente sobre uma traição inesperada ou um período de detenção injusta.

Quando me matriculei no curso de antropologia na universidade, o fiz como se estivesse me matriculando num curso de educação contra os estereótipos. Não via a hora de estudar classe, gênero e etnia para vê-los explodir e descobrir uma nova forma de humanidade híbrida, de modo que me esquecesse como todas aquelas coisas haviam me condicionado e feito a pessoa que eu era. Num dos primeiros dias de aula, o professor disse: "No final destes estudos, vocês irão se dar conta de que há algo de verdadeiro no fato de os alemães serem rígidos. E os napolitanos roubarem. E os romanos dirigirem mal". Ele falava com honestidade, e, de alguma forma sofisticada, tinha razão. Logo leríamos um livro de Michael Herzfeld intitulado *Cultural Intimacy: Social Poetics in the Nation-State* e nos apaziguaríamos.

É por isso que não me sinto culpada por estereotipar minha família ítalo-americana com passionais referências criminosas; são as fantasias de grandeza às quais aspiravam. Eram os filmes que tinham visto, as canções que tinham ouvido.

Eu não sabia o que eram metáforas ou alegorias naquela época, nem minha mãe sabia: quando eu traduzia o conteúdo de uma canção para ela, quando transcrevia as letras de Nino D'Angelo ou Mario Merola para que se sentisse próxima a seu pai, que amava aqueles neomelódicos, tudo nos parecia literal: as pessoas realmente estavam dispostas a matar e morrer por um amor não correspondido. Aquelas canções eram declarações de guerra, não transfigurações de uma tristeza, eram atos transformadores, não consolo passivo.

Eu e minha mãe estávamos sem contexto.

Eu e minha mãe preferíamos os textos quando eram verdadeiros, mas estávamos rodeadas de ficções. Ficções veiculadas pelo sangue: o engano era comum na família dela, apesar de sua surdez, todos os anos seu irmão Arturo lhe dava de presente um walkman.

Um dos primeiros walkmans amarelos da Sony, que ela enganchava no cós da calça jeans enquanto fazia a limpeza da casa, jurando que percebia o ritmo. "Não é da hora essa banda?", perguntava a algum amigo que vinha nos visitar, depois o amigo me olhava com ar interrogativo, perguntando-se como era possível, já que minha mãe não ouvia. Seria como dizer que ele tinha uma letra de música em braille preferida. Algo possível, mas, não sendo cego, não seria a mesma coisa.

Para a família dela, minha mãe era principalmente uma forasteira, uma garota incompreensível: agora vivem distantes, e ela vai visitar os irmãos a cada um ou dois anos, mas ainda não sabem se relacionar com o fato de que ela não ouve. Trocam uma língua que não é a língua de sinais nem a dos imigrantes, ninguém domina o inglês como deveria e ninguém fala de deficiência. O que é a deficiência num núcleo familiar em que, de toda forma, todos falam de modo diferente?

"Como é a música?", perguntava minha mãe quando eu era criança, e me agitava ao som da tarantela no porão da casa do seu pai. Ele a convidava para dançar, batia o sapato de couro no chão esperando que as vibrações lhe subissem pelas panturrilhas, ondulassem em seus quadris e se rompessem em suas costelas, enquanto seus amigos idosos tocavam acordeom e tomavam todas, e às vezes ela dançava, às vezes não. Depois, em certo momento, se retirou. Parou de me perguntar como era a música, cada vez mais cansada daquele jogo. E por mais que eu gostasse de vê-la dançar, aquilo também me enfurecia, sentia-me incomodada com sua performance e seu desejo de se integrar: seus passos nunca eram rápidos o suficiente ou no ritmo. Assim como me perturbavam suas risadas quando víamos um filme juntas: ela percebia que eu estava rindo e ria também, mas só alguns segundos depois. Era uma reação física quase involuntária, independente de ter entendido ou não, e naqueles segundos, em mim, tudo se tornava ácido.

Minha mãe assistia ao Festival de Sanremo como se fosse o concurso de melhor conto do ano. Os textos eram a única coisa que valia a pena, poemas em prosa que abusavam do amor e da dor.

Ela gostava dos cantautores e tinha uma coleção de livros sobre música: a história do reggae, uma antologia de cantos escritos na prisão, hinos comunistas, os primeiros poemas de Patti Smith e o cancioneiro de Bob Dylan. Como ela, eu nunca me perguntava que som tinham aquelas canções quando pegava os livros emprestados; nós duas estávamos lá pela história. Antes que alguém me levasse a uma loja de discos eu nem sabia que Patti Smith e Bob Dylan tinham voz. Tinha experimentado aqueles músicos exatamente como minha mãe: em silêncio. Tinha tentado fazer com que tocassem na minha cabeça, e encontrava seu pulsar e seu ritmo como fazia com qualquer outro escritor ou poeta que eu lia. E suas vozes não foram uma decepção quando as ouvi pela primeira vez, de verdade, mas naquela transação perdi algo: uma proximidade com minha mãe. Atravessei a linha e entrei no outro mundo, aquele em que as canções podiam ser ouvidas e repetidas obsessivamente. Naquele momento, perdi até uma fantasia de apropriação que me ocorre muito facilmente quando leio literatura: eu já não podia preencher as fendas entre as palavras com uma música que fosse só minha. Por isso, não pude entender as polêmicas sobre o Nobel para Bob Dylan: ele sempre foi, para mim, mais vivo no texto que na voz.

As canções apresentadas em Sanremo eram menos ambiciosas do que aquelas descritas nos livros. Não eram revolucionárias, ou inventivas, ou proféticas, e não faziam nada para serem: a preocupação principal daqueles músicos era não perder alguém que amavam, ou perder alguém que amavam para que pudessem escrever uma canção.

Mas havia exceções. Eu e minha mãe vivíamos para as exceções.

Em 1993, um garoto de nome Nek se apresentou no palco para cantar "In te", uma canção sobre o aborto. Era certamente pró-vida, mas pelo menos trazia um pouco de variedade. Em 1996, Federico Salvatore enfrentou a questão da homossexualidade em "Sulla porta", a letra era focada na recusa da mãe em relação ao filho. Em 1999, um cantautor de nome Daniele Silvestri cantou "Aria", seguindo as crônicas de um homem condenado à morte em Asinara.* Esses, de todo modo, foram meus primeiros encontros de perto com os debates sociopolíticos nacionais: vivia numa sociedade em que o sofrimento só existia se pudesse ser medido pela distância física até o médico ou o padre.

Minha mãe não suportava a ficção, por isso sempre torcia pelas músicas de fundo social, as que normalmente ganhavam, já que se tornavam motivo de discussão nos jornais. Acredito que fosse sua maneira de sustentar a vitória do significado sobre o som, para se vingar das raras peças prevalentemente instrumentais que não davam indícios a pessoas como ela. Então talvez seja mais acurado dizer que, naquele concurso específico, minha mãe estava em busca do melhor conto de não ficção do ano.

"Sua namorada realmente fez um aborto e agora ele sofre." "Quanto dói ser rejeitado por uma mãe." "Quem sabe posso escrever para ele na prisão", dizia sobre aquelas canções.

Meu pai também não suporta a ficção. Para ele, filmes como *Scarface* e *Uma noite alucinante — A morte do demônio* são contos de vida vivida. Todas as vezes que eu tentava explicar: "Isso

---

* Asinara é uma pequena ilha ao noroeste da Sardenha. O prisioneiro seria condenado à pena perpétua, e a canção à qual se refere a autora narra, na voz da personagem, que sua saída da prisão se daria pela morte. [N. T.]

nunca aconteceu", e introduzi-lo nas sutilezas do fingimento, ele se rebelava e acabava comigo, às vezes com raiva. Se dissesse à minha mãe que o filme que tínhamos acabado de ver não era uma biografia, então ele não valia nada. Ela ainda acha que O exorcista é uma obra-prima de realismo.

Ambos interpretam a vida como um fato e se apegam às palavras pelo que são, mas também são desconfiados como muitos surdos, sempre com o temor de que as pessoas estejam conjurando significados por trás deles, para os meus pais uma rosa é realmente uma rosa é uma rosa, realmente?

Como escritora, minha vida depende da ironia e da metáfora, e meus pais se sentem horrorizados com ambas e alienados por elas. Quando estamos juntos entramos naquele terreno desconhecido, um mercado negro da linguagem: imponho a eles algumas alegorias, eles me rejeitam com a univocidade das palavras, a impossibilidade da ubiquidade.

Meu pai tinha sonhos muito ruins após o divórcio, por isso, no Natal, uma vez lhe dei de presente uma pequena borracha branca. Em cima dela, escrevi: "Para apagar as lembranças ruins", e ele não levou numa boa. Eu só estava tentando ser sua filha, relacionar-me com as propriedades curandeiras dos materiais e com a literalidade dos objetos, mas não era minha batalha a ser enfrentada, era a dele.

Sempre pensei que a surdez fosse um obstáculo para a plena apreciação da linguagem figurativa. Quando criança, acreditava pacificamente que houvesse uma lacuna cognitiva em meus pais que eu faria o melhor para suprir, negociando e interpretando suas palavras. Mas, segundo alguns estudos, não há diferenças de compreensão significativas entre adolescentes surdos e adolescentes ouvintes quando se deparam com uma metáfora num romance. A ironia é levemente diferente: parece que os adolescentes surdos se tornam cada vez mais capazes de entendê-la à medida que crescem, quando se tornam conscientes de um tom que tem uma inflexão (infecção) sobre as pessoas ao redor. Mas a ironia é uma figura que chega com a perda da inocência para todos, quer a percebam ou não. (A primeira vez que minha mãe entendeu uma piada irônica tinha cinquenta e cinco anos, e eu e meu irmão olhamos fixamente para ela por muito tempo, estupefatos. Foi uma nova emoção, cheia de gratidão.)

O caminho dentro de uma metáfora pode ser mais lento, tortuoso ou imprevisível para um leitor surdo, mas isso é assim para tantas outras pessoas: ainda que confiemos num arquivo compartilhado de símbolos quando lemos uma obra de arte, as nossas traduções interiores desses símbolos variam. Diante das provas feitas para medir competências textuais de uma pessoa, também penso que há um erro se um garoto surdo perde todo o simbolismo de *O Mágico de Oz*, mas esse erro me escapa. Se uma metáfora é um incidente, uma revelação, um acidente, acabo por recolher sempre os mesmos pedaços de vidro estilhaçados. Nunca conquisto nem ganho um novo fragmento, me limito a participar da constante reciclagem da beleza.

Não sei se meus pais eram orgulhosos de desobedecer a gramática, se eram só muito preguiçosos para desenvolver boas capacidades de alfabetização ou se simplesmente confiavam demais em seus sentidos e preferiam desmistificar um código ao qual, de toda forma, não pertenciam, mas penso com frequência neles quando traduzo romances de uma língua para outra: já não me assusta minha tentação ou inclinação para os erros.

Há algum tempo me vi pensando na Neverland de James M. Barrie em *Peter Pan*. Em italiano, *Neverland* foi traduzido como "A ilha que não existe", mas, para dizer a verdade, uma tradução literal do inglês teria sido melhor: enquanto "A ilha que não existe" faz alusão a um território que é impossível de encontrar e talvez não exista, o literal Nuncaterra contém uma recusa, um desejo de cortar qualquer vínculo com o mundo tradicional, e é mais próximo das intenções das crianças perdidas de Peter Pan. Aliás, para que ressoe como um grito de guerra de uma criança, *Terranunca!* funciona ainda melhor.

Terranunca é a tradução literal de Landnever. Algo que James M. Barrie nunca usou e parece um inglês ruim, algo que nunca esteve lá em primeiro lugar, mas meus pais teriam gostado: creio que esse erro seja mais fiel ao que diria uma criança, que seja capaz de devolver um sentido alegre de fuga, e, reescrevendo a história na minha cabeça com uma nova palavra, imito seus atos cotidianos de desafio linguístico. A tradução é também a história de uma poética imprecisão. Meus pais se deparam sempre com esse jogo.

Por mais que gostasse de ver Sanremo, minha mãe desprezava seu aspecto estritamente musical. Durante os segmentos instrumentais, não apareciam legendas. Não havia uma tentativa ou esforço algum de descrever o que estava ocorrendo com o ritmo, se era lento ou rápido ou sonhante. O único símbolo que aparecia na tela era: ♪ ♪ ♪.

Aquelas notas não significavam nada, é como escrever a a aa bbb /// ---- cc presumindo que representem algo na ausência de um código compartilhado; são somente ícones neutros jogados lá para distrair, para manter minha mãe diante da tela sem tê-la de verdade.

Comecei a pensar nessas notas e naqueles sons perdidos somente depois de muito tempo.

Nos filmes e nas séries de TV, as legendas indicam uma característica do áudio, as legendas de som, elas podem ser minimalistas, mas eficazes [rangido assustador] [forte tempestade] [idoso que chora]: essas fórmulas qualificam os ruídos por meio de objetos físicos e adjetivos que uma pessoa surda aprendeu a decodificar no curso do tempo.

O som mediado pelo texto poderia gerar uma resposta física em minha mãe: a referência a um fantasma era o suficiente para assustá-la, a alusão a uma tempestade, o suficiente para desassossegar. As legendas eram apresentadas de maneira inócua: em suas versões ocidentais, são normalmente pobres de imaginação, marcas brancas sobre fundo preto, caracteres anônimos. Raramente usam fontes diferentes, o movimento ou a cor para que as palavras escorreguem em outra dimensão estética; e geralmente aparecem embaixo, a menos que cubram um detalhe visual decisivo. Mas e se uma personagem da tela está escrevendo uma carta ou está diante de uma máquina de escrever? Não faria sentido sincronizar a emersão das palavras com o ritmo da digitação? As legendas poderiam também ser como uma barra de rolagem, aparecer uma letra por vez, ou desaparecer no fundo, correr e pulsar.

Gostaria que todos os que trabalham com legendas fossem poetas; gostaria que a televisão pública contratasse uma armada de surrealistas ou poetas da linguagem que fizessem correr sangue de uma *palavra assustadora* num filme de terror, ou desaparecer as palavras quando falam os fa t smas, ou apagar as ~~palavras bravas~~ ou arrancá-las, ou que fizessem pulsar uma frase como o batimento de um coração, se alguém na tela o merecesse.

Mas, acima de tudo, gostaria que se libertassem de formatações sem sentido como esta:

[mulher que sussurra]
NÃO LHE DIGA QUE TE CONTEI

Como é possível sussurrar com letras maiúsculas? E como explico isso para minha mãe?

Nunca fui a um show com ela. Levei-a para assistir a musicais, teatro, balé e cinema, mas nunca fomos ver uma banda ao vivo. A menos que fosse um show da Beyoncé com grandes bailarinos e efeitos especiais, nossos passeios não teriam sentido: as salas de shows na Itália raramente têm um intérprete na Deaf Zone, não há uma Deaf Zone.

A última vez que fui a um festival de música nos Estados Unidos, visitei de propósito essa área embaixo do palco, pronta para me sentir estranha, já que não falo a língua de sinais por escolha dos meus pais.

Todos os CODA (*children of deaf adults*) que conheço falam a língua de sinais. A filha de um amigo da minha mãe tem quase dez anos e sabe fazê-lo tanto em italiano como em sérvio; sempre caçoa de mim quando não consigo seguir a conversa deles e desenho figuras no ar que são completamente inventadas. Não me inscrevo num curso para aprender, mas faço muitos esforços para arrancar algo que os adultos ao meu redor possam entender. Normalmente os resultados não são satisfatórios, e minha mãe suplica que eu pare de gesticular quando estamos na rua, diz que pareço uma bailarina louca que acabou de ser demitida de uma companhia de dança.

Dançar, eis o que faziam todos na Deaf Zone: a performance da intérprete era notável, mas toda língua é uma performance. Diferentemente de mim, ela era coordenada, graciosa e, mais do que tudo, era significativa: os filósofos franceses sempre enlouqueceram à procura de agentes capazes de "encarnar o texto", deveriam ter prestado mais atenção nos intérpretes de língua de sinais nos festivais de música. A quantidade de música country, hip-hop e folk traduzida pelos intérpretes americanos de língua de sinais aumenta a cada dia, há inúmeros vídeos no YouTube que revelam os bastidores dessa arte. As intérpretes — geralmente mulheres — amam trabalhar especialmente com os textos de hip-hop, pelo desafio que carregam, cada verso precisa ser decomposto e dançado.

Jay-Z pode ser facilmente traduzido por alguém que conheça a língua de sinais americana e italiana, mas o que ocorre com as canções sem palavras? Quantas possibilidades há para um surdo italiano ou americano ser exposto à música ambiente finlandesa ou a uma peça de acid rock africano? Quem interpreta visualmente essas músicas, e para quem?

Em 1979, John Varley publicou um conto de ficção científica intitulado "The Persistence of Vision", no qual um viajante descreve as crônicas de um mundo em colapso. Um dia ele se depara com uma república de pessoas surdas, cegas e mudas que desenvolveram um código linguístico próprio, o *bodytalk*, baseado na soletração de palavras feitas diretamente na pele. O protagonista faz amizade com uma garota "eficiente", uma das poucas pessoas capazes de ver e ouvir naquela comunidade. Mas sua eficiência é relativa: a garota não sabe dar nome aos sinais que seus pais imprimem em seu corpo para se comunicar, e não sabe traduzir os do mundo externo para eles. Os membros da comunidade falam também através do *touch*, um tipo de ato físico e linguístico por meio do qual as pessoas estabelecem contato através do corpo, e não há gênero sexual, país de origem ou etnia que segure, porque todos se comunicam entre si sem serem vistos ou ouvidos, só pela soma dos anos e das experiências que fizeram de um corpo o que é, onde a pele é a história, cada cicatriz é um verbo.

Os surdos e os cegos de John Varley são criaturas empáticas, têm um alto senso de justiça, não têm preconceitos e merecem governar o mundo em razão de sua deficiência; numa utopia seremos todos imperfeitos e orientados ao bem-estar comum.

Isso porque é fácil pensar que uma falta à qual se é submetido nos eduque para uma relação diferente com o poder e nos faça mais justos, mas meus pais não se parecem em nada com os surdos daquele romance, e não me iludo com isso.

Gostaria que um intérprete de música não ocidental pudesse ajudar minha mãe a entrar num reino transitório feito de *bodytalk* e sinestesia, onde a hierarquia dos sentidos é constantemente remodelada e negada, a música ambiente finlandesa pode conter todo o poder de sua tradição e de sua paisagem cultural, mas ao mesmo tempo pode se dissolver numa familiaridade.

A forma mais segura de traduzir sons para os surdos é por meio de dispositivos técnicos. Os pais e os irmãos da minha mãe foram visionários, nesse sentido: compravam para ela instrumentos inadequados, walkmans e discmans comuns, mas estavam no caminho certo. Ela precisava de extensões para ouvir aquilo que eles ouviam; não tinha que forçosamente ver a música para poder experimentá-la: podia até tocá-la.

Em casa tenho um piano; quando meu companheiro toca, minha mãe apoia as mãos em cima dele e diz que é capaz de ouvir, e eu acredito. Ainda que estejamos ouvindo duas coisas diferentes, me pergunto se em algum lugar elas convergem, se aquilo que de um som é visível em certo ponto não se misture e se desfaça na sua parte invisível.

Diferentes empresas de alta tecnologia estão experimentando sensores específicos para fazer viajar o som através da pele, transformando o corpo num ouvido estimulado por sequências de vibrações. Os transdutores tecnológicos são sempre mais populares nas comunidades de não ouvintes, mas às vezes sinto um mal-estar por sua literalidade. Meu amor pela linguagem figurativa colide outra vez com o anseio dos meus pais pela materialidade.

Um fato é um fato, um som é um som.

As legendas e as descrições sonoras são interpretações. E são intrinsecamente capacitistas: somos nós que escolhemos qual ruído, ou rima, ou aplauso, é significativo, com base no que nosso corpo ouvinte percebe. Somos nós que decidimos o que deve estar ou não nessa representação, somos nós que criamos uma descontinuidade entre o silêncio e o não silêncio para quem experimenta essas coisas de forma diferente.

Como representamos esse silêncio, o nosso silêncio, se não escrevendo [silêncio]?

A gravadora italiana Alga Marghen lançou um disco intitulado *Sounds of Silence — The Most Intriguing Silences in Recording History!*, uma antologia em vinil de silêncios gravados por Crass, John Lennon e Yoko Ono, Afrika Bambaataa e outros artistas.

"Esses silêncios geram uma celeuma", diz a etiqueta. "São silêncios performativos, políticos, críticos, abstratos, poéticos, cínicos, técnicos, absurdos. [...] Esse disco os apresenta da maneira em que foram registrados, preservando eventuais imperfeições dos equipamentos de gravação, sem prejudicar a satisfação auditiva. [...] Esse disco deve ser ouvido com o volume alto (ou não), em qualquer momento e lugar. É uma verdadeira experiência de escuta!"

No último silêncio que experimentei, o silêncio perfeito da câmara semianecoica de Doug Wheeler no Guggenheim de Nova York, ouvi minha deglutição, os sons imperfeitos do meu corpo imperfeito. Antes de entrar, eu não conseguia entender realmente bem a desorientação e as vertigens que meus pais sentem, a mesma vertigem que me fez procurar paredes para me proteger, como se algo estivesse me atacando fisicamente. Tentaram me dizer, explicar, mas sempre transformei essa informação em outra coisa. Normalmente, numa distância.

A linguagem é uma tecnologia que revela o mundo: as palavras são pequenas chamas que aproximamos do indizível para que apareçam, como se a realidade estivesse escrita numa tinta simpática, e quando não há palavras, são os gestos que fazem com que a tradução seja possível. Talvez por isso eu tenha tentado aprender a usá-las: ao silêncio e à sombra branca que avança opus páginas escritas, e a meus pais, uma corda vocal cansada. Às vezes nos machucamos muito, mas o esforço foi entender-se.

Não posso construir uma câmara semianecoica para fingir que o silêncio que compartilhamos é o mesmo, mas, como John Cage, posso dizer à minha mãe do som do meu sangue, e ela pode me dizer do som do seu.

Insulto cerebrovascular

Aos sessenta anos, após umas férias na Grécia — no verão, ele vai sempre para países de um calor tumoral e volta para casa escuro e irreconhecível —, meu pai teve um aneurisma. Um estranho aneurisma bacteriano de proveniência não identificada que o fez colapsar e depois ser internado num hospital. Tinham de lhe abrir a cabeça, mas não tinha entendido a gravidade da cirurgia, antes de entrar na sala de operação pediu um cigarro ou "pelo menos um copo de vinho tinto".

Meu irmão me ligou do hospital para dizer que havia grandes probabilidades de que nosso pai não sobrevivesse ao procedimento, e não sabia bem como se sentir.

Como podemos sofrer por alguém com quem temos somente intimidade biológica?

Embora meu irmão tenha a natureza de um reparador, naquele momento nós dois não sabíamos o que nos desejar. Peguei um voo de Londres, do qual a companhia aérea adiava a partida, por isso me vi obrigada a vaguear pelos terminais semivazios até meia-noite e fui comer sushi num restaurante com luzes fumé, gastando uma grana insensata. Antes de embarcar no avião, me fechei num banheiro e fiz várias fotos que estudei quando já tinha afivelado o cinto de segurança. Eu não o via desde que viera me visitar e acabamos num cassino chinês em Leicester Square, estávamos muito bem-vestidos para estar lá, e ele me ofereceu um drinque no balcão.

Ele sempre conseguia me fazer sentir como a namorada de um bicheiro.

Assim que chegamos ao hospital, o médico explicou para mim e meu irmão que meu pai poderia acordar como uma pessoa muito diferente e que o pior, em seu caso, não seria ter uma paralisia motora, mas um dano na área do cérebro que controla a linguagem. Encontrar um logopedista capaz de reabilitar uma pessoa surda atingida pela afasia, típica nos casos de derrame, seria difícil, especialmente na Úmbria.

Quando meu pai acordou, tinha todos os membros em funcionamento, seu corpo tinha saído dessa intacto. O que tinha perdido mesmo foi a capacidade de falar. Por dias, expressou-se com gestos furiosos e emanava sons sombrios de ódio, tentava levantar da cama, mesmo não podendo; reconhecia meu irmão, mas não a mim. Tomada pela falta de inspiração, levei para ele um número da revista *Focus* sobre viagens e tentei fazer com que escrevesse algo, mas ele compunha somente hieróglifos e depois os apagava com uma linha preta.

Tinha a aparência e as feições de um animal e às vezes me assustava, retomara uma violência que eu não via há tempos. Não encontrava as palavras, mas também não queria desenhar, e fixava o dicionário inerte. Às vezes apontava para mim e fazia um gesto para os médicos e para meu irmão perguntando quem eu era. Depois, um dia, quando eu estava sentada ao seu lado, falou. A primeira coisa que disse quando me olhou nos olhos foi: "Vamos a Paris".

Daquele momento, começou com dificuldade a recuperar uma forma de falar, cheio de erros semânticos engraçados.

Durante sua recuperação, eu e meu irmão trocávamos mensagens via WhatsApp tentando decriptar seu código secreto. Com muitas tentativas entendemos que "fiorentina", seu corte preferido de carne, estava no lugar de cartão de débito. A palavra "trabalho", que não precisava usar pois não o fazia havia anos, virava "metrô", apesar de não pegá-lo nunca.

Hoje já recuperou quase completamente o sentido do que diz, e o único desassossego que permanece desde aqueles dias é o ceticismo em relação ao fato de Jesus Cristo e Hitler estarem mortos. Logo após a cirurgia, andava com artigos ou livros debaixo do braço que falavam disso: a ausência de testemunhas que pudessem demonstrar o fim dessas figuras históricas. Não sei se ele sofria de um estranho caso de identificação com ambas.

Minha mãe quase morreu dez anos antes dele, de infarto, por ser fumante. Eu a vi estremecer sob um desfibrilador e tive que sair correndo da sala de um hospital para não vomitar. Quando falei com o cirurgião cardiovascular para entender se ela sobreviveria, ele me disse que não podia sabê-lo. Que tinha se casado em junho, e havia nevado naquele dia, e desde então não tinha mais dado respostas seguras sobre seus pacientes. Alguns tinham recebido alta do hospital com boas esperanças, para depois morrer no carro, no estacionamento.

Depois de seus contatos aproximados com a morte, meus pais não voltaram mais inteiros, são como bombas-relógio, das quais percebo a detonação a quilômetros de distância. Por um tempo, fui obrigada a perdoá-los por tudo, porque via sempre o desfibrilador ou o respirador ao qual ficaram presos, depois passou o tempo, e esqueci.

A língua dos sonhos

Uma amiga da minha mãe fica grávida. O médico lhe diz que é necessário fazer a amniocentese, ela e o marido temem que seja um procedimento invasivo. Fazem uma videochamada para minha mãe, ela não sabe muito a respeito, mas pelas suas buscas na internet faz uma ideia de que seja um exame errado. Não é justo colocar em risco um feto para ter certeza de que não tenha disfunções. Eu e meu irmão nos intrometemos na ligação; dissemos a ela para que fizesse imediatamente o exame, para ter certeza de que tudo corria bem. Minha mãe, que sempre nos disse para não fazermos filhos surdos e escolhermos, se pudermos, desligou a videochamada sem se despedir.

"Então precisam nascer todos normais como vocês?", exclama de supetão.

Quando sugerimos que fizesse a amniocentese, não pensávamos nos futuros pais, ou na criança: pensávamos na filha que já existe e em como seria crescer com pais surdos e um eventual irmão ou irmã deficiente. Eu já a via na universidade, longe de casa. Era ótima aluna, mas, conhecendo a penúria da assistência social para alguns núcleos familiares, sabia que teria de abrir mão de algo. Dos filhos dos amigos da minha mãe, meu irmão e eu estávamos entre os poucos que conseguiram fazer uma faculdade, quase todos já trabalhavam desde o ensino médio para ajudar em casa.

Algumas vidas são previsíveis. Como são previsíveis os heróis e as heroínas dos romances. Em geral, os deficientes são os protagonistas dos romances góticos, de terror ou dos Evangelhos. São esses os gêneros literários aos quais pertencem historicamente. Nos romances, quem é deficiente não pode ter uma vida tipo Franz Kafka ou Emily Dickinson, não pode trabalhar no correio nem estar em clausura: precisa ser um gênio, ou ter um apetite sexual insaciável, ou, para não cair novamente no estereótipo da bondade devida a uma condição limitadora, deve ser hediondo, capaz de uma crueldade de rei shakespeariano. Quem é mudo, então, faz sempre o mesmo papel: o de profeta.

Havia uma elegância nos mudos, uma visionariedade e um misticismo que, quando era pequena, senti de repente que invejava. No começo, quando as mães das minhas colegas de turma me chamavam de "a filha da muda", eu me enfurecia e era capaz de começar uma briga, mas entendi logo que, se minha mãe fosse muda, seria muito mais respeitada, se tornaria um pouco santa.

O desejo de que minha mãe fosse muda explodiu quando vi *O piano*, de Jane Campion, pela primeira vez. Assisti à estreia e comecei a sofrer com uma identificação imperfeita com as protagonistas do filme: nós também éramos uma filha e uma mãe, nós também éramos emigradas numa comunidade afastada e hostil. Minha mãe não sabia tocar piano, mas sabia pintar, e saía com homens inadequados. Mas, se Holly Hunter era belíssima, majestosa, graciosa, minha mãe, ao contrário, era mal-educada e camuflava-se de homem. Eu também a aborrecia e me aproveitava da sua condição como a filha da protagonista, só que eu não tinha florestas tropicais ou poços de vapor onde me esconder. A beleza daquele filme me arrebatou como se chicoteada, deixou marcas ainda visíveis. A deficiência deve ser erótica, ou especial, para se ter direito a uma vida, feita de pianos jogados no abismo e trilhas sonoras majestosas.

Talvez num outro tipo de sociedade, meus pais teriam tido outros poderes. Ainda que o verdadeiro poder no qual estão interessados é só um: que os outros tenham pena deles. Os deficientes são uma finalidade e um instrumento de compaixão, mas não são quase nunca os agentes da empatia. De quem eles podem ter compaixão? Para meus pais, a felicidade é também exercitar uma comiseração mesquinha. Às vezes, fui eu quem os colocou na condição de fazê-lo, me exibi em exercícios acrobáticos para que pudesse subverter nossas relações.

Aos quatro anos, meu pai destruiu qualquer possibilidade de que eu fosse uma boa nadadora ou ciclista. Me levou para o meio do mar para que eu boiasse, confiei nele e em certo momento ele desapareceu completamente, e o terror insuprimível pela natação, herdado da minha mãe, não fez outra coisa senão piorar; me sentia num caixão de água. Na mesma época tentou me ensinar a andar de mountain bike sem antes me fazer passar pela bicicleta com rodinhas, como faziam todos os outros pais que as removiam nas ruelas. Ralei feio os joelhos, e decidi não tentar de novo.

Na manhã dos meus trinta anos, minha melhor amiga disse que tinha uma surpresa para mim e me levou para a Villa Borghese. Achei que ela quisesse me dar de presente uma volta de charrete, em vez disso, indicou um par de bicicletas alugadas.

Ela sabia que eu temia não saber fazer nada na vida, qualquer atividade convencional se apresentava para mim como um desafio intransponível, e ela acreditava que aprender a andar de bici fosse uma boa demonstração de independência. Eu confiava nessa amiga como em nenhuma outra pessoa, e quando ela me empurrou pela avenida arborizada dizendo que não me abandonaria, acreditei. Depois de alguns minutos eu realmente comecei a pedalar sozinha, toda torta e feliz; era uma sensação de leveza que me faltava. Ela continuava a me segurar de vez em quando, com medo que me estatelasse no chão, e eu virava para dizer que podia largar, que eu conseguia. Ela estava a uns dez metros de mim, dobrada sobre os joelhos, tomada pela falta de ar, vermelha e exausta; não queria que se acabasse por mim, mas me sentia agradecida. Dei algumas voltas e voltei, continuando a gritar enquanto ela ria e as pessoas se surpreendiam com meu entusiasmo.

Algumas semanas mais tarde fui visitar meu pai na casa de um irmão dele na Úmbria. Minha avó Rufina estava sentada ao meu lado numa mureta ao sol. Eu tinha um caderninho nas pernas e estava escrevendo algo, até que chegaram um encanador e seu ajudante. Eram dois homens espadaúdos e que faziam trabalhos pesados, minha avó me deu logo um empurrãozinho sussurrando "Joga o papel e a caneta". Me fez endireitar as costas e deu uma arrumada nos meus cabelos sorrindo para os operários, esperando que não tivessem notado o quanto eu era CDF.

Meu pai apontou o bicicletário que meu tio colocava à disposição dos hóspedes, indicando uma delas. "Tem trinta anos e ainda não sabe andar", disse, rindo; nisso levantei orgulhosa e segura de mim. Peguei aquela bicicleta pronta para que ele voltasse a acreditar em mim, e caí depois de duas pedaladas. Tentei recuperar o equilíbrio e me aventurei novamente um par de vezes, mas eu era completamente incapaz, como se o passeio na Villa Borghese nunca houvesse acontecido. Meu pai se aproximou para pegar a bicicleta e me mostrar como deveria fazer, com toda a desenvoltura do mundo. Deu voltas sem as mãos, com um sorrisinho de desprezo pela minha incapacidade. Eu me sentei novamente na mureta para olhá-lo, ele tinha ganhado, tudo bem, eu podia lhe conceder isso. Podia lhe dar pelo menos isso.

É uma variação do jogo que faço com minha mãe todo mês. Pontualmente, umas semanas antes de receber a aposentadoria, minha mãe me pede vinte ou quarenta euros. Dou sem fazer muitas perguntas, sei que gasta mal, para não agravar seu estado de frustração: a vida da minha mãe dura poucos dias, entre a euforia da aposentadoria e seu término, depois volta a hibernação.

O que faço mais tarde é inventar emergências para as quais eu precise daquele dinheiro: os clientes não me pagaram, um gasto médico imprevisto, a conta do telefone. Peço-lhe cinquenta euros, que ela envia com a euforia atordoada de quem não sabe gerenciar as próprias finanças. "Claro que eu te mando, minha filha, nós duas sempre nos ajudamos", e depois, em videochamada, vejo-a toda prosa, feliz por ter feito algo para a filha distraída e sem meios, e sei que aqueles são os melhores momentos do mês, para ela. Quando a coloquei na condição de sentir comiseração por mim, e ela acha que sou eu a infeliz. Nunca uso o dinheiro que ela me manda, eu o devolvo quando ela me pede, e assim seguimos há anos.

O cansaço de ter pais deficientes é o confronto com a presumível eternidade da condição deles, a impossibilidade de sair daquele estado por toda a vida. Paul, o irmão da minha mãe, está perdendo a audição e é ainda mais alucinado do que ela, porque não está acostumado a se orientar sem esse sentido, mas, como não foi assim desde sempre, é também verdade que nunca se tornará surdo. A mãe de uma amiga tem trinta por cento da visão, mas nunca usou óculos na vida, e essa pessoa não é cega. Eu não sou, que sofro de alta miopia. Quando um velho professor da universidade disse que, para os míopes, "a condição natural é a cegueira", porque sem próteses como óculos e lentes de contato de fato são deficientes, voltei para casa com dor de estômago, agravando a sensação que sinto sempre que penso na minha vista débil: ou seja, que eu, na Idade Média, não teria sobrevivido.

Normalmente os surdos se concebem antes de mais nada como uma comunidade linguística e tentam obter um status diferenciado em relação ao resto da população que sofre de um déficit sensorial ou motor, mas não me preocupo muito com a identificação com uma língua quanto com a evolução de uma linguagem no curso do tempo. Me pergunto se é possível que a percepção de uma deficiência mude, se o vocabulário com que contamos a deficiência mude, mesmo que no curso de uma só vida, e de uma pessoa. Penso em quem, por diversos motivos, foi silenciado no tempo. E me pergunto por que toda a solidariedade entre mulheres, LGBTQ, pessoas pobres e refugiadas num lugar, quando entra em cena a falta física, a perda de um membro ou de um sentido, faz com que não se fale mais de identidade, mas de falta de eficiência. Só vão aos congressos acadêmicos sobre os deficientes os que o são ou seus parentes; a empatia parou na integridade do corpo, até nos estudos culturais.

No entanto, o léxico com que contamos outras aflições do corpo se presta a mudar.

Durante uma estada em Milão, acompanhei minha amiga Eloisa no hospital em que trabalha. Enquanto nos dirigíamos à ala de cirurgia, passamos ao lado de uma porta de vidro num corredor bem iluminado, em cima estava escrito *"Cancer center"*. Me explicou que o inglês servia para evocar uma ideia de eficiência, deixar os visitantes mais seguros e obter notas mais altas nos rankings mundiais sobre a renda do hospital. Para mim, foi inevitável pensar no grau de remoção que a língua pode oferecer a uma pessoa em relação à própria doença, especialmente quando não a domina. Para a pessoa que não tem familiaridade com o inglês, a escrita estrangeira não transmite tranquilidade em relação à própria patologia, não ajuda a pensar que não seja algo de tão real? É a mesma remoção seletiva com que deparam meus conhecidos que decidem fazer terapia em inglês, não obstante sua primeira língua ser o italiano. Fazer terapia numa língua diferente da que nos formamos e na qual se desenvolveu nossa educação sentimental permite aproveitar o próprio vocabulário limitado da língua nova para chegar ao ponto em algumas questões, renunciar a usar certos verbos para renunciar a ir ao passado. Muitos sentem alívio por essa concisão, dá a eles a impressão de se concentrar num ponto, enquanto sentem que o domínio do italiano pode levá-los a ocultar-se atrás de movimentos barrocos e perífrases, e se torna tudo uma experiência narrativa. Uma boa terapia para escrever romances, e menos para evitar se matar.

Apelo com frequência a Umberto, um amigo que é psiquiatra, sobre a relatividade do mal-estar no tempo. Pergunto-lhe sobre o tratamento das personalidades borderline ao longo dos séculos; aquela que foi encontrada em algumas mulheres da minha família e por certo período também em mim. Ele me diz que, até quarenta anos atrás, uma pessoa como eu teria sido "fritada" um pouquinho. Usa realmente a palavra "fritada", e eu começo a rir. Às vezes o trato como um padre e lhe confesso que, apesar de toda a minha compreensão dos temas antipsiquiátricos, com o tempo desejei que internassem meu pai, quando transbordava por todos os lados.

Esse desejo de forçar a vida da minha mãe e de impulsioná-la novamente com violência aos meandros de uma doença classificável foi uma constante na minha juventude. Já faz muitos anos, a psiquiatra que a consultou quando a levei para falar da sua perturbação maníaco-persecutória me fez uma pergunta bem precisa: "Realmente quer sedar sua mãe e anular qualquer sobressalto da sua personalidade, em vez de intervir em seu estado de marginalização psicossocial?". Eu tinha ficado quieta olhando fixamente para a parede enquanto minha mãe me dizia que nunca me perdoaria por aquela consulta com o médico de loucos, e eu pensava: "Sim, eu quero".

É mais fácil dizer que meus pais são surdos, mais complicado dizer que têm patologias psiquiátricas. É mais fácil dizer que minha mãe não ouve nada, do que dizer que ouve vozes. As "vozes", conhecidas nas páginas de biomedicina como "acufenos", são uma perturbação da audição que faz com que se perceba um restolhar e vibrações prolongadas. Esses zumbidos constantes capazes de enlouquecer até os ouvintes, para minha mãe — que não sabe reconhecê-los —, se transformam em vozes de defuntos que falam de manhã até a noite, ou nos ultrassons de uma máquina acionada à distância. Todos os médicos em que a levei disseram que seu caso entra num ramo muito desconhecido da medicina, no qual se cruza a surdez, patologia efetiva, e a psiquiatria. Não se sabe direito como intervir nos não ouvintes que sofrem de acufenos, é necessário ter paciência em tentar desviar a atenção daquele som, mas minha mãe vive sozinha quase o ano inteiro, e aquele som é tudo o que ela tem.

Geralmente as consultas com os médicos terminavam com uma sentença lapidar: "É uma sorte que não tenha se matado", o que não era o que eu queria que me dissessem. Poderiam ter dito que minha mãe sofre de sinestesia, mas o que é a sinestesia na deficiência? A contaminação sensorial é um privilégio das pessoas normais, como nós. A única coisa em que posso pensar para me acalmar é que se trata de um "ramo muito desconhecido da medicina", como fazem os pais das crianças com doenças hereditárias e gravíssimas; o fato de que não haja nada de conhecido às vezes pode agir como uma forma de consolo. Não se trata de uma falta pessoal. Não sou eu que não posso curá-la: é uma cura que não existe.

Como está? Está cansada *love your papa*

A separação diz respeito a cada filho. A minha aconteceu por inflexões e figuras retóricas inacessíveis; cada ironia nos separa, cada metáfora nos afasta.

Releio as cartas que minha mãe me mandava quando eu estava na universidade e as redações que me ajudava a escrever quando eu era criança, e é uma operação melancólica, da qual me defendo sempre que posso. Porque, quando folheio essas cartas, me vejo forçada a perceber todas as palavras que ela perdeu, cada adjetivo que desaparece e verbo que já não sabe conjugar direito. É como em *A história sem fim*, de Michael Ende, na qual a princesa corre o risco de desaparecer se as crianças não contarem sua história e a magia que circunda sua existência: se minha mãe para de falar constantemente com alguém, se vive sozinha o dia todo, perde territórios inteiros de sentido, mas é o que está ocorrendo, retirada na província da sua doença, no castelo onde nem mesmo eu jamais vou conseguir entrar.

Custa um desgaste físico, esse afeto, esse vínculo que nos une. Falar com minha mãe por dias seguidos significa fazer uma transição constante do seu universo linguístico para o meu; quando chega a noite, durmo por doze horas seguidas, com o cérebro que ressoa com sintagmas partidos. Falar devagar me frustra, repetir o mesmo conceito continuamente me dá vontade de me fechar num cômodo e sair só quando está ocupada em fazer outra coisa. Digo-lhe que é esgotante, ela diz que é normal.

Que eu me sinta cansada. Sentadas, uma diante da outra, num café no aeroporto, ela diz, sorrateira: "Claro que você está exausta: é uma semana em que você fala chinês sem sabê-lo". Reduzimo-nos a isto: minha mãe, para me defender da dor de não saber mais como entendê-la, se transforma em outro continente.

Há tantas desatenções gramaticais e tantos erros em sua língua que eu preservei; continuo a chamar de "passar de ferro" como fazia na escola, levando notas vermelhas dos professores, e minha sintaxe é frequentemente retorcida, é o único tributo que me resta.

As cartas da minha mãe se reduziram a mensagens por WhatsApp com acrônimos tipo: tqb, te quero bem — ao vivo amanhã me dirá — luv — é uma coisa abstrata.

Quando quer dizer que uma coisa é linda, diz que é uma coisa abstrata. É uma frase da qual sempre zombamos, eu e meu irmão. "É uma coisa abstrata" significa tudo: o final de um filme, um quadro, o nascimento de sua neta ou um vestido na vitrine.

Em italiano, o verbo "*sentire*" coincide com a capacidade de sentir um sentimento e um sentido preciso, a audição. Em inglês não é assim, "*to hear*" e "*to feel*" são duas ações bem distintas. Não sei como funciona em outras línguas. E não sei como poderia traduzir as vezes em que minha mãe fica deitada na cama com os olhos fechados e sussurra: "Não ouço nada", sem perder tudo aquilo que quer me dizer.

Ok te *love you*

Sempre achei que meus pais eram diferentes dos outros, depois chegou a internet.
Ensinar minha mãe como usá-la acarretou um aumento na desordem. Nos seus dias chegaram o Isis, as receitas para fazer bolos, as dietas e as torturas de animais. Sua página no Facebook é o triunfo do anti-iluminismo, o que faz dela uma força majoritária nessa fase histórica: não é a única que vota em pessoas pouco recomendáveis. Isso gera em mim um sentimento complexo, de preocupação pelas mentiras que ela compartilha e de horror por certas xenofobias depois imediatamente corrigidas por sua carolice, ela que foi uma migrante a vida inteira, mas também de alívio porque pela primeira vez minha mãe parece perfeitamente integrada ao mundo.
A sociedade da informação não fez outra coisa senão reforçar suas percepções arcanas; a internet tomou o lugar de Nostradamus, de um futuro esmigalhado no obscurantismo tecnológico. Ninguém sabe quem lhe ensina a usar os emojis, os acrônimos ou as gírias, não sabemos como faz para aprendê-los e isso nos desassossega. Meu namorado tenta falar com ela sobre política para desencorajá-la a crer em tudo que lê on-line. Noto o esforço comovente de sintetizar as informações que tem à disposição para persuadi-la a voltar à razão, depois observo a forma com que ela concorda, olha para ele com um sorriso gentil, faz com que ele entenda que tem razão — ela

não o sabia, não vai mais cometer esse erro —, e assim que ele se vira ela volta para o computador e posta notícias sobre terremotos encomendados por um xamã sul-americano.

Por um tempo, se conectou ao Facebook para postar uma letra lacônica e solitária, um Q, um X, um M ou um Z. Sem nenhuma explicação ou comentário, seus status eram feitos de uma letra qualquer do alfabeto. Com o passar dos dias, aquelas letras começaram a me provocar arrepios, eu temia que fosse vítima de uma corrente pronta para evocar uma missa negra. Pedi explicações a ela e disse que as letras do alfabeto não significavam nada. "Que tanto há para se falar no Facebook?", ela borbotou, e não havia nada que eu pudesse explicar: o meio também me entedia.

Como a música trap se reduziu a baixos cloroformizados e repetitivos, sequências amnióticas e dadaístas do nada, talvez também a escrita nas redes sociais será atomizada em letras escritas por minha mãe.

Eu devia ter lhe dado razão, foi, do seu jeito, uma visionária: antecipou o mundo todo com suas falsas crenças, e o mundo inteiro virou minha mãe. O literalismo, o tomar tudo como já dado, a confusão entre significante e significado, é um modo que ela sempre teve, e começo a sentir como cada vez mais sedutora a hipótese da dimensão na qual ela vive, na qual se leem somente as manchetes dos jornais. Posso sentir um prazer amniótico em viver na mesma bolsa que minha mãe, na qual toda coisa ruim significa somente uma coisa ruim e irresponsável. Passei a vida a me defender do sul e da magia só para assistir ao jeito como transbordam de mim, como água da boca, em qualquer situação política na qual não sei me defender. Escolhi outra ocupação, ainda assim há dias em que o sentimento de complô da minha mãe, a vida inteira que se dá em torno de dietas e jogos de plataforma, me transmite um consolo infinito.

Minha mãe é sempre ela mesma, mas eu fui filha de mulheres diferentes. No começo era uma aleijada. Depois se tornou uma deficiente. Por momentos foi uma mulher portadora de necessidades especiais, mas todos somos portadores de necessidades especiais. Num certo momento não era outra coisa senão uma louca. Hoje é uma pessoa que fica na internet.

Lascas de loucura

Não me lembro quando foi a primeira vez que vi uma garota interrompida. Talvez estivesse brincando do lado de fora da casa dos meus avós, no Brooklyn, numa rua fechada ao trânsito, e ela estava sentada nos degraus de alguma casa mais adiante, com os pulsos enfaixados. Ou talvez tenha sido a mulher com o carrinho que tinha perdido o filho no Vietnã, aquela que todo domingo vinha recolher os cascos das garrafas. Talvez tenha sido minha professora do colegial que amava o mundo do teatro. Ou talvez foi culpa de Winona Ryder em *Garota interrompida*,* ou da minha mãe, que durante uma projeção de *Atração fatal*, não adequada para os meus seis anos, enquanto Glenn Close fervia os coelhos de olhos vermelhos, disse: "Há mulheres que enlouquecem. Não se pode culpá-las".

Minha reação diante daquelas visões era sempre a mesma: "Faça com que você não fique assim". O que eu ainda não sabia é que, por alguns anos, eu faria o possível para que acontecesse o contrário.

Durante o terceiro ano do ensino médio recebi a visita de uma criatura rastejante e escura que aderiu ao meu corpo, subiu dos pés da cama até o pescoço, mas só uma vez, depois a

---

* O título do filme citado, *Girl Interrupted*, em italiano é *Schegge di follia*, ou seja, o título deste capítulo, "Lascas de loucura". [N.T.]

mandei embora, e meu mal-estar tomou outras formas. Não confio nos livros em primeira pessoa que não falem desses encontros íntimos com monstros do além. Mas esse treinamento para o escuro não me fez particularmente sensível aos medos dos outros, e há abismos inteiros que perdi.

Por muito tempo não me dei conta de que minha prima Malinda, a garota de cabelos vermelhos e ossos de pintassilgo com quem eu passava minhas férias em Nova Jersey, fosse realmente dependente de substâncias narcóticas. Eu entrava no carro com ela sem me preocupar com sua direção narcotizada e invejava sua autonomia, seu Mustang branco comprado aos dezesseis anos trabalhando como cabeleireira. Agarrava uma mecha dos meus cabelos, a olhava contra a luz e sentenciava: "Muitas pontas duplas, cor apagada, você precisa beber mais", mas, em vez de arrumá-lo, saía com seus amigos.

Perto do seu vigésimo aniversário ficou sem fornecedores. Estavam todos presos ou em casa para as férias, e a dependência que tinha adquirido graças a uma dor nas costas para a qual os médicos tinham prescrito um analgésico de base opioide, o OxyContin, teve um desdobramento desesperado. Com isso, entendeu que tinha somente duas opções: prostituir-se para comprar uma dose ou entrar numa clínica. A tendência de prescrever OxyContin dos médicos americanos é um pouco um recrutamento para a heroína, pelo menos trinta por cento dos alunos de ensino médio nos Estados Unidos já experimentou algum derivado. Os meios de comunicação a chamam de *opioid crisis* como se fosse uma epidemia que vem do Sudeste Asiático, a definição tem algo de inócuo e distante. Daqui a dez anos terá terminado, me explica Malinda, a oxicodona não pode mais ser vendida com a mesma desenvoltura com a qual era comercializada no passado, mas ainda há corpos para descontar, uma geração que se sacrificou e deve ainda eliminar a própria dependência.

Os números dão razão à fotógrafa Nan Goldin: a oxicodona é, para a geração atual, aquilo que o HIV foi para os seus amigos nos anos 80.

Um dos seus últimos projetos fotográficos é sobre sua dependência de Oxy, que durou três anos. A droga lhe foi prescrita por culpa de uma tendinite quando vivia em Berlim, e quando pararam de ministrá-la legalmente, fez com que um traficante de Nova York lhe enviasse via FedEx. Como minha prima, em algum momento passou para a heroína, porque a relação qualidade-preço era melhor. "Todo trabalho, todas as amizades, todas as notícias ocorriam na minha cama": o que a fazia continuar não era tanto o desejo de se drogar quanto o medo de não se drogar, o terror que seu corpo se rebelasse e que ela não fosse mais capaz de juntá-lo. Comparei essas fotos com aquelas de *The Ballad of Sexual Dependency*, a coleção fotográfica em que atravessa a vida dos seus amigos nos anos 70 e 80, em quartos vermelhos com pias imundas, em camas onde dormiam figuras estendidas como Marat, assassinado em sua banheira, só que na época se tratava de dançarinas e ilusionistas da vida noturna. Nos autorretratos de Goldin daqueles dias, naqueles em que aparecia com um olho roxo, era sempre possível dizer que algo estava acontecendo: o trauma era tão óbvio, sem uma ferida aquela fotografia nem teria existido. O mesmo valia para as fotos instantâneas sobre a dependência química, havia muitíssimos indícios da desfeita, os corpos já eram trágicos e revelados. Essas novas fotos, ao contrário, revelam a Oxy por aquilo que é. Parece que nada acontece, a vida ritualizada e burocrática dos dependentes químicos comporta uma dessaturação imperceptível da pessoa, pelo menos no começo. Se não houvesse lido a legenda "Autorretrato da primeira vez em que tomei OxyContin", nem teria percebido. Goldin parece apenas menos em foco do que o normal e assemelha-se vagamente a Tom Waits. O ponto não é que esses retratos sejam menos belos: o ponto é que, por serem menos evidentes, são uma representação fiel das drogas das quais são dependentes; as cores são de hospital e as luzes burocráticas, porque essa droga é burocrática, é estatal.

    Sem sua dose, Malinda chamou a melhor amiga para acompanhá-la num centro de reabilitação. Durou alguns dias, depois pediu ao pai que a levasse embora de lá. A neve retardou o trajeto dele. Se meu tio tivesse chegado na hora certa ao destino, ela teria continuado com a mesma vida de antes, mas um dependente veterano tinha assomado ao seu quarto enquanto ela fazia as malas e lhe disse: "Se você sair por aquela porta, não voltará mais", e assim ela ficou.

    A primeira coisa que ela fez após se inscrever no programa Narcóticos Anônimos foi me visitar em Roma. Fui pegá-la no aeroporto de Fiumicino à noite, e quando ela saiu pelas portas de vidro senti uma ânsia de vômito por quanto estava esquelética, com o rosto consumido e os punhos inexistentes. "Agora, sim, eu pareço uma viciada em heroína", ela disse, rindo, enquanto se sentava no banco de trás. No carro me explicou sua teoria: é quando você para de se drogar que você se enche de crostas e espinhas, que suas mãos descascam e escorre o ranho do nariz. É quando o corpo esquece da dependência que depara com esse horror, exatamente como quando a pessoa que você ama para de responder às suas cartas e ligações. O olhar se apaga, os cabelos perdem fibra, o diálogo emperra e até a voz se faz só uma litania. "Quando você se droga, fica brilhante e vivo", ela sentenciou, coçando as unhas.

    Queria viajar, tinha perdido tempo demais, e assim fizemos. Em Roma, em Paris, nos divertimos procurando os encontros dos Narcóticos Anônimos, nos quais se podia falar também em inglês. Consultávamos os sites para saber a que horas se encontravam, se era aberto à família ou não. Algumas das suas amigas tinham baixado um aplicativo que permitia descobrir os encontros nos quais participavam pessoas famosas; andavam uma hora de carro para encontrar o cantor do Depeche Mode em algum salão paroquial de Manhattan, certas de terem o mesmo problema que ele. E de alguma forma era verdade: tinham o mesmo problema.

Na universidade, um dos meus amigos mais queridos me levou até sua casa para me mostrar onde tinha crescido. Morava num enorme viveiro enevoado na região de Le Marche, numa casa colonial que perdia o reboco e estava rodeada de gansos brancos. Eu sabia que o pai dele tinha se tornado dependente químico na juventude, e que quase todas as suas veias tinham se fechado; lhe sobraram somente alguns acessos, dos quais cuidava com atenção. "Está guardando para a aposentadoria", dizia meu amigo, brincando. Eu tinha entrado, timidamente, naquela sala sepulcral com cortinas entreabertas, me parecia que seria recebida por um rei. O pai dele se levantou do sofá e veio ao meu encontro, magérrimo e com cabelos nevados e espessos, como se não tivesse nunca mudado o corte desde os anos 80. Depois de ter apertado minha mão, começou a falar da trilogia berlinense de David Bowie, e dei voltas pela sala ninada por sua voz grave.

Ao falarmos dos nossos pais, eu e meu amigo descobrimos uma série de semelhanças. Ainda que a dependência química não seja classificada como uma deficiência, mas seja tratada como uma forma de amnésia generalizada, nossos pais tinham um modo muito semelhante de nos dizer: "Não estou aqui".

O pai dele morreu num verão de alguns anos atrás, descobri por uma rede social; meu amigo postou uma foto em que ele segurava o pai no colo, e dentro de mim diversos sentimentos desabaram uns sobre os outros. Tinha ficado paralisado na cama e decidido enfrentar todos os livros que não conseguira terminar até então. Mandei-lhe uma breve mensagem e tínhamos concordado que era um bom modo de passar para o outro lado, desaparecer por trás de uma série de portas imaginárias.

Para alguns, o fim da dependência química coincidia com o fim do amor, mas ouvi a definição mais triste de uma mulher, durante um encontro em South London. Ela disse que sua vida tinha sido uma longa procissão de acidentes, um atrás do outro. Um dia ficou presa nas ferragens de um carro, esforçou-se para sair e tentou recuperar os sentidos em meio aos outros feridos que sussurravam no escuro. Queria se aproximar de um centro habitado, então entrou em outro automóvel e sofreu uma batida frontal, e assim foi adiante, por quase toda a rodovia. No final do encontro disse: "Você pode controlar os efeitos, mas não se livra nunca dos sintomas", desmentindo tudo aquilo que eu sabia sobre a cura, ou seja, que seria possível tornar-me uma nova pessoa. Havia certa perversão nos mantras que recitavam os participantes dos encontros, uma perversão que eu não entendia: "Uma vez dependente, sempre dependente". Era um modo de não esquecer quem eram, como eram feitos: se a dependência química era uma forma de amnésia, a sobriedade era um excesso de memória. Era como injetar-se com uma substância que os mantinha sob formaldeído, uma espécie de taxidermia na qual estavam sempre no estado de animais em branco, mas numa floresta sem predadores.

Seus corpos se tornavam aqueles dos santos e dos mártires, eram expostos em praça pública para testemunhar sua diferença e servir como exemplo, sem nunca poder ressuscitar.

Às vezes Malinda me levava às reuniões nos vilarejos costeiros frequentados sobretudo por afro-americanos ou pessoas que tinham perdido a casa durante o furacão Sandy, pois eram encontros mais animados. "Não há só garotos doidos que abandonaram a escola e se drogam por tédio: aqui há as verdadeiras tragédias, os furtos com arrombamento, as famílias dilaceradas, a falência. E depois são mais irônicos e espiritualizados." Um dos doidos ao qual se referia estava sentado ao meu lado em uma das reuniões, tinha acabado de sair de uma instituição e batia o pé no chão de forma obstinada. Me perguntou como eu tinha parado lá, quando lhe expliquei que era só alguém da família, sorriu com maldade: "Nunca se sabe".

Minha prima tinha razão, havia realmente algo mais espiritualizado no mundo em que as pessoas tomavam a palavra para contar as próprias ascensões e recaídas.

Um senhor tinha acabado de contar sua experiência e alguém gritou amém mais de uma vez. Tinha se desintoxicado depois de ter quebrado uma perna, o seguraram por muito tempo no hospital. Na verdade, foi o mesmo motivo pelo qual se tornou, no começo, dependente, também para ele os médicos haviam prescrito fármacos com base opiácea, quando pararam de renovar a receita tornou-se dependente. A heroína nos Estados Unidos é uma emanação do sistema sanitário: uma dose para sair, uma dose para voltar, no meio um longo e febril esquecimento. A reabilitação forçada lhe fizera bem, e quando saiu do hospital tinha até começado a correr. Comia abacate e germe de trigo, evitava frituras. Mas o fazia por um só motivo: "A única coisa que eu conseguia pensar enquanto treinava era que devia estar forte de novo para poder me drogar. Eu precisava ter um corpo indestrutível, para poder voltar às drogas".

Nunca esqueci a forma como disse que queria se entregar aos opiáceos, não esqueci aquela entrega lúcida.

E lá entendi algo a mais sobre o amor, mas também sobre mim mesma, e sobre o poder que têm sobre mim não as substâncias, mas as pessoas. No fim do encontro, o moderador perguntou: "Há alguém entre vocês que sente um *burning desire*?", e com aquelas duas palavras comecei a inspirar com força. Malinda e os viúvos ao redor de mim riam e estavam prontos para levantar da cadeira, eu queria levantar a mão para dizer que o sentia, mas o *burning desire* era a minha doença, embora deixasse minhas veias intactas.

Yearning é um conceito que detesto traduzir para o italiano, porque se perde todo o desfio do *yarn*, o fio, todo aquele desejo que se desfaz como um novelo de lã, ou como as vísceras que se desenrolam quando nos apaixonamos. Em *yearning* há também um pouco de *burning*, algo que queima, e minha mãe estava errada quando dizia que a droga era parecida com um orgasmo, porque os orgasmos terminam, quando nos precipitamos na dependência não sabemos nunca que fim terá, e não esperamos nunca que tenha um fim; uma vez que nos desenrolamos, não há mais como nos enrolarmos como antes.

Eu e Malinda tínhamos um afeto em comum, um garoto mais jovem do que nós que havia assinado o contrato mais importante da sua vida com uma gravadora no mesmo dia em que o banco tinha confiscado definitivamente a casa de seus pais, obrigando-os a se mudar para um trailer. Chris tinha conseguido sobreviver ao ensino médio mesmo não tendo um carro legal e vivendo na parte mais detonada do país. De alguma forma, havia dado conta mesmo sem se drogar e sem ter tatuagens cheias de rosas.

"Nunca mudei. Sou a mesma pessoa desde que tinha doze anos", ela contou, mostrando-me seu guarda-roupa, composto de cinco camisetas brancas e cinco camisetas pretas guardadas no porta-malas do seu carro, antes de irmos ver seu pai, que atirava em discos voadores de papelão no jardim.

Depois fizemos um passeio no meio dos escombros deixados pelo furacão Sandy, eu me sentei num cavalo de brinquedo num parquinho sem crianças e Chris subiu em cima do teto do carro para apontar tudo que o circundava, num raro gesto de empolgação, enquanto minha prima o observava em silêncio. "Claro que o furacão varreu tudo", rogou contra o céu prestes a descarregar água sobre nós. "Olha que raio de lugar." Teria sido mais fácil se deixar levar pelas águas, era verdade. Antes de irmos embora, comentando todas as mortes que vira apenas durante os anos de escola, sentenciou: "Um corpo limpo, hoje, parece uma vergonha".

Em treze anos de terapia, sempre estive na zona ambígua entre uma possível morte e uma vida não completamente plena, como tantos, talvez como todos. Houve um período em que, dos dez traços da síndrome de personalidade borderline, eu tinha oito. A fronteira em mim já estava marcada, e sempre me foi pedido para atravessá-la: toda vez que saía da casa da minha mãe, eu entrava num mundo diferente, no qual tinha de aprender a esperteza e os códigos, a beleza e os sistemas, negociando-os por algo confuso e aproximativo toda vez que eu voltava, e em certo momento me perdi. Uma parte da minha vida era invisível, não dita, e por muito tempo não soube como nomeá-la.

A vida adulta comporta uma série de passagens, em muitas delas o próprio corpo ou background psicológico será cuidadosamente escrutinado. Por exemplo: se eu começasse a juntar a documentação para a adoção de uma criança, quantos assistentes sociais olhariam para meus braços ou controlariam meus pulsos? Numa entrevista de trabalho, quantas possibilidades de contratação tem um ex-recluso que se esfolou na cela? Os especialistas encarregados de fazer essas avaliações veem pessoas que se fizeram mal, eu vejo pessoas que permaneceram.

Tentem tomar decisões impensadas e distraídas sobre seu corpo quando são adolescentes ou ainda intactos. Sutiãs errados que fazem cair os peitos, dietas tempestivas que irão deixar uma teia de aranha de estrias como o craquelê num quadro a óleo, furos, tatuagens, dilatações, tentem fazer escolhas que poderão parecer erros e tentem obter um corpo que não é uma conquista, mas a soma de todas as suas inscrições, uma escrita em braille de erros. E pensar que será assim para sempre.

Um tempo atrás eu acreditava que falar de seres humanos era como falar de edifícios em colapso, de garotas que creem ser arranha-céus destinados a serem implodidos por um ataque terrorista interior. Mas quando penso em certas existências, só me vêm à mente geopolíticas que não foram atualizadas, antigas versões de WAR empoeiradas, onde houve nações devastadas pela dor, mas nas quais havia também fortalezas impenetráveis, condenadas a resistir, convencidas de que o assédio passaria, até que não restaram somente elas, e o corpo circunstante não se tornou um país no qual eram as únicas ditadoras.

É difícil contar esses corpos que permaneceram, a memória sempre vai ao país no tempo de guerra, e não no tempo de paz, ao Vietnã que nunca vira Califórnia.

Há um tempo escrevia a uma amiga: "Espero que qualquer apocalipse que te mate seja maravilhoso", mas o apocalipse requer uma coerência que os seres humanos não possuem: o desastre é forçosamente incremental, um acúmulo cotidiano, para a maior parte de nós, e antes de vermos seus êxitos morreremos, talvez felizes.

Trabalho e dinheiro

Qual pode ser o efeito da pobreza no romance?

Virginia Woolf

Um romance sem valor algum

Em 1990, saiu *O diário secreto de Laura Palmer*; foi escrito por Jennifer Lynch, a filha do diretor de *Twin Peaks*. Não sei como chegou à minha casa, mas sei que no ensino fundamental, depois de ter lido as aventuras de Laura, que frequentava as pessoas erradas, deixava-se hipnotizar e nadava nua à noite, comecei a manter um diário, hábito que durou até mais ou menos os meus vinte anos.

O diário não era a crônica das minhas aventuras e dos meus desprazeres cotidianos, mas uma cuidadosa obra de falsificação: eu falava dos cigarros que nunca tinha fumado, dos enamoramentos por garotos reconhecíveis somente pela primeira letra do nome rigorosamente seguida de um ponto, eu estava tão preocupada com a escrita da minha vida paralela que minha mãe se convenceu de que eu tinha dependência de tabaco com apenas dez anos de idade, tamanha a paixão com que descrevia os cigarros fumados no banheiro.

Como no ensino fundamental, quando desenhei uma casa falsa, na qual não vivia, e nas redações falava da minha vida em família como uma mitômana, quando vou visitar minha mãe no Natal, abro novamente esses diários e folheio a vida fantástica de uma garota que nunca existiu, cheia de indícios sobre a pessoa que fui.

Minha mãe trabalha numa espécie de autobiografia desde que nasceu, derramada em diários, despejada em cartas, decuplicada e consumida pelas mensagens telefônicas: é uma obra total que a ocupa mais do que qualquer outra coisa. Só tenho pleno acesso a um deles, o diário que confiou aos seus amigos antes de se mudar para os Estados Unidos, até depois mudar de ideia e conhecer meu pai. É um diário de despedidas, dedicado a uma garota que está para mudar de vida, mas depois não o fará. Conheço as cartas dos seus amigos de cor, e há uma que sempre me atravessa: aquela de um garoto apaixonado que lhe escreve: "Você queria vir para Roma, chegou, e agora vai embora. Queria um trabalho, o encontrou, e vai deixá-lo. Queria tanto falar com os seus amigos, e quando você os encontrou, quase nunca falou com eles. O que for que você procura nos Estados Unidos, não vai encontrar. Não sei se estarei aqui a te esperar, mas tente, se quiser, me procure".

Eu a conheço de cor porque é uma carta que alguém poderia escrever também para mim; de minha mãe não herdei só as cores, mas também as obsessões e a inconstância.

Minha mãe não se mudou para os Estados Unidos naquele ano, salvou meu pai da beira de uma ponte e tiveram um filho.

Um dia, passeando pelas margens do Tibre com o carrinho de bebê e meu pai ao lado, encontrou novamente aquele garoto, estava passeando com a namorada. Ele empalideceu na calçada, ela ficou imóvel, mas não se cumprimentaram. Aquela carta do diário é a coisa mais próxima a uma declaração de amor que ela já tenha recebido.

A autobiografia, e a da minha mãe não é uma exceção, é a bastarda entre os gêneros literários, porque baixa o limiar: está nas mãos de refugiados, mulheres, deficientes, sobreviventes do Holocausto, sobreviventes de qualquer coisa.

Há anos falávamos de nós mesmos em terceira pessoa no Facebook e nos parecia legítimo, narrativa, tornávamo-nos personagens sem que isso ofendesse ninguém, depois voltamos para o eu, publicando em primeira pessoa, mas a ideia de nos fazermos importantes numa autobiografia parece suja e voltamos a nutrir uma desconfiança em relação a esse gênero, ainda que contribuamos para reforçá-lo e torná-lo coletivo a cada dia.

Uma existência pode ser desviada do curso de vários diários. O que desviou a minha foram os diários da minha mãe, aquele de Laura Palmer e o de Bronisław Malinowski, o pai da antropologia moderna.

No primeiro dia de aula na universidade, o professor que nos introduziria em nossos estudos entrou na sala de aula com os cabelos brancos e desgrenhados, papelada debaixo do braço, e começou a falar da relação entre antropologia e literatura. Nos contou sobre Bronisław Malinowski e como tinha fundado o método de observação participante com a monografia *Argonautas do Pacífico ocidental*, destinada a se tornar uma referência para os colegas e gerações vindouras da antropologia.

Mas, em 1960, aconteceu algo: a esposa de Malinowski, dezoito anos após sua morte e apesar da opinião contrária dos filhos e colegas, que temiam uma catástrofe para a disciplina se só se viesse a saber o que estava escrito, decidiu publicar os diários privados, aqueles escritos pelo marido durante sua viagem às ilhas Trobriand. Naqueles diários, Malinowski falava do "sagrado ímpeto de trepar com todas" (referia-se às habitantes das ilhas trobriandesas), descrevia os nativos com desprezo, reclamava da viagem e revelava os tormentos da masturbação.

Para mim, foi como se o professor tivesse nos outorgado um mandato para nos embebedarmos em sala de aula, ignorarmos os exames e escrevermos poesias ruins.

Aquelas páginas começavam e terminavam com um pensamento dedicado ao escritor e pintor Stanisław Witkiewicz, conhecido como Stas, o melhor amigo de Malinowski desde os tempos da infância, e depois perdido. Num certo momento, ele e Stas viajaram juntos, depois estourou a Primeira Guerra Mundial e Witkiewicz voltou para a Polônia; os caminhos se dividiram. Stas queria se empenhar pela pátria, enquanto Malinowski queria seguir sua ambição em solidão.

Numa página muito tocante dedicada ao amigo, escreveu: "Eu às vezes tento esquecer Stas. Fugir dele. Não entro na profundidade da sua condição simplesmente por um instinto egoísta de sobrevivência... Tento convencê-lo com argumentações que eu mesmo percebo como triviais e pobres. Nada é verdadeiro, só a morte. Mas eu não posso, não tenho a obrigação de ir além, de seguir um amigo até as últimas portas do Hades, a menos que seja para convencê-lo a voltar atrás".

Cheguei à antropologia com Conrad no coração, só para descobrir que sua escrita era infestada de zonas sombrias e me deparar com outros poloneses como ele: Bronisław Malinowski e Stanisław Witkiewicz e aquela que seria a história de muitas amizades. Durante a aula o professor disse que o verdadeiro suicídio não era morrer, mas queimar os próprios diários. Num certo momento usou uma palavra precisa, *finction*, para definir não algo falso, mas algo construído, um plâncton que crescia também nos meus cadernos autobiográficos no sótão. Nunca mais encontrei aquela palavra, nem nos seus escritos nem nos dos outros.

Da relação que terminou mal entre Bronio e Stas, ao contrário, teria demonstrações diretas: durante os anos na universidade a ambição se apresentaria, muitas vezes, como um abandono, uma traição dos afetos.

Naqueles dias eu prestava uma atenção obsessiva nas pessoas das quais deveria me tornar amiga. A manhã em que fiz minha matrícula notei uma garota diáfana, ruiva, e me pareceu que eu nunca havia visto uma criatura semelhante. No sul eram outros rostos; mesmo quando eram ricos e refinados, expressavam certa aspereza. Quando a vi sozinha numa carteira no primeiro dia, algumas semanas mais tarde, me sentei perto dela e fiz o possível para lhe parecer interessante. Ela trocou de curso, foi para ciências políticas, mas aconteceu que a escolhi entre os demais. Durante um curso de história contemporânea que pôs em xeque meu consumado senso patriótico americano, havia uma garota mignon na minha frente, tinha as cores da Branca de Neve. Usava um macacão de operária, e virou para me dizer: "Olha que foi o Kennedy que começou o Vietnã", quando me ouviu falar do seu empenho pelos direitos civis.

Todas aquelas pessoas pareciam mais esculpidas e assertivas e formatadas do que eu; havia uma linda garota anarquista que pegou cistite numa prisão suíça, depois de uma manifestação para defender os lobos ou contra grandes obras.

Eu me perguntava constantemente como era possível ser jovem e ter consciência da própria juventude, como, para algumas pessoas, o tempo nunca estava atrás, um remorso e uma saudade, tampouco uma ansiedade agressiva de futuro, mas realmente *naquele* momento.

Me inscrevi na universidade para encontrar um pai, um mestre que me formasse e humilhasse, eu enfrentava cada exame com o anseio de levar uma nota ruim, um "Poderia fazer melhor". Eu procurava uma punição, mas ninguém assumia a responsabilidade de me melhorar, a não ser meus amigos, a não ser as pessoas que compartilhavam comigo os estudos: foram a severidade e a arrogância deles a me lançar no mundo, muito mais do que uma dúzia de monografias. Todo o saber que eu queria que fosse vertical, que descesse da autoridade ou de uma figura sacral — eu tinha tido, afinal de contas, uma infância católica —, eu o encontraria em meus pares, estudantes que estavam na mesma posição de descoberta que eu e ao longo do tempo se tornaram uma família.

A história de Bronisław Malinowski e Stanisław Witkiewicz deixou a mim e aos meus colegas de curso aterrorizados, pois continha o germe de todo medo: que para sermos geniais era necessário sermos fracassados e rechaçados, e que a carreira acadêmica e o sucesso, sempre que o alcançássemos, seriam a demonstração da nossa mediocridade. Enquanto tomávamos caminhos diferentes, o eco daquelas primeiras aulas nos infestava e agia como um fantasma dentro de nós.

Havia outro aspecto de Malinowski que me atormentava: seu hábito de ler romances feios e ruins. "Como sempre, meu narcótico é um romance sem valor nenhum." Em seus diários falava de romances de menor engajamento como se fala de heroína, de uma dependência que deve ser evitada, que corrói constantemente o princípio de ser melhor. Nós também líamos péssimos romances no tempo livre, mas passaria muito tempo antes de podermos confessá-lo em voz alta. Nunca teríamos confessado ler um livro de memórias.

Antes de se suicidar, em 1939, Witkiewicz ameaçou fazê-lo diversas vezes e isso exerceu um peso insuportável em Malinowski. Não era difícil reconhecê-lo, esse peso, porque eu tinha visto muitas pessoas que tentavam o salto e depois estavam sempre lá, na minha frente.

Naqueles anos de estudo floresciam os contos de tantos sodalícios e amores intelectuais, como aquele entre Margaret Mead e Ruth Benedict, que inventou a antropologia visual porque não conseguia gravar nada e se via forçada a fazer anotações filmadas ou a tirar fotografias. Ruth Benedict era levemente surda, e sua genialidade aportada à disciplina antropológica nascia de uma limitação física. Ninguém nunca nos disse isso durante a aula.

Burgueses da periferia

Foi na universidade que descobri realmente que pertencia a uma classe social. Quando eu vivia na Basilicata, a consciência de fazer parte do subproletariado era presente, mas indistinta.

O grupo Caritas, ligado à igreja, nos convocava uma vez por mês para pegar alimentos doados pela CEE, pacotes de arroz selados a vácuo com marcas pretas e assistencialistas em cima, latas de legumes sem etiqueta. Era comida de astronauta, os mantimentos duravam uma eternidade. Mas, como as ajudas que chegavam eram muitas e as pessoas que pediam poucas, de fato esses alimentos eram distribuídos um pouco ao acaso pelas voluntárias da igreja, e acontecia que visse os mesmos biscoitos dos pobres na casa dos meus colegas de escola, e assim, no final, aquela nem valia mais como pobreza.

Viver num pequeno vilarejo do sul da Itália não me ajudava a definir a classe social à qual pertencia porque até a forma em que éramos pobres era estranha, como todo o resto. Os outros garotos com poucos meios não tinham Nike nos pés como meu irmão, não tinham setenta Barbies originais e não viajavam de avião uma vez por ano para ir a Nova York. Ao mesmo tempo, porém, eles sempre tinham comida e não terminavam o mês se alimentando de água e cereais matinais, nem tinham cãibra por ter a geladeira meio vazia, nos dias distantes demais da aposentadoria por invalidez. Isso porque a pobreza deles ainda era uma pobreza campesina, ligada à terra e camuflada pela família. A nossa também era camuflada pela família, que de fato nos presenteava com viagens e sapatos, mas não podíamos confiar sempre nisso, e especialmente não tínhamos o primeiro requisito necessário para uma boa pobreza: a humildade, e a ausência de pretensões.

Nós tínhamos pretensões, e mais do que tudo nos sentíamos ansiosos por não poder estar no mundo moderno. No momento mais difícil economicamente de sua vida, quando os filhos já estavam na universidade e aprendiam as armadilhas dos gastos, minha mãe fez a assinatura da Sky. Era sua forma de não ceder.

Seguindo um conselho do meu irmão, uma vez vi um episódio de *Shameless*, uma série sobre as desventuras de uma família desajustada de Chicago. Na cena em que a protagonista coloca uma cadeira na frente da lavadora de roupas porque a abertura não fechava direito, revi um gesto que eu e meus familiares fizemos por anos: vivíamos numa casa em que as coisas tinham sido novas no passado e, quando deixaram de ser, não foram substituídas.

No que me diz respeito, a pobreza consistia na impossibilidade de levar uma existência semelhante à maioria das pessoas que eu conhecia, especialmente meus colegas de escola. Mais pobre do que eles, mas com certeza menos pobre do que pessoas que eu não conhecia. Toda a nossa existência estava definida pela dívida: com os avós, os amigos e depois com os namorados. Isso definia o grau de indigência em que estávamos: pobres para ter de telefonar sempre para alguém, mas não o suficiente para não ter ninguém para quem ligar. Como se chamava aquela classe social, exatamente? Meu irmão teria dito "parasitas", para fazer uma piada, mas muitos poderiam concordar.

Superada, na Sapienza, a descoberta dos "verdadeiros ricos", os que faziam da matrícula numa universidade pública motivo pessoal para se gabar, eu acreditava que entrando no mundo do trabalho as diferenças de classe se tornariam mais opacas, em vez de se reproduzirem de forma sorrateira e excepcionalmente até violenta.

Eu começava a participar dos encontros de editoria com temor, receava que alguém me reconhecesse pelo que eu era: uma infiltrada. Eu tinha as roupas certas, o telefone igual ao dos outros, mas tinha trabalhado para conquistá-los e o DNA bancário da minha família era inexistente. A coisa que eu temia mais do que tudo era que alguém ficasse sabendo da minha infância de conto do Dickens para depois me dar um tapinha nas costas e dizer: "Admiramos muito o que você fez para si mesma". Eu estava condenada a descobrir que, para a burguesia iluminada, interessava muito saber de onde eu vinha, e por quê. O que me entediava até a morte, para eles, era fonte de entretenimento.

Entre 2009 e 2011, me vi organizando seminários de filosofia e estudos culturais em Istambul para meus chefes. Na prática, eu reservava os bilhetes aéreos e trabalhava como relações públicas. À noite acontecia de jantar com os hóspedes do seminário, que eram verdadeiros intelectuais, além de ricos de verdade, e uma vez me vi expressando minhas perplexidades sobre a classe social a um professor de Yale de origem indiana especialista em direitos humanos e filosofia moral. Cúmplice da minha ingenuidade neocolonial, eu acreditava que o professor em questão fosse mais um intelectual em fuga que tinha feito fortuna nos Estados Unidos, mas que no fundo tinha escapado da pobreza. Não era assim: ele era de origem nobre, de alguma casta milenária que sempre deteve o poder. Em todo caso, o professor me olhou com simpatia e me disse que minha *síndrome de pequena vendedora de fósforos* era descabida, porque no ponto em que eu estava, no ponto aonde teria chegado, a classe não contava mais. "Não vê onde está? É de classe média, como todos nós."

Os vizinhos ao lado riram com simpatia, me dando uma cotovelada, e no final eu também me rendi àquele novo Tony Blair; a analogia não o agradou muito.

Mas quando teria chegado esse momento?

Espero esse momento toda vez que reservo um hotelzinho e me entusiasmo quando há uma piscina, e assim coloco o maiô na mala. Chegando ao destino, deixo as malas no quarto e desço para a piscina e vejo que não há ninguém, ainda que tenha água e pareça limpa. Assim espero a noite, caso fique aberta vinte e quatro horas, e desço para nadar e sentar à borda da piscina. Mesmo quando estou com meu namorado — e para ele é só uma piscina americana, desolada e romântica — não resisto a provar uma solidão: aquela piscina para mim ainda é um luxo. Uma fantasia infantil confirmada pelo fato de que ninguém a frequenta, porque de fato não é bonita, e todos ficam em seus quartos. E assim todo o meu desejo de me jogar na água, de deitar na toalha e fechar os olhos embaixo do letreiro de neon que me ilumina de vermelho e roxo, me parece uma tacada ingênua, como a minha eterna aspiração.

Espero esse momento quando estou nos corredores de um supermercado e antevejo os rolos de fita adesiva para fechar os pacotes, aqueles feitos de plástico lustroso e marrom, que fazem um barulho inconfundível quando se desenrolam; são os que minha mãe usava para vedar as fissuras dos vidros quebrados nas janelas ou segurar o puxador rachado da geladeira. Tínhamos um estoque inteiro num baú, e no fim o apartamento todo tinha assumido aquela cor. Todas as vezes que faço uma mudança e preparo as caixas, penso novamente em quando minha mãe consertava os móveis, de madrugada, com fita adesiva, e depois dormia no sofá com a televisão ligada, as legendas fora de sincronia em segundo plano.

Sentada ao lado daquele professor iluminado, eu não sabia o que tinha me tornado, mas sabia o que não queria ser: não queria ser uma garota que se gabava de ter saído de baixo, nem começar a levar uma vida de rica esquecendo a casa onde me criei, mas explorar todas as possibilidades que estavam no meio. E consegui isso graças ao estado social. Em seis anos, o estado italiano me pagou entre trinta e cinco mil e quarenta mil euros, entre alojamento, bolsas de estudo e colaborações com a universidade. O estado me permitiu me emancipar, viajar e me tornar uma garota que se expressava como seus pares. Contudo, comia sempre como uma pobre.

Grandes esperanças

"Você come como uma pobre", me disse meu primeiro chefe, aquele do qual eu mais gostei.

Era o diretor de uma revista de filosofia e cultura que foi muito bem nos anos 90, até se dizimar e ter um público bobbiano de leitores, nobre e em vias de extinção. Tinha um belo escritório luminoso com piso de terracota, as paredes tomadas por livros, no centro de Roma. Nosso primeiro encontro foi turbulento. Foi durante uma prova de jornalismo político — eu não tinha seguido as aulas do seu curso, havia a possibilidade de se apresentar para a prova oral levando um livro em inglês e contornar o resto do programa, assim me apresentei com aquele texto.

Ficou impactado com minha dupla cidadania; como muitos dos diretores de revistas italianas era um americanófilo. "Todos pedem para trabalhar comigo. Você não. Por que você não me pede?", disse me dando seu cartão, e saí da sala de prova um pouco zonza, sem saber que aquela troca de falas teria desviado nossa relação por caminhos acidentais.

Para a entrevista de trabalho, me vesti como achava que se vestiam as correspondentes de guerra ou as mulheres que andam de barco e fui imediatamente contratada. Passei aqueles primeiros dias de trabalho dissimulando minha existência, fingindo ter mais leituras. Almoçamos juntos com frequência, eu pedia abacate com salmão porque achava que isso fazia de mim uma pessoa distinta, ignorando as carnes e os queijos franceses. Foi isso que o levou a declarar: "Você pede a pior coisa do cardápio". Uma vez, me disse também: "Você nunca teve tempo de ser anoréxica, não é?", ao que eu respondi: "Não, estava muito ocupada lendo", e ele riu e continuou comendo. Ele fazia de propósito para ver quanto eu seria perspicaz em minhas respostas; era o tipo de reação que fazia com que ele gostasse de mim, motivo que o fez aprender que precisava de mim.

Eu tinha ido para a faculdade com a esperança de encontrar um mestre que me transformasse, depois o encontrei, ele que todos os dias me convocava ao seu escritório para me explicar o que era a esquerda italiana, por que estava desaparecendo, e tinha inventado toda uma teoria sobre os direitos das mulheres. Mas às vezes me contava da sua juventude, do seu amigo filósofo mais bonito e maldito que tinha uma cátedra prestigiosa na universidade e sempre lhe roubava as namoradas e tinha se acabado no álcool; evocava os tempos em que eram os boas-vidas, no verão, nas praias da região da Romanha.

Ele reconhecia que tinha intuição, mas não talento, e era verdade. Sabia como as épocas se transformavam, era ótimo nas conjecturas, mas não era um escritor, e o fato de que eu aspirasse a sê-lo o enchia de preocupações. No começo, porque achava que eu teria morrido de desilusão, depois porque o abandonaria.

Uma noite, na redação, apareceu um homem idoso que publicara um romance engajado, depois todos se esqueceram da sua existência. Tinha vindo propor um texto novo, recusado por muitas editoras italianas. Meu chefe lhe concedeu uma reunião de meia hora, e no final se despediu gentilmente. Veio até mim, na outra sala, já não havia mais ninguém e eu gostava de ficar lá sozinha até o sol se pôr. Conversamos enquanto escurecia. "Viu o que acontece quando você não tem sucesso com a escrita? Tome cuidado, o fracasso não é para todos. Você precisa proteger seu coração."

Quando eu trabalhava para ele, era um homem nos seus sessenta anos, extraordinariamente bonito, com um gosto excelente para se vestir, e por um tempo andamos promovendo a revista em diversos círculos do norte da Itália; toda vez que eu preparava minha mala sentia uma imensa gratidão, porque me fazia viajar e estava genuinamente interessado na minha opinião sobre o mundo. Era o seu número que aparecia com maior frequência em meu celular. Por três anos não falei de outra coisa: só contavam as suas desilusões, seu mau humor, seu incipiente estado depressivo por se sentir marginalizado dos jornais, a missão louca de fazer cultura nos lugares mais impensados, já esquecidos.

Meu namorado e minhas amigas não aguentavam mais; meu irmão me dizia que acabaria mal, porque, a todos os lugares que eu ia, tentava fazer uma família.

Eu não lhe contei logo de mim e dos meus pais, porque temia que ele se afastasse — ele tinha certeza de haver contratado uma garota meio americana, com um apartamento no Brooklyn, mas minha educação lucana ele não intuíra —, mesmo porque eu sabia que mais cedo ou mais tarde teria usado isso contra mim.

Para festejar minha formatura, ele e a esposa, uma princesa da Europa Central que era nossa mecenas e vinha do mundo das artes, me levaram a um restaurante frequentado por políticos, com outras pessoas da redação. Era uma fortuna, assim como a mala que me deram, e foi estranho vê-los tão orgulhosos e presentes para mim naquele momento, quase traídos por seu próprio desejo de serem patrocinadores. Eu os surpreendi fracos, prontos para cair num afeto que eu talvez não merecesse. Foi uma descoberta assustadora, porque criava laços familiares onde não havia; o almoço para festejar minha formatura com minha mãe, fui eu que paguei, e não recebi presentes.

Eles me ensinaram como me comportar em sociedade, diziam que eu era predisposta. Ele, especialmente, percebeu a forma de manipulação que eu sabia exercer sobre alguns participantes. Eu procurava descobrir do que ele gostava e depois continuava a falar sobre até que caíssem como insetos sobre papel mata-moscas. Era uma coisa que ele tinha me ensinado, e me narcotizava. Ele continuava a me dizer que eu iria embora, que o trairia, mas ele o fez antes de mim.

Estávamos na Sicília para uma apresentação. Eu o encontraria na sala de uma baronesa siciliana que se deleitava em fazer livros. Ela se levantou prontamente do sofá para vir até mim de braços abertos, embora eu nunca a tivesse visto antes. "Ele nos contou tudo, nos contou sua história", disse apertando minhas mãos e levando-as até o peito.

Era como estar num livro de Dickens, de novo. "Quem lhe ensinou a falar?", me perguntou a baronesa, como se eu tivesse crescido na floresta até alguém me adotar, e então entendi o que eu tinha me tornado: não a criatura fatal que sonhava ser, uma jovem ambiciosa e em pé de igualdade, mas um animal doméstico.

Quando entrei no escritório do meu chefe para pedir as contas, eram meses que eu acordava com náusea e adormecia com febre, cada pedaço de mim ansiava a rescisão daquele vínculo. Fiquei sentada com os olhos baixos, chorando, deixando falar a secretária da redação que era uma amiga e tinha entendido que eu queria sair. Ele sacudia a cabeça, rabiscava com a caneta e depois disse. "Tudo bem, ninguém te segura, não precisa chorar", sem me conceder nada. Levantei para sair e só então ele disse, sem sequer olhar para mim, com os olhos fixos na tela. Com o tom de voz grave: "Se você for embora, quem é que vai sustentar sua mãe?".

Acrescentou que uma garota como eu não poderia se dar o luxo da liberdade. E então entendi que tinha feito a coisa certa, mesmo perdendo um trabalho bem pago e voltando para a dimensão da dívida, para levar uma vida igualmente não livre.

Às vezes conto essa história às minhas amigas, que ficam horrorizadas em saber a influência que esse homem mais velho e experiente teve sobre mim. Começam a falar de patriarcado, de conflito de interesses, de classismo. A verdade é que às vezes sinto sua falta, e se pudesse voltar à proteção que sentia naqueles dias, mesmo só por um pouco, eu o faria. Ninguém mais assumiu a responsabilidade de me ensinar um ofício.

Logo após eu ter sido afastada de outra revista por uma divergência de opiniões com o diretor, ele me mandou um e-mail para dizer que lera minha resposta pública ao episódio e que tinha orgulho de mim, mas também se sentia atravessado por uma leve preocupação de que eu estivesse aprendendo o trabalho muito bem, e de que estivesse forçando um pouco a mão para subir minha cotação. Ele me conhecia profundamente; era possível que tivesse razão, ainda que eu não tivesse escrito aquilo com essa intenção?

Aquele e-mail foi o suficiente para incutir em mim a dúvida e me fazer sentir vontade de desaparecer. Eu nunca lhe respondi, a mensagem ainda pulsa como um fantasma na caixa de entrada e me provoca um profundo rancor.

Eu queria ser pura, ele dizia que eu estava à procura de uma oferta melhor.

A última vez que o vi foi na nova redação, distante do centro. Naquele dia tinha me mostrado o escritório redimensionado em suas ambições, parecia uma repartição cadastral. Ele me parabenizou pelos meus cabelos claros, era a primeira vez que eu os usava assim. "Você esteve na cabeleireira recentemente?", me perguntou, e aquele comentário sobre o meu aspecto tinha feito com que eu me protegesse e baixasse o olhar, havia uma estranha timidez, e depois entendi qual era o problema: estava velho.

Quando sua esposa me dizia: "Precisamos detê-lo, senão ele terá um infarto", eu começava a rir, não havia ninguém mais vital do que ele. Eu o tinha visto nadar quando a temperatura era de cinco graus e fiquei com os outros amigos e colegas a olhá-lo da areia, seduzidos e assustados por aquela vitalidade.

Ainda sinto um afeto raro e maligno por esse homem que não sinto por meu pai. Eu nunca mais tive esse poder: de fazer com que um homem se sentisse idoso e melancólico.

Por anos, depois dele, não fiz outra coisa senão me jogar no trabalho, em busca de demonstrar que eu era capaz.

Tempo livre

A descoberta da burguesia teve um impacto elétrico, neurótico, em mim, e daquele momento em diante tudo me pareceu uma traição. Do meu corpo em primeiro lugar: eu tinha melhorado, me nutria bem, então por que meu chefe me disse que eu comia como uma pobre?

Num longo artigo publicado na revista *Nautilus*, intitulado "Why Poverty Is Like a Disease", Christian H. Cooper, um homem da alta finança que hoje ganha mais de setecentos mil dólares por ano, mas nasceu numa família paupérrima em Rockwood, no Tennessee, diz que se emancipou somente graças aos professores e às bolsas de estudo, e conta por que o mito da meritocracia americana é, na verdade, uma fraude, desmistificada pela ciência.

A pobreza não é só uma condição social, é uma doença que afeta o plano biológico. Transmite-se de uma geração a outra pelos genes e outras formas impensadas, e condiciona o corpo num modo que nenhuma futura riqueza pode remediar. Dar a todos as mesmas condições no ponto de partida não é sempre suficiente, porque há uma diferença, oculta dentro de quem participa da corrida, que muitas vezes é ignorada. Na verdade, é a metáfora da corrida que cria um problema, é um clichê difícil de abandonar: ter crescido na pobreza não significa necessariamente ter vontade de chegar a algum lugar, ou chegar aonde todos pensam que você queira ir. Pode significar ficar parada no mesmo lugar, se é um lugar acolhedor, desejado e que garante todos os recursos necessários. Pode significar ter fome, mas não fome de sucesso, no mundo em que isso é entendido dessa forma pela maior parte das pessoas. A própria ideia de "fome" e "sucesso" na mesma frase tem algo de farsa, de século passado. Lá, à espera, perto da partida, uma garota pode até decidir ir embora para os bosques. Sua vida pode até ser um lindo desperdício; igualdade significa colocá-la em condições para que se torne uma astronauta, se quiser, mas também dar-lhe a possibilidade de exercitar o ócio de quem ainda não sabe bem o que quer fazer, e escrever artigos enquanto isso, sem uma casa deixada em herança pelos avós. Igualdade significa que os filhos dos operários não se tornem apenas médicos e advogados, mas também escritores subempregados e pintores à espera de descobrir se têm talento.

Há com frequência, no pobre que se emancipa de sua condição social, uma mentalidade de autossabotagem que se manifesta em forma de saudade.

Minha mãe sente orgulho, mas também rancor pela melhoria da minha condição social: quando eu trabalhava num escritório, ela suspirava sempre: "Bendita você que pode", me deixando aflita com sua resignação e lembrando os belos tempos em que era funcionária da Agip Petróleo; quando pedi demissão, ignorou meu mal-estar para me dizer que eu era uma decepção e um insulto à emancipação da mulher: "E o que você vai ser, uma manteúda?".

Eu reagia começando a desenvolver uma relação catastrófica com o dinheiro: assim que chegava, eu fazia de tudo para não vê-lo, não gerenciá-lo ou acumulá-lo. Não queria ter saudade de não ser mais como ela, acabada e também lamentosa. Mas eu tinha.

A pobreza é uma mancha nas células, um borrão do DNA. Nada se realinha, após uma adolescência passada na necessidade.

Não se aprende a comer de um jeito diferente, mas como morta de fome. Toda vez que preciso deixar algo em meu prato porque o fizeram também os outros ou porque não tenho fome, se instaura em mim um desgosto; provoco em mim mesma uma violência e preciso contar até dez, senão não consigo.

A outra traição foi o desaparecimento do dinheiro físico.

A primeira parte da minha vida foi baseada na genérica ausência de dinheiro em espécie. O que precisava ser comprado era negociado e obtido com base em uma série de promessas, rituais verbais e tratativas destinadas a desmaterializar o dinheiro assim que chegasse, fazendo dele uma substância quase fantástica. Isso fez com que, quando comecei a trabalhar, em vez de ser algo necessário e a ser tratado com cuidado, o dinheiro assumisse para mim um valor um pouco ridículo, irreal, e foi preciso um tempo para me acostumar. Depois me mudei para Londres e o hábito não serviu mais, porque o dinheiro físico desapareceu outra vez: aos poucos, nos últimos anos, acabou a retirada de dinheiro nos caixas eletrônicos e a troca de notas. Do medo de não ter dinheiro em espécie no supermercado à vergonha de tê-lo só assim: é quase como a vida de antes, só que agora a invisibilidade do dinheiro é um valor, e eu me sinto antiquada diante de uma conquista.

Quando eu era pequena, minha mãe me mandava fazer compras e adquirir revistas na banca; eu marcava tudo na conta pensando que fosse normal, até que um coleguinha de turma, que era o filho do proprietário — aquele que no fundamental tinha sido José, enquanto eu interpretava Maria —, anunciou em voz baixa: "Meu pai disse que não se pode mais fazer isso". Ambos nos sentimos tímidos, tínhamos uma ligação de afeto, e nunca falamos sobre isso na escola.

Meu irmão não dá o mesmo peso que eu a esse tema, demonstração de que pertencer a uma classe subalterna não significa fazer parte de uma massa gelatinosa e indistinta na qual todos os sujeitos reivindicam os mesmos direitos, ou as mesmas lembranças. Ele faz uma distinção entre pobreza objetiva e incapacidade de administrar o próprio dinheiro: a dimensão da nossa infância e adolescência teria sido essa. Mas o que é a pobreza senão a impossibilidade de cometer erros com o dinheiro e dar à própria desordem o nome de excentricidade?

Há uma narrativa precisa da pobreza ligada à humildade do sacrifício, do não pedir demais, da dignidade. É uma versão que sustentei por anos, nervosa com os gastos da minha mãe, com seus gastos em coisas que não poderia se permitir. Nas faixas menos privilegiadas da população se faz muita etnografia, não se faz tanta sobre o sistema da dívida e do viver acima dos próprios meios, aquilo que Matthew Desmond define como "comer lagosta com cupons de desconto".

Sobre a vida burocratizada de alguns pobres, semelhante àquela dos dependentes químicos, toda uma corrida para conseguir os recursos necessários para comprar coisas que não se têm o direito de comprar, escreve-se menos; essa brutalidade nos oprime. Isso porque do pobre se espera não só que faça a revolução, como se tivesse tempo livre, em vez de dedicar toda a sua energia nervosa para entender como obter algo a mais, com todos os meios possíveis, mas que tenha também uma boa educação e se comporte bem.

Uma amiga querida trabalha numa cooperativa em que, entre outras coisas, reavaliam coisas usadas, na qual grande parte dos bens é precificada entre um e quatro euros, e por lá fazem compras muitos estudantes, membros de famílias numerosas, migrantes, mas também pessoas que vendem objetos nos mercadinhos de domingo. Há pouco tempo me disse que sente uma sensação de fracasso quando roubam a loja. O preço baixo, para a cooperativa, é uma forma de criar uma rede de acolhimento, sensibilizar o público ao reúso e fazer com que o setor sobreviva. Durante uma longa conversa sobre isso, entendi a desilusão da minha amiga, e ao mesmo tempo me fiz perguntas sobre a expectativa pedagógica que às vezes se tem em relação aos ladrões, a tentação de duvidar da necessidade e confundir tudo com o despeito.

Minha mãe sempre foi uma pobre mal-educada que viveu acima das suas possibilidades. O pobre sem dívidas é moralmente superior ao pobre com dívidas. A Bíblia me ensinou, a televisão me ensinou; hoje em relação a esse ensino não posso fazer outra coisa senão nutrir uma suspeita feroz.

Trabalho e me dou conta de que nunca vi meus pais fazê-lo de verdade.

Não sofria tanto com a desocupação e a preguiça deles, porque essas coisas alimentam os preconceitos sociais, mas porque a inatividade fazia com que se sentissem tristes.

Não teria tantos problemas com o gerenciamento do dinheiro por parte da minha mãe, ou teria menos, se isso não a fizesse se sentir deprimida; se ela tivesse pelo menos um pouco da euforia pobre e impostora de seus parentes quando emigraram para os Estados Unidos. Toda vez que meus pais fizeram algo, que venderam um quadro ou entregaram um trabalhinho de carpintaria, o bem-estar que sentiram foi imediatamente posto de lado, sacrificado por algo muito mais importante: a sensação de serem trágicos e derrotados, rejeitados pelo mundo.

Há uma prática de ambos que me deixa nervosa: acumular objetos casuais para projetos artísticos que nunca levarão a termo. Minha mãe traz para casa ramos, pedras, conchas e flores secas; meu pai enche a garagem de hastes, ferramentas, fios de ferro e outras bugigangas. Cada um deles tem um depósito potencial de beleza que nunca sairá de lá, e no meio-tempo as coisas emboloram. Meus pais não tinham trabalho, só tempo livre, e não souberam usá-lo.

Amor

A cada sete anos se renovam as células:
agora somos quem não fomos.
Até vivendo — esquecemos —
permanecemos no cargo por pouco.

Antonella Anedda

O eco de uma mitologia

"Às vezes penso que se não tivesse feito isso ou aquilo, nunca teria encontrado Bobby. Mas não é esse o ponto, né? Ou seja, eu teria sempre encontrado Bobby. Um outro Bobby. Eu o buscava. Não sei se vocês entendem o que quero dizer. Mas Bobby me fazia sentir necessária, salva", diz Helen Reeves em *Os viciados*. É um filme de 1971 roteirizado por Joan Didion e seu marido, John Gregory Dunne, inspirado num ensaio fotográfico sobre viciados em heroína de Nova York publicado na revista *Life*.

Meu namorado me deu de presente o DVD de *Os viciados* durante uma longa viagem de ônibus em que descemos até a Basilicata para visitar nossos pais, me fez abri-lo antes da hora. Nós o vimos durante as férias de Natal, juntos na cama em que eu tinha passado todas as noites da minha adolescência, como conspiradores.

Ouvi Helen dizer essa frase sobre seu namorado Bobby, e algo em mim entrou em colapso, foi uma completa rendição: como meu pai, que atravessava o limiar que separava o cinema da rua sem se dar conta de verdade e continuava a se comportar de um jeito farsesco e alucinado, eu também não conseguia distinguir o apego confesso pela protagonista do filme do que eu sentia naquele momento nos limites do meu quarto, semideitada sobre o corpo de um outro.

Eu não poderia ser mais diferente de Helen, que se prostituía para que Bobby se drogasse, ou do sangue-frio de Joan

Didion, que tinha colocado na boca dela aquelas palavras, mas reconhecia ambas. E o amor, para mim, sempre foi uma questão de reconhecimento: aquela noite dormi com o desejo de que as palavras de Helen Reeves se tornassem meu destino. Eram o contrário de uma fórmula que se usava para os exorcismos: eu não queria escrever para me libertar de um afeto, mas queria repeti-las até me acabar, fazer-lhe um eco de repetições e abusos, até que não fossem verdadeiras e para sempre, a única coisa que se poderia dizer sobre mim, sobre meu caráter, sobre minha expectativa em relação à vida: todos os anos em que fiquei inerte, pensando que teria desaparecido, na verdade, só estava esperando alguém. Estava buscando-o.

O garoto deitado na minha cama parecia com o Bobby do filme. Tinha o olhar escavado, os traços característicos dos filmes ítalo-americanos aos quais eu estava acostumada, uma esperteza que beirava a sociopatia. Eram um corpo e uma voz que me devolviam à infância, mas era também o corpo que eu tinha venerado na adolescência, aquele dos músicos ingleses nauseados pela existência que nunca souberam tocar bem um instrumento, tão flébil, e tão mortal, animado por choques, improvisos de sociabilidade, relâmpagos elétricos fora de sincronia, uma timidez que o levava ao limite das confissões inadequadas, risadas eufóricas cujo verdadeiro desalinhamento, cujo verdadeiro descolamento do mundo só eu compreendia.

Uma questão de reconhecimento, nunca foi outra coisa. E sempre teria sido isso: como dizia Helen, eu teria sempre encontrado Bobby. Eu estava à sua espera.

Meu amigo estava sentado num jardim cheio de trepadeiras, estava lá curvado numa cadeira empalhada de plástico alaranjado, como aquelas que se veem nos bares dos vilarejos com as velhas cabines telefônicas da Sip.

Nikolai queria tirar fotos de um bairro fascista, e eu o acompanhei. Antes de chegar ao bar, tinha fotografado uma escrita num muro que dizia "Godot chegou". Não me parecia tão original, mas sei que depois ele a usou para dar nome a um álbum de fotos. Era um álbum lindo, cheio de homens vestidos como Tony Manero, com um terno de tecido sintético branco, que passeavam à noite no trânsito emperrado e tinham a expressão de quem chora.

Era um amigo que eu não teria mais visto, ou não com tanta frequência. Tinha feito trinta anos havia pouco e me dizia que estava com o coração despedaçado. Sacudia as cinzas no copo ainda cheio, anunciando que estava tudo acabado com a mulher que amava.

Na primeira vez em que vi sua namorada estávamos sentados no átrio de uma mesquita para tomar um chá, e ele não fez outra coisa senão apontar os pés dela e me perguntar se eu não achava suas sandálias lindas. Eu achava, sim. Eram sapatos muito lindos, como ela, mas por dentro eu sentia uma pena profunda de ambos. Ela ficou em silêncio a maior parte do tempo, assim como na segunda vez em que a vi.

Estávamos num bar, sentados no balcão. Meu namorado tinha bebido mais do que todos nós sem mudar de expressão, continuava a estudar o barman que demorava meia hora para preparar um drinque, como se fosse uma função religiosa, para a clientela das três da manhã com sono, num canto. Era um bar de paredes vermelhas cor de sangue de dragão e com espelhos empoeirados, quando saímos para voltar para casa e para nossos albergues já não estava mais lá.

Eu e Nikolai passamos a noite discutindo animadamente e nos embebedando, e quando o abracei e a sua namorada, na calçada, me veio à mente que eu não os reencontraria, não juntos. Eu tinha invejado um pouco seu aspecto crepuscular e infeliz, mas não eram pessoas de quem se pudesse sentir falta.

Passei a noite vomitando no banheiro enquanto meu namorado segurava minha cabeça e secava meu suor e depois dormi imediatamente, feliz por ter alguém que gostava de mim e que se importava que eu acordasse no dia seguinte.

Meses mais tarde, num outro bar, numa outra cidade, meu amigo tinha se curvado ainda mais, os olhos avermelhados como os de uma fuinha, e disse que a amara até enlouquecer. Os psiquiatras tinham lhe imposto que a deixasse, que parasse de persegui-la; ela ameaçou fazer um boletim de ocorrência.

Nikolai me olhou fixamente por um bom tempo antes de declarar: "Não há cura para o amor". Ele e sua desajeitada histeria. Eu respondi: "Ah, por favor, conta outra".

E eu, eu já tinha amado até enlouquecer?

O amor que teria durado dezoito anos, talvez mais, começou

Um dia tenho dezessete anos e me apaixono. Estou passeando pelos corredores da minha escola, um colégio sem nome construído num enorme estacionamento, e vejo um garoto que sei que será importante para mim. É uma decisão implacável, fatal, que mudará minha vida e me fará — num mundo em que as relações se renovam com frequência e cada amor merece uma espécie diferente de solidão — portadora de necessidades especiais em muitas coisas. Mas eu não poderia sabê-lo então; eu era só uma adolescente barulhenta e solitária, precisava de alguém que fosse diferente dos meus pais, mas que não me fizesse sentir vergonha deles, e era imensamente difícil encontrar alguém para amar.

O que eu ainda não sabia, espiando escondida aquele garoto de cabelos pretos e corpo esquelético, era que com ele eu confundiria estar junto com a filiação a uma sociedade secreta, que trocaríamos o sexo por um pacto de sangue feito entre garotos, como numa daquelas tantas histórias lidas no verão. Havia aquele mesmo sentido de predestinação: uma história de amor é uma profecia que se autorrealiza, e se não há sinais, é preciso inventá-los, até que tudo se torne importante.

Entre o ensino médio e a universidade me apaixonei como faziam os casais que se casavam jovens após a Segunda Guerra Mundial, e com o tempo comecei a desenvolver a saudade que sentiam os últimos exemplares de uma espécie, quando os semelhantes se extinguiram ou estavam quase lá, perguntando-me se aquilo que estava fazendo comigo era somente uma variação menos dramática do que havia acontecido com meus pais: eles também, na estação de Trastevere ou na Ponte Sisto, ou sei lá como realmente havia ocorrido, só tinham procurado alguém que os salvasse.

Na escola, eu e aquele garoto tínhamos o mesmo carisma, mas nenhuma reputação. Com um estratagema, consegui seu número com um amigo em comum e passamos uma tarde de maio falando por telefone. Depois, no dia do meu aniversário de dezessete anos, ele veio me ver trazendo flores que esticou até mim sem um olhar. Não acho que ele gostava de mim, não mais do que eu gostava dele. Mas havia um instinto, que nunca senti por outras coisas, um desejo de conversão. Não nos gostávamos, mas gostávamos de conversar.

Em setembro, quando ele já tinha viajado para o primeiro ano de faculdade, diante das torres que caíam em Nova York, lhe telefonei e durante uma pausa na nossa conversa entendi que o amor era aquilo, um clarão no escuro, uma pessoa para quem ligar durante um desastre ou um golpe de Estado.

Eu ainda não tinha os ossos completamente formados quando encontrei esse garoto: com dezessete anos, ainda não paramos de crescer. Tecnicamente, a biologia diz que ainda crescemos. E juntar-se tão cedo não era talvez uma forma de bloquear o processo de crescimento, como enfaixar as pernas das crianças para que se deformassem? Até minha mãe tinha sido mais normal do que eu, por esse prisma, ela teve cortejadores e havia feito sexo com um desconhecido numa noite. Todas as vezes que ouvia minhas amigas, que se gabavam dos amantes e dos estranhos encontros que tinham à noite ou mais tarde, tirarem sarro dos casamentos, pensava que eu também era uma garota assim, uma mulher dos subúrbios, não uma heroína do meu tempo.

Há um seriado que ainda estava na moda naquela época, *Barrados no baile*. O protagonista parecia com o Chris Chambers de *Stand By Me*, mas com alguns anos a mais. Chamava-se Dylan McKay e com frequência, quando aparecia, alguém usava a expressão "*Hey, stranger*". Dylan ia e vinha da escola, desaparecia para fazer longas viagens, e toda vez que voltava alguém o acolhia com essas palavras. Por um efeito de má legendagem, "*Hey, stranger*" tornava-se "Oi, estrangeiro". Mas ele também usava essa expressão com as garotas que amava. Antes nos sábados à noite, depois nas tardes após a escola, quando foi desclassificado da programação televisiva, graças a Dylan McKay me convenci de que o amor viesse com aquele princípio de estranheza, de não ditos cristalizados entre os amantes.

"Oi, estrangeira", dizia Dylan McKay para Brenda Walsh, e carreguei aquela mensagem comigo como um dote, em toda a sua preguiçosa tradução; meu jeito de me apaixonar se fez de distância e tentei de tudo só para podê-lo ouvir, um dia, fora da janelinha aberta de um carro, com uma expressão particularmente feliz, antes de subir as escadas correndo e me jogar na cama escondendo a cara no travesseiro.

Na verdade, não era má legendagem, é que nenhum adolescente falava daquele jeito. Mas, para isso, serviam os livros, os seriados, e, quando era possível, nos sentíamos importantes.

Os apaixonados têm fé, mas tremem

Quando Ethan Hawke e Julie Delpy se encontraram no set de *Antes do amanhecer*, o filme de Richard Linklater que saiu no remoto ano de 1995, se preocupavam com a qualidade dos diálogos que o diretor texano queria inserir. No filme, de fato, não acontecia muita coisa, tirando o encontro de dois jovens num trem, com todas as implicações que precedem uma paixão. Ele era americano, ela francesa, só tinham aquela noite e só se encontrariam novamente após nove anos em *Antes do pôr do sol*. Linklater explicou aos atores que ele nunca tinha passado por um acidente aéreo, nunca tinha praticado espionagem e nunca tinha viajado numa nave espacial, contudo sua vida era cheia de drama. E a coisa mais dramática que lhe aconteceu foi ter intimidade com alguém. Um dia encontrou uma garota e conversaram a noite inteira, se apaixonaram e nunca mais se viram. Dessa ideia tirou a trilogia sobre a conexão que se estabelece entre dois seres humanos. Todas as conversas sobre política, sexo, sonhos e religião mantidas por Hawke e Delpy no filme serviram somente para revelar "o espaço entre duas pessoas".

Anos mais tarde Linklater descobriu que a garota para a qual havia escrito o filme, uma tal Amy, tinha morrido num acidente de moto em 1994, e nunca teve a possibilidade de vê--lo. Mas o que teria ocorrido se tivessem se visto novamente, se tivessem continuado a se falar nos anos seguintes? Quanto tempo seria necessário para desintegrá-los, para que a biologia se vingasse e os fizesse novamente duas pessoas estranhas, muito distantes daquela noite?

Depois da universidade e da formatura, chegou o momento de morarmos juntos. Às vezes meu namorado acordava com longos arranhões que eu não tinha feito; eu comparava nossa pele amassada na contraluz da manhã e ríamos. Por um tempo, fomos gêmeos, não sabíamos de onde vinham aquelas manchas.

À noite, antes de adormecermos, eu olhava fixamente sua nuca e me parecia uma linda guerreira japonesa, pálida e cheia de pintas, com as ancas estreitas e os estranhos arranhões que ele se fazia sozinho. Eu me levantava de improviso do sofá, ou corria até outro cômodo onde ele estava trabalhando, e repetia: "Não é uma coisa maravilhosa poder apertar uma pessoa?", aninhando-me nele como uma órfã. Havia, porém, vezes em que vivíamos na horizontal, estendidos no chão ou nas banheiras com nossas roupas, depois havia as brigas coreográficas nos estacionamentos, quando a vontade e o desejo pelo outro eram proporcionais somente à vontade e ao desejo de desaparecer.

A descoberta mais bonita da vida adulta foi a tenra violência que envolve as doenças: meu namorado adoeceu três vezes desde que o conheço, e toda vez que acontece meu sangue brilha, eu me vivifico, fico cheia de energia e assumo o controle da vida doméstica; sinto um prazer infinito em vê-lo inerme. De minha parte achava que adoecer fosse algo muito provinciano, e que se algo tivesse de acontecer eu morreria por um ataque de nervos, mas passei meus anos ingleses deitada na cama reivindicando vários distúrbios, pedindo-lhe que deixasse as cortinas fechadas.

Nos momentos mais significativos da nossa relação fizemos longas caminhadas, normalmente em cidades portuárias, sob a luz vermelha e malárica do verão. Não confio em alguém com quem não se possa caminhar longamente, até explodirem os pulmões e se sentirem estiletadas nas panturrilhas; lembram-me as caminhadas pelos vilarejos lucanos com minha mãe.

Houve um momento, durante umas férias em Los Angeles, em que senti que teríamos vivido por lá para sempre. A primeira vez que entramos na cidade de carro, perdendo-nos em meio àquelas ilhas separadas por rodovias — Los Angeles não é um acampamento, é um arquipélago no qual a água se faz asfalto —, e acabamos entre as lojas de música de Little Armenia em busca do apartamento para alugar, nos seguramos pela mão sem parar de olhar para a rua.

Não sei o que havia de especial naquelas manhãs passadas entre as casas desabitadas numa colina ou nas noites no pórtico, lendo livros que eram derrotados pela luz poluída da noite, mas pela primeira vez estávamos silenciosos, sincronizados, animais. Nunca me pareceu entender direito seus sentimentos ou antecipar seus gestos como naqueles dias, e quando chegou o momento de ir embora, fiquei na soleira daquele apartamento pensando que ainda seríamos felizes, mas nunca daquele jeito, não com aquela intimidade perfeita feita de risadas submetidas ao silêncio e comida chinesa consumida na cama, ou passeios sonâmbulos entre os vales da cidade infestada de plantas que nunca víramos antes. Era uma cidade subestimada, e era como uma videira, sem um centro óbvio, e toda sua hostilidade nos encantava.

Depois de assistir a *Doutor Jivago* no cinema, anos mais tarde, descobrimos que a neve no Palácio de Gelo em Varíkino, na verdade, não era neve, mas raspas de sabão e aspirinas despedaçadas, substâncias que geram um atrito semelhante ao do gelo e faziam com que as personagens escorregassem. Assim como os atores que interpretaram Lara e Jivago naquele momento não estavam na Rússia, mas na Espanha, e todos os figurantes tinham medo de cantar a *Internacional* comunista nas ruas, num país sob o regime franquista. Descobrimos isso num inverno com a mesma cumplicidade e perturbação, quando andando de mãos dadas nas ruas, na saída do British Film Institute, era tão fácil de se perguntar: a quantas separações podem sobreviver Lara e Jivago?

Sentados à mesa de um restaurante em Peckham para festejar o novo ano, como se não tivéssemos nem parentes nem religião, era fácil pensar que sairíamos incólumes de todas as mudanças. Podíamos assistir àquele filme dez vezes e nunca teríamos acreditado que no palácio de Varíkino eram aspirinas esmagadas, e não neve.

Bobby ou um outro

Torna-se, com o tempo, uma relação dogmática daquelas que têm os mórmons, os fanáticos religiosos, as famílias com sete filhos e crucifixos no corredor, as donas de casa dos anos 50 que tinham vergonha dos seus orgasmos. Uma relação, qualquer relação, depois de tantos anos é algo contra a natureza, a ideologia toma conta, e o amor não é um sentimento, mas uma disciplina. É algo da ordem do inominável, sobre o qual queremos ler só se alguém nos promete que irá terminar, que, virando a página, aquele amor será só um sofrimento do passado.

Somos uma espécie condenada a evoluir, ainda assim acreditamos que uma relação, em algum momento, nos detém, que há uma teleologia do encontro com uma pessoa, com certa pessoa. Como se ser um casal nos levasse para outra dimensão, na qual não pudéssemos nos tornar mais perfeitos ou luminosos do que já somos, um espaço protegido no qual não teríamos vontade de trair a pessoa que conhecemos e ir para a cama com uma que nunca nos será familiar. Ter um vínculo desse tipo quando se é jovem não significa antecipar o tempo, mas sacudi-lo; desmistifica-se a ideia de maturidade como um estágio definitivo da existência, antes dos outros. É uma rebelião íntima diante da lei de que iremos crescer e nos tornar pessoas satisfeitas e imutáveis, quando sempre fomos pontos de partida e repartida; rasgos, suturas e cortes.

O que realmente significa uma relação tão longa? Que o corpo se congela, torna-se uma mulher numa bola de vidro, na esperança de que alguma coisa, mais cedo ou mais tarde, a derrube. Eu quis me colocar em criogenia e descobrir se poderia ficar naquele amor para sempre. Quando fracassei, quando ele fracassou — *to fail someone* —, não senti só sua falta, mas senti falta da sensação de ser imortal.

Jantando num restaurante, sentado ao nosso lado, um senhor falou comigo o tempo todo, abusando da minha paciência e ostentando uma intimidade que não existia. Ou num mercado de pulgas, no qual o vendedor me segurou para falar e ele saiu da loja e me esperou do lado de fora por vinte minutos, e eu estava surpresa e condoída pela sua falta de ciúme, por aquele desinteresse, e em ambas as ocasiões ele disse: "Estava esperando que você se desse conta de que é ridícula". Em outra circunstância, na qual me convenci de que viveria de arte e desespero, da proximidade com um homem: "Vocês contaram um para o outro seus passados cheios de tragédias, se sentiram melhor com isso? Tão especiais, tão parecidos", com uma voz terrível, e eu naquelas ocasiões me sentia sempre mortificada, tímida, tinha vergonha, mas naqueles comentários cruéis, com frequência verdadeiros, sentia também uma pulsação fortíssima de desejo, como se me conhecesse melhor do qualquer um e antecipasse meu erro, ciente de cada defeito meu e com um controle e poder infinito de domá-lo, e sentia-me de novo conquistada, numa terra russa na qual não se cansava nem para tirar a pistola para um duelo, mas deixava cair a luva, deixava o salão de baile, e depois eu já não o via mais.

Me disse que se encarregar de mim e do meu mundo era como quando Stavrogin decidia se casar com a coxa de *Os demônios*, de Dostoiévski, havia um longo trecho em que explicava a necessidade de degradar-se para afirmar algo de si.

Num de seus livros preferidos, *Minha vida de homem*, de Philip Roth, o elemento da submissão volta, e eu lhe peço que me fale sobre isso. Apago a luz e digo: "Conte-os de novo", os motivos pelos quais não consegue ir embora.

Eu pensava todos os dias ser definida pela minha família, pelas minhas circunstâncias econômicas e geográficas, depois me dei conta de que o impacto mais profundo e determinante em mim foi causado por outra pessoa, com quem não tinha irmandade nem ligação consanguínea. Nunca estive na lua, nunca aprendi a nadar, não feri uma amiga em duelo, mas encontrei alguém.

Um dia comecei uma conversa e não parei mais. Eu poderia vir de qualquer ponto da Terra, ser uma alienígena condenada à incompreensão, depois comecei a falar e alguém me ouviu, e isso definiu a forma que tomei, com o tempo criou minha expressão nas fotografias e o modo pelo qual pronuncio as palavras. Podemos conter uma raiz etimológica, mas quem a revela?

À noite, quando não dormimos, dizemos que se amar é comunicar-se nesse código privado que nem mesmo de olhos fechados se abandona, e como se pode perder alguém, se não se esquece sua sintaxe nem em seus sonhos mais cansados?

Os desejos se aplainaram e uniformizaram, as inseguranças permanecem distintas. Seu maior e mais misterioso medo é acabar preso ou mutilado. A perda da liberdade pessoal é muito mais angustiante que a perda do amor. Há um núcleo frio e azulado no meio do coração, e isso fez com que, às vezes, eu sentisse que o desejava como uma mártir.

"Se você me encontrasse morta no chão, se eu conseguisse levar a cabo um suicídio, seu medo seria chamar a polícia, não me perder", e de alguma forma sabemos que é verdade. Sabemos que a dor chegará, talvez daqui a anos, quando ele estará viajando ou seguindo um diálogo especialmente bonito entre dois apaixonados na televisão, e então se lembrará do vínculo que fez e desfez.

Oi, estrangeira

Vivemos rodeados de narrativas de salvação, tanto quando estamos felizes, como quando não estamos. Os terapeutas, os amigos, os familiares, qualquer um que tenhamos encontrado nesses anos nos repetiu várias vezes o que é sadio e o que não é. Sugestionados, procuramos no vocabulário o que é codependência, o que é simbiose, como se enfrenta a necessidade de buscar autonomia, estudamos toda a taxonomia do amor segundo o DSM, e a conclusão que tiramos dele é que ninguém deveria se amar nunca, pois não há como fazê-lo direito.

Como os liquens que são confundidos com um organismo solitário, mas na verdade são dois: uma alga e um fungo. A simbiose vegetal é acolhida como um milagre da natureza, aquela entre os seres humanos como uma culpa, ou como algo do que se ter vergonha, que denuncia um estado atrasado do ser. Tentamos nos separar e sempre contemplamos o fim, o fazemos desde o primeiro dia. Desde sempre, a ideia de fim ajuda a nos mantermos juntos, dedicamos a ela conversas apaixonadas e de ficção científica, na qual imaginamos a vida de um sem o outro.

"Estávamos melhor quando eu era louca e você fascista", lhe escrevo uma manhã, num período intensamente ruim. "Saudade dos nossos anos de chumbo", me responde por celular, e por alguns minutos me senti vulgar usando essas analogias, depois prevaleceu aquele sentido de profanação que sempre fez parte do nosso jeito de falar.

Quando eu era jovenzinha, lhe escrevia cartas. Dizia-lhe que queria entrar numa banheira de ácidos de revelação fotográfica para me imprimir em meu próprio corpo, ele dizia que achava que havia uma gota do seu sangue no meu, como uma bolha de tinta dissolvida em água. Na época, se eu me deitasse no chão porque não aguentava mais caminhar e realmente não saber para onde ir, ele se deitava ao meu lado e me esperava. Se eu começasse a tremer, ele colocava uma mão sobre meu estômago, e só lá, com as costas coladas ao asfalto, contida pelo contato, eu sentia que talvez teria sido impossível recomeçar e ter uma vida. Nunca fomos pegos de improviso pelos faróis de um automóvel, mas acredito que, mesmo que tivesse acontecido, continuaríamos a existir, teríamos nos levantado e caminhado, às vezes próximos, às vezes distantes, nunca realmente desavisados da presença do outro.

Nos momentos de inatividade, controlo na Wikipédia a duração dos grandes casamentos, divirto-me descobrindo uma árvore genealógica de tormentos e traições, torna-se um mausoléu que se ramifica dentro de mim e sempre inaugura novos cômodos. Consulto a biografia das autoras que admiro e me dou conta de que não quero escrever como elas: quero amar como elas, quero fracassar como elas.

Cresci acreditando, apesar de tudo, que me confiando a outro ser humano, eu seria salva para sempre. É uma ideia retrógrada, desmentida pela sociedade ocidental, pela psicoterapia — quem depende do próprio parceiro hoje em dia? E se o faz, é porque é ignorante, pouco escolarizada, malsã —, mas uma parte de mim continua a crer que há algo de importante nesse abandono, nessa forma lúcida de confiar.

Às vezes minha mãe espia por trás da porta e das janelas e pergunta o que significa andar de mãos dadas; acha que é intimidade demais, ainda que nos limitemos a nos tocar. Não sabe o que são gestos assim, porque com meu pai nunca os experimentou e não teve outros homens com quem fazê-lo. Nos observa surpresa e sentimos embaraço e ternura ao mesmo tempo. Minha mãe sempre diz que toda mulher tem dois grandes amores, mesmo que ela não tenha tido nenhum, hoje fala com a linguagem das novelas. "Agora você também tem um segredo, é uma mulher. Acha que seu namorado não tem? Não esqueça que você é uma *pessoa*."

Poderia contar-lhe que matou alguém, que participou de uma orgia ou roubou um banco, e ela nem piscaria. Não sabe nos dizer como deveríamos viver a vida, e às vezes aproveitamos da sua indulgência e despejamos sobre ela cenários que não confessamos nem para nós mesmos, criando outra testemunha da nossa confusão. Tentamos extrair alguma força da sua experiência porque, mesmo na ruína do seu corpo e da sua solidão, nos ensina que, mesmo sozinho, se sobrevive e é isso o que mais temos, o medo que nos intimida mais do que todos os outros: descobrir que de verdade, sozinhos e distantes, sobreviveremos do mesmo jeito.

Passei o último verão visitando amigas que bombeavam leite para os filhos às quatro da manhã ou, na beira da piscina, observei as estrias, as veias azuis nas pernas; dizem que não se reconhecem, mas, apesar de tudo, são amigas para as quais começou uma vida, e senti como se a minha fizesse o percurso contrário.

No ponto em que todos tomam decisões sobre casamento, financiamento, estou fora de compasso, vou em frente para voltar para trás, sinto que todo dia vou fazer uma entrevista de emprego, a fim de verificar minha existência sem o corpo de outra pessoa ao meu lado.

Não sei como se carrega pelo mundo o meu, de corpo.

Não sei como se diz: "Estou sozinha". Não sei como contá-lo à pessoa com quem o compartilhei, no coração da madrugada, quando acordo e penso que sou uma carcaça da qual se esqueceram de tirar a respiração e silenciá-la, e me pergunto se também seu corpo é inservível, uma excrescência da qual se sente medo e vergonha.

Depois de uma separação, me diz que é como fazer sexo com uma desconhecida. Exaltados por essa descoberta, voltamos a discutir o problema do fim. Sabemos como terminam os romances, como terminam as vidas? Lentamente se insinua a ideia de que a escrita, como o amor, seja uma coisa que se possa abandonar. Pode-se contar uma história e depois parar.

Às vezes pensamos que só a tragédia poderá nos descascar daquilo que somos, mas não é verdade. Quando morreu meu avô Vincenzo, a primeira coisa que minha mãe fez foi tomar um banho. Meu irmão disse: "Talvez agora ela aprenda a se cuidar, o trauma fará com que melhore". Mas não foi assim, minha mãe continuou em seu declínio, a se lavar esporadicamente e se deprimir. Não acredito que haja uma dor capaz de juntar nossos pedaços, mas acredito no exato oposto disso.

Para seu aniversário, eu e meu namorado fomos para Danzigue, a cidade onde oficialmente estourou a Segunda Guerra Mundial. Por três dias, visitamos museus, galerias cheias de legendas sobre o totalitarismo e a ideologia do século XX e o campo de concentração de Stutthof. Assim que saímos de lá, apesar da gravidade da experiência histórica da qual fomos testemunhas, começamos a brigar. Comecei a reclamar das coisas mais banais: da tapeçaria de casa, de outras variadas pequenezas; eu enfiava um pé depois do outro num canal cheio de mato e lama me perguntando como era possível que nem mesmo diante das atrocidades do ser humano eu conseguisse me conter e me mostrar uma pessoa melhor, em vez de gritar como uma desenfreada no meio da campina polonesa enquanto desconhecidos me olhavam sentados na parada do ônibus e nós andávamos em silêncio no frio e eu adiante bem na frente, com as mãos nos bolsos, sem sequer olhar para trás.

No táxi indo para o aeroporto, no dia seguinte, tocou "Dance Me to the End of Love", de Leonard Cohen, e me parecia uma brincadeira de mau gosto. Peguei na mão dele e lhe disse que não podia ser verdade, que era uma brincadeira.

Mas esta é a diferença entre nós: acho que fala da relação apaixonada entre duas pessoas, ele me lembra que é uma canção sobre o Holocausto. "Nem tudo fala de amor", diz, olhando para outro canto. Seu rosto, como o resto do seu corpo, já não me leva de volta à infância nem à adolescência: já não é côncavo, não tem nada de frágil, tem outros ossos, ossos de um homem.

Aquela vez, muitos anos atrás, no bar com as cadeiras de plástico alaranjadas, quando meu amigo Nikolai exclamou "Não há cura para o amor", eu lhe disse que tinha que deixar passar. Era o título de outra música de Leonard Cohen, "Ain't No Cure for Love". Eu não percebi de imediato. Anos mais tarde, num táxi, disse a mesma coisa para a pessoa que eu amava, ele não respondeu.

Da próxima vez

Uma vez, sonhei que era um monstro. Como as criaturas assustadoras da minha infância, eu tinha os olhos vermelhos, um corpo íngreme e sensual, mas, em vez de agredir minha vítima, em vez de fazê-la em pedacinhos ou de morder-lhe o pescoço, a única coisa que fiz foi me apoiar sobre ela, deitar-me sobre suas costas de modo que não houvesse mais distância entre nós. Quando minha pele inumana e triste se tornou a pele dessa outra pessoa e começamos a respirar juntas, quando ninguém mais podia dizer qual era a diferença entre um e outro ser, em que veia nascia meu sangue e em qual escorria, acordei.

Ainda era um monstro, mas não estava mais sozinha: a maior violência que fiz para alguém não foi abandoná-lo ou despedaçar seu coração, mas torná-lo semelhante a mim.

É um grande equívoco pensar que os vampiros e os lobisomens andam à procura de vítimas: se assim fosse, torturariam as pessoas que têm diante deles sem assimilar nenhum pedacinho, abandonando as carcaças no chão, indiferentes àqueles que escolheram e depois abandonaram. Mas qualquer um que tenha encontrado um vampiro ou um licantropo sabe que não é assim. Quase nunca se morre após esses encontros. Se permanece vivo, coexistindo com aquilo que falta: que seja uma gota de sangue, um pedaço de carne, ou um nervo do cérebro, algo de si que irá formar a memória de um outro, o corpo de um outro. Tornar-se um outro apesar de: não sei dizer se isso é um ato sublime ou um ato degradante. Só sei que a luz que esse ato emana, sua peculiar intensidade, é importante até certo ponto, para mim. No fim não resta a magnitude do evento, a medida da transformação ou do dano que causou, quanto sua irreversibilidade, o fato de que não se poderá voltar atrás. Em meu sonho eu não era um monstro só porque tinha obrigado alguém a se parecer comigo, mas também porque eu tinha apagado qualquer lembrança da sua vida antes de mim. Se ele tivesse tentado dizer o contrário, que havia sido alguém antes de me encontrar, ninguém teria acreditado: minha história era mais forte que a dele. Se vocês acordam e dizem que perderam um pedaço nas garras de uma criatura infernal, ninguém vai prestar atenção. Se dizem que carregam as consequências dessa infecção na vida de todos os dias, talvez alguém terá compaixão, mas nunca saberá do que vocês estão falando. Tentem dizer que são um monstro, em vez de ter sonhado ser um, ter sempre sido um: todos virão dizer que tem razão.

Em 1989, uma mulher chamada Ada Joanne Taylor confessou ter sufocado uma senhora numa cidadezinha do Nebraska. A confissão veio depois de alguns dias de entrevista com psiquiatras que queriam convencê-la a se lembrar. Disseram a ela que bastava relaxar: relaxando, a memória daquilo que tinha feito voltaria, talvez até enquanto dormisse. E assim Ada Joanne Taylor imaginou e depois confessou ser a assassina. Em 2008, após dezoito anos na prisão, foi inocentada pelas provas de DNA. Nunca cometeu aquele delito, apesar dos detalhes com que o relatou, apesar de dizer que ainda sente as mãos no travesseiro enquanto sufoca a vítima. Quando lhe disseram que era inocente, quase enlouqueceu. "Se não posso confiar nem em minhas lembranças, no que posso confiar, então?", perguntou a uma jornalista após sua soltura. O mundo de fora não tinha mudado, era o mesmo de antes, lhe dava razão e depois discordava dela. Mas, para o mundo de fora, das duas, uma: não se pode ser o carrasco e a vítima, o doutor Frankenstein e o próprio Frankenstein. Não serve para nada que Ada Joanne Taylor diga às pessoas: "Vocês não podem dizer que *não sou* uma assassina". Mas alguém pode dizê-lo para mim. Alguém pode me dizer que não destruí ninguém, que mesmo que eu me lembre, mesmo tendo sentido a pele de uma pessoa que amei desfazer-se sob a minha e tornar-se monstruosa como a minha, pior do que a minha, não há verdade nenhuma nisso, nenhuma ordem divina pronta a estabelecer quem foi que criou quem. A separar-nos por isso.

Ninguém nos absolve nos sonhos, ninguém nos condena. Quanto somos responsáveis pela vida de alguém que ferimos só em nossas fantasias? Meu monstro não fala, não o faz há muito tempo. Mas continuo a lhe perguntar: se o criei, se lhe fiz mal, se há algo que possa em algum momento reparar. Gostaria de lhe dizer que não foi vil, que se ele cedeu a minha vida, eu também cedi a dele.

Qual é o seu signo

*Caminhas pela estrada, contente.
Tropeças. Cais na escuridão. Aquele é o
passado. Ou talvez o futuro.*

Jean Rhys

Gêmeos

Passeio com minha mãe nesta cidade ou na outra.
Digo-lhe que, por culpa dela, deixei de ler o horóscopo.
Lembra-me das noites incubadas em sua cozinha, quando ficávamos à luz de velas e ela dispunha as runas sobre a mesa. Eu escalava suas pernas, ela me enrolava numa toalha, e eu sentia sua respiração quente enquanto consultava meu destino; esse era meu jeito preferido de adormecer.
Ela lê algumas páginas do livro e diz que errei tudo. Vem com uma história da sua bisavó que deixou San Marino d'Agri e foi de navio à Argentina, depois foi subindo para os Estados Unidos, trabalhando quase que de país em país, passou um bom tempo no México, até chegar a Ohio. Lá, encontrou uma família de construtores italianos, apaixonou-se pelo primogênito, casou-se com ele, e quando os dois ficaram ricos, voltaram para a Basilicata, dando início a uma migração que se repete desde então.
Minha avó Rufina começou a sofrer de demência senil, todos os dias cobre-se de joias como uma rainha bizantina, diz que precisa desfrutar de todas elas. Quando vou visitá-la, ela me fala dos Picassos que encomendou, na verdade quadros adquiridos no mercado de pulgas de Porta Portese, em Roma.
Meu irmão tem uma filhinha. Eu a observo brincar com seus avós; meu pai a aterroriza com seus volumes, minha mãe regride a uma infância perfeita ao interagir com ela, sinto algum

ciúme, me perguntando se ela foi assim comigo. Observo meu irmão, a naturalidade com que ele se relaciona com a filha, o cuidado espontâneo de que é capaz. Viemos de mitologias de pais e mães, mas ninguém nunca diz o quanto o vínculo com um irmão está no corpo inteiro; ele é o primeiro espelho.

Há um antigo episódio de *Northern Exposure* sobre um banco de sangue. No seriado, os nativos americanos acreditam que é possível reconhecer uma pessoa pela cor do seu plasma, e observam todas aquelas bolsas de plástico empilhadas umas sobre as outras. Se colocassem a bolsa do meu irmão sobre a minha, eu a reconheceria?

Havia um antigo mural em Nova York, que se via ao pegar a linha N, no Brooklyn. Passando ao lado de um prédio de Downtown, lia-se a escrita deixada por um writer desajeitado: NEVERLAND. Um outdoor de propaganda, em algum momento, o encobriu, mas resistiu por certo tempo, para que não me esquecesse dele e continuasse a viver lá no meio, como alguns migrantes que continuam vivendo no país que deixaram e mandam um holograma de si mesmos passeando pelo futuro.

Nunca estive de verdade em Neverland (Neverland mon amour), mas passei perto.

Quando eu era garota, na biblioteca do vilarejo onde cresci, que depois ficaria maior, peguei uma cópia da biografia de Marx. Quando jovem, ele escreveu uma frase na *Gazeta Renana*: "Quando tudo cai, indômita permanece a coragem". Um dia, eu tenho dezessete anos e acho que sei tudo sobre como se preenche o espaço entre duas pessoas.

Falo dos meus pais com a sobrinha da mulher que se jogou do Arc de Triomphe. Explico-lhe que nunca quiseram aceitar o fato de serem surdos e render-se a essa limitação. Ela pergunta: "E por que deveriam?". Não por serem surdos, mas por serem jovens: nenhuma pessoa deveria limitar seu desejo de ser outra coisa.

Em Oxford Street, no Natal, com minha mãe, comprando roupas das quais ela iria se arrepender, numa cidade onde não posso medir a distância de casa.

Perguntei-lhe como teria sido sua vida se ela não fosse surda.

"Acho que eu teria sido insignificante."

Depois de anos passados a se descrever como vítima, também me disse que ela mesma havia escolhido tudo o que lhe acontecera na vida, e senti nessa declaração que ela era livre.

Sei que não desapareci porque alguém me encontrou antes que eu pudesse fazê-lo.

Ouvi minha mãe, e não esqueci que sou uma *pessoa*. Sou filha de um homem que nunca se jogou da ponte: todas as vezes que sinto o impacto da água, eu volto. Quando tudo cai, indômito permanece o amor. Mas é uma história real?

La straniera © La nave di Teseo, Milão,
2019 + Casanovas & Lynch Literary Agency S. L.

Todos os direitos desta edição reservados à Todavia.

Grafia atualizada segundo o Acordo Ortográfico da Língua Portuguesa de 1990, que entrou em vigor no Brasil em 2009.

capa
Violaine Cadinot
ilustração de capa
Henrietta Harris
preparação
Ana Alvares
revisão
Livia Azevedo Lima
Tomoe Moroizumi

2ª reimpressão, 2023

Dados Internacionais de Catalogação na Publicação (CIP)

Durastanti, Claudia (1984-)
  A estrangeira / Claudia Durastanti ; tradução Francesca Cricelli. — 1. ed. — São Paulo : Todavia, 2021.

  Título original: La straniera
  ISBN 978-65-5692-083-2

  1. Literatura italiana. 2. Romance. 3. Ficção contemporânea. I. Cricelli, Francesca. II. Título.

CDD 853

Índice para catálogo sistemático:
1. Literatura italiana : Romance 853

Bruna Heller — Bibliotecária — CRB 10/2348

todavia
Rua Luís Anhaia, 44
05433.020 São Paulo SP
T. 55 11 3094 0500
www.todavialivros.com.br

fonte
Register*
papel
Pólen natural 80 g/m²
impressão
Geográfica